핫
밀
크

HOT MILK

데버라 리비 장편소설
권경희 옮김

핫 밀크
HOT MILK

차례

일러두기

• 주석은 모두 옮긴이의 것이며, 본문 하단에 각주로 표기했습니다.
• 인명과 지명은 국립국어원 외래어표기법을 따르되, 현지 발음을 고려해
  일부 예외를 두었습니다.

2015년 8월, 스페인 남부 알메리아

오늘 해변에 있는 바에서 노트북을 콘크리트 바닥에 떨어뜨렸다. 겨드랑이에 끼여 있던, 봉투 모양으로 디자인된 검은색 고무 파우치에서 스르르 흘러내린 노트북은 화면 쪽이 바닥에 닿으며 떨어졌다. 액정이 부서지긴 했지만 아직은 작동한다. 내 인생 전부를 담고 있어 어느 누구보다 나에 대해 많은 걸 알고 있는 것이다.

무슨 말이냐 하면, 만일 이게 고장 난다면 나도 고장 날 거란 말이다.

내 화면보호기는 별과 성운과 은하수로 빼곡한 자줏빛 밤하늘 사진이다. '은하수'라는 단어는 젖빛을 뜻하는 고대 라틴어 '락테아lactea'에서 유래했다. 오래전 어머니는 내게 은하수는 반드시 갈락시아스키클로스Γαλαζίας κύκλος로 써야 옳다면서, 아리스토텔레스는 오늘날 테살로니키에서 54킬로미터 떨어진 칼키디케 반도에서 밤하늘에 흐르는 젖빛 강을 우러러봤다고 말했다. 테살로니키는 내 아버지가 태어난 곳이다. 세상에서 가장 오래된 별은 약 130억 살이지만, 내 화면보호기에 떠 있는 별들은 두 살이고 중국에서 만들어졌다. 이제 이 우주가 부서졌다.

이 점에 대해 내가 할 수 있는 일은 없다. 파리나 날리는 삭막한 옆 동네에 인터넷 카페가 한 곳 있는데, 그곳 주인이 간단한 수리는 맡아 해준다지만 새 액정을 주문해 도착하기까지 한 달은 걸릴 것이다. 한 달 뒤에도 내가 이곳에 있을까? 알 수 없다. 결정은 전적으로 내 병든 어머니에게 달려 있는데, 어머니는 옆방 모기장 아래서 잠을 자고 있다. 어머니는 잠에서 깨 소리칠 것이다. "물 다오, 소피아." 나는 물을 가져다주겠지만 내가 가져다준 물은 언제나 틀린 물일 것이다. 나는 이제 물이 무엇을 의미하는지 모르겠다. 하지만 나는 물이라 알고 있는 걸 가져다줄 것이다. 냉장고에 넣어둔 물병에서 따른 물을. 냉장고에 넣어두지 않은 물병에서 따른 물을. 끓여 주전자째 식혔다가 따른 물을. 별이 총총한 화면보호기를 멍하니 보노라면 나는 종종 가장 특이한 방식으로 떠올라 시간에서 떨어져 나오곤 한다.

이제 겨우 밤 11시다. 바다에 드러누워 진짜 밤하늘과 은하수를 우러러도 좋으련만 해파리가 마음에 걸린다. 어제 낮 나는 해파리에 쏘여 왼팔 윗부분에 강렬한 자줏빛 채찍 자국이 생겼다. 연고를 구하려 뜨거운 모래밭을 가로질러 해변 끄트머리에 있는 간이 의무실까지 달려야 했다. 그곳에는 해파리에 쏘인 관광객을 돌보느라 온종일 앉아 있는 게 일인 남학생(얼굴을 가릴 정도로 수염을 기른)이 있었다. 학생은 스페인에서는 해파리를 메두사라고 부른다고 말했다. 나는 메두사가 저주를 받아 괴물이 된 그리스 여신이며, 그녀의 강력한 시선 때문에 그녀를 똑바로 보는 이는 누구라도 돌이 된다고 알고 있었다. 그게 해파리에 그녀의 이름이 붙은 이유일까요? 그는 그렇다고, 하지만 그보다는 해파리의 촉수가 메두사의 머리칼을 닮아서일 거라고 했다. 그림 속 메두사의 머리칼은 늘 뒤엉켜 몸부림치는 뱀으로 묘사된다면서.

간이 의무실 밖에서 위험을 경고하는 메두사 그림이 인쇄된 노란 깃발을 본 게 기억났다. 메두사는 무시무시한 치아와 광기 서린 눈을 가지고 있었다.

"메두사 깃발이 펄럭일 때는 바다 수영을 하지 않는 게 최선입니다. 그게 진짜 분별력이죠."

학생은 끓인 바닷물에 담겨 있던 탈지면을 꺼내 쏘인 부위를 톡톡 두드려주었다. 그리고 그 일이 끝나자 서명해달라며 청원

서처럼 생긴 양식을 내밀었다. 그날 해파리에 쏘인 사람들의 신상이 빠짐없이 적힌 목록이었다. 양식에는 이름과 나이, 직업과 국적을 기입해야 했다. 팔에 물집이 생기고 발진 좀 생겼다고 내어놓기엔 꽤 많은 정보였다. 학생은 불황을 맞은 스페인에서 간이 의무실을 유지하려면 사람들에게 양식을 채워달라고 요청하는 수밖에 없다고 설명했다. 관광객들이 이 서비스를 이용할 이유가 없어지면 그는 일자리를 잃게 될 테니 그는 분명 메두사의 짓에 기뻐하고 있을 테다. 메두사는 그의 입에는 빵을, 그의 모페드에는 휘발유를 넣어준다.

양식을 흘끔거리자 해변에서 메두사에 쏘인 사람들의 연령(나이대는 일곱 살에서 일흔네 살까지 다양했다)과 국적이 눈에 띄었다. 대개는 스페인 곳곳에서 온 스페인 사람들이었지만 영국인 관광객도 몇 보이고 트리에스테* 출신도 한 명 보였다. 나는 늘 트리에스테에 가보고 싶었다. 트리에스테라는 지명이 슬픔을 뜻하는 프랑스어 트리스테스tristesse와 비슷하게 발음되면서도 경쾌하게 들리기 때문이다. 스페인어로 슬픔은 트리스테사tristeza인데 프랑스어보다 무겁게 발음되며 속삭임보다는 신음에 가까운 느낌을 준다.

---

* 이탈리아 북동부에 위치한 항구도시.

바다 수영을 하는 동안 해파리는 구경도 못 했다고 말하자 학생은 해파리의 촉수는 아주 길어 멀리서도 쏠 수 있다고 설명했다. 그의 손가락은 내 팔에 문지르는 연고 때문에 끈적거렸다. 그는 해파리에 대한 지식이 많아 보였다. 메두사가 투명한 건 몸의 95퍼센트가 물이기 때문입니다. 그 투명성 덕분에 쉽게 위장할 수 있죠. 또 바다에 해파리가 많은 건 무분별한 어획 때문입니다. 쏘인 부위를 문지르거나 긁지 않는 게 중요해요. 해파리 세포가 팔에 아직 남아 있을지 모르니까요. 상처 부위를 문지르는 행위는 해파리에게 독을 더 내놓으라고 고무시키는 것이나 다름없지만, 이 특수 연고는 해파리 세포의 활동을 약화시킬 겁니다. 학생은 말했고, 그의 분홍 입술이 팔딱거리는 듯 보였다. 마치 수염 한가운데에 메두사 한 마리가 자리한 것처럼. 그는 몽당연필을 건네며 양식을 채워달라고 부탁했다.

이름: 소피아 파파스테르기아디스

나이: 25세

국적: 영국

직업:

해파리는 내 직업 따윈 신경 쓰지 않을 텐데, 왜 직업을 써넣어야 할까? 직업은 해파리에 쏘인 사실과 어느 누구도 제대로 발음하거나 쓰지 못하는 내 성보다 더 아프고 쓰린 문제다. 나는 그에게 인류학을 공부했지만 지금은 웨스트런던의 한 카페에서 일한다고, 카페 이름은 커피하우스인데 와이파이를 무료로 쓸 수 있고, 교회 신도석을 개조해 쓴다고 말했다. 공방에서 직접 원두를 볶아 세 종류의 에스프레소를 만드는 곳인데…… 그럼 '직업'에 뭐라 적어야 할까요.

학생은 수염을 쓸어내렸다. "인류학자라면 원시사회 사람을 연구하는 거죠?"

"그렇죠. 하지만 내가 이제껏 연구한 원시인은 나 자신이 유일해요."

갑자기 영국의 다정하고 축축한 공원들이 그리웠다. 풀잎 사이에 해파리가 숨어 있지 않은 초록 풀밭에 누워 내 원시적 육체를 길게 뻗으면 좋겠다. 알메리아에 초록 풀밭은 골프장뿐이다. 햇볕에 심하게 익은, 먼지가 날리는 황량한 언덕들은 스파게티 웨스턴* 영화 촬영지로 쓰였고, 클린트 이스트우드 주연의 영화 한 편도 이곳에서 촬영되었다. 나조차도 입술이 햇볕에 갈라지기 시작해 매일 입술보호제를 바르는 중이니 진짜 카우보

---

* 1960~1970년대 이탈리아에서 제작한 서부극의 총칭.

이들은 더 심했겠지. 카우보이들은 동물성 지방을 입술에 발랐을까? 끝없이 펼쳐진 하늘을 바라보며 사라진 키스와 애무를 그리워했을까? 내가 삶이 빡빡할 때 부서진 화면보호기에 뜬 은하수를 바라보듯, 그들 역시 신비한 공간 속으로 고민들을 날려버리려 했을까?

학생은 해파리뿐 아니라 인류학 지식도 조금 갖춘 듯 보였다. 그는 내가 스페인에 있는 동안 '독창적인 현장연구' 아이디어를 주고 싶다고 했다. "여기 알메리아에서 땅을 뒤덮은 비닐 구조물을 본 적 있나요?"

과연 하얀 유령 같은 구조물을 하나 본 적 있었다. 그것은 시선이 닿는 한 멀리까지, 고원과 계곡을 가로질러 뻗어 있었다.

"비닐하우스입니다." 그가 말했다. "사막에 세워진 농장이죠. 비닐하우스 내부 온도는 섭씨 45도까지 올라갑니다. 그들은 슈퍼마켓에 납품할 토마토와 고추를 수확하려 불법 이민자를 고용하는데, 이 이민자들은 사실 노예나 다름없습니다."

그럴 줄 알았다. 가려진 것들은 늘 흥미롭다. 가림막 아래 아무것도 없는 경우는 없다. 어릴 적 나는 내 존재를 감추기 위해 두 손으로 얼굴을 가리곤 했다. 그러나 얼굴을 가리는 행위야말로 나를 더 눈에 띄게 하며, 모두들 내가 숨기려는 게 무얼까 호기심부터 갖는다는 걸 깨달았다.

양식에 적힌 내 성을 본 학생은 자신의 관절이 아직 기능하는지 확인이라도 하듯 왼손 엄지를 구부렸다.

"그리스인이군요, 맞죠?"

그의 시선은 초점 없이 불안정했다. 생각해보면 단 한 번도 나를 똑바로 바라보지 않은 것 같았다. 나는 평소 읊는 문장을 읊었다. 내 아버지는 그리스인이고, 어머니는 영국인이고, 나는 영국에서 태어났어요.

"그리스는 스페인보다 작은 나라지만 국채를 지불할 능력이 없어요. 꿈은 끝났습니다."

나는 학생에게 경제를 언급한 거냐고 물었다. 그는 그렇다고, 자기는 그라나다 대학 철학부 석사과정을 밟는 학생인데, 해변에 있는 간이 의무실에 여름 일자리를 얻었으니 운이 좋다고 말했다. 자기가 졸업할 때도 커피하우스가 직원을 구한다면 런던으로 날아가겠다고. 그는 자신이 진짜 그렇게 믿는 것도 아니면서 왜 '꿈은 끝났다'고 말했는지 이해할 수 없을 것이다. 어디선가 읽은 문장이 그냥 마음에 박힌 것인지도 몰랐다. 그러나 꿈은 끝났다는 말이 그 자신의 의견이 될 수는 없었다. 무엇보다 꿈꾸는 자는 누구인가? 하는 문제가 있다. 그가 공공을 위한 꿈 중 유일하게 기억하는 것은 마틴 루터 킹의 연설 "내게는 꿈이 있었습니다……"에서 나온 것이었다. 하지만 꿈이 있었다는 말은 무언가 시작했다가 이젠 끝났다는 걸 함의한다. 꿈은 끝났다는 말은 누가 대신 말해줄 수 없는, 오직 꿈꿨던 자만이 할 수 있는 말이다.

그러고 나서 학생은 완벽한 그리스어 문장 하나를 말했는데 내가 그리스어를 하지 않는다고 하자 놀라는 듯 보였다.

파파스테르기아디스라는 성을 가지고도 내 아버지의 언어를 구사하지 않는 건 늘 부끄러운 일이 된다.

"내 어머니는 영국인입니다."

"네." 학생은 완벽한 영어로 말했다. "난 그리스라면 스키아토스에 딱 한 번 가봤을 뿐이지만 그래도 간단한 그리스어는 알아들어요."

학생은 내가 그리스인답지 않다고 부드러운 태도로 욕하는 것 같았다. 내 아버지는 내가 다섯 살 때 어머니를 떠났는데, 어머니는 영국인이며 거의 항상 내게 영어로 말한다. 그런데 이게 저 학생과 무슨 상관인가? 뭐가 어쨌든 그가 신경 써야 하는 건 해파리 독이다.

"당신이 어머니와 함께 광장에 있는 걸 봤습니다."

"그렇군요."

"어머님이 걷기가 좀 불편하신가요?"

"로즈는 때로는 걷고 때로는 못 걸어요."

"어머니 이름이 로즈입니까?"

"네."

"어머니를 이름으로 부릅니까?"

"네."

"어머니라고 하지 않고요?"

"네."

간이 의무실 한 귀퉁이에 있는 냉장고가 죽어 싸늘해진 상태로 아직 맥이 뛰는 듯 윙윙거렸다. 저 안에는 물병이 들어 있을까. 아과콘가스Agua con gas, 아과신가스Agua sin gas*. 나는 어머니에게 틀린 물이 아닌, 맞는 물을 건넬 방법에 늘 골몰해 있다.

학생은 손목시계를 보았다. "해파리에 쏘이면 누구든 여기서 오 분간 머무르는 규칙을 따라야 합니다. 심장마비나 다른 반응이 일어나지 않는지 제가 확인할 수 있도록요."

그는 양식에서 내가 빈칸으로 둔 '직업'을 다시 가리켰다.

쏘인 자리의 통증 탓일지 모르겠지만, 나는 나도 모르게 내한심하고 초라한 삶에 대해 이야기하고 있었다.

"나한테는 몰두할 만한 일이 없어요. 내 머릿속에 가득 찬 건내 어머니 로즈죠."

---

* 각각 탄산수와 맹물을 뜻하는 스페인어.

그는 손가락으로 자기 정강이를 쓸어내렸다.

"우리가 이곳 스페인에 온 건 고메스클리닉을 방문해 어머니 다리에 있는 진짜 문제가 뭔지 밝히기 위해서예요. 병원 첫 예약은 사흘 뒤고요."

"어머니 다리가 마비되었습니까?"

"몰라요. 미스터리죠. 한동안은 마비 상태였어요."

학생은 흰 빵을 싼 랩 포장을 뜯기 시작했다. 나는 해파리에 쏘인 부위를 치료하는 두 번째 단계가 시작되겠거니 생각했지만 그것은 땅콩버터 샌드위치로 드러났다. 학생은 좋아하는 점심 메뉴라고 말하고는 작게 한 입 베어 물었다. 검고 반드르르한 수염이 턱의 움직임을 따라 실룩거렸다. 고메스클리닉을 알고 있는 게 분명했다. 유명한 곳이니까. 그리고 학생은 우리에게 해변에 위치한 작은 장방형의 아파트를 빌려준 여자도 알고 있었다. 우리가 그 아파트를 고른 건 계단이 없어서였다. 모든 방이 한 층에 다 있고 침실 두 개는 서로 붙어 있으며 방에서 나가면 바로 주방이고, 광장과 카페, 스파*도 가까웠다. 또 바로 옆은 다이빙을 가르치는 부세오이나우티카 학교였다. 선박의 창처럼 동그란 창문이 여럿 달린 2층짜리 흰색 정육면체 건물이

---

* spar, 스페인을 포함해 다수의 국가에서 찾아볼 수 있는 마켓.

었다. 다이빙 학교의 접수대는 요즘 페인트를 새로 칠하는 작업이 한창이다. 매일 아침 멕시코인 두 명이 큼지막한 흰 페인트 통을 들고 나와 작업을 시작한다. 다이빙 학교의 옥상 테라스에는 깡마른 독일셰퍼드 한 마리가 온종일 철 기둥에 묶여 울부짖는다. 개 주인은 다이빙 학교의 책임자인 파블로인데, 파블로는 개는 안 돌보고 컴퓨터게임인 인피니티스쿠버에 빠져 있다. 미친 개는 사슬을 당기고 또 당기다가 수시로 옥상에서 뛰어내리려 한다.

"아무도 파블로를 좋아하지 않아요." 학생이 동의했다. "산 채로 닭 털을 뽑고도 남을 인간이죠."

"인류학 현장연구 주제로 삼기 좋겠네요." 내가 말했다.

"뭐가요?"

"왜 모두 파블로를 좋아하지 않는가, 말이죠."

학생이 손가락 세 개를 올렸다. 삼 분 더 간이 의무실에 있으라는 뜻인 듯했다.

아침에 다이빙 학교 남자 직원들은 수강생에게 다이빙 슈트 입는 법을 가르친다. 그들은 온종일 사슬에 묶여 있는 개 생각에 마음이 언짢으면서도 할 일을 척척 해나간다. 그들의 두 번째 임무는 깔때기를 이용해 플라스틱 통에 휘발유를 붓고, 전기 장치를 이용해 모래밭을 가로질러 통을 보트에 싣는 것이다.

이들이 상당히 복잡한 기계를 다루는 한편, 스웨덴인 마사지사 잉마르는 아주 간단하게 일을 시작한다. 잉마르는 대개 단번에 텐트를 세운 다음 마사지 침대 다리 끝에 탁구공을 부착해 모래 위에 미끄러뜨리며 해변으로 나른다. 잉마르는 내게 파블로의 개에 대해 불만이 있다고 토로했다. 다이빙 학교 바로 옆 건물에 지내게 된 내가 그 비참한 독일셰퍼드의 공동 소유자라도 되는 듯 말이다. 잉마르는 개가 칭얼거리고 울부짖고 컹컹 짖는 통에 고객들이 심란해한다고, 아로마 세러피 마사지가 진행되는 동안 개가 자꾸 자살을 시도하는 바람에 고객들은 한순간도 마음껏 휴식하지 못한다고 했다.

"숨은 잘 쉬어지죠?" 간이 의무실 학생이 내게 묻는다.

그는 내가 여기 계속 있길 바라는 것 같다.

학생이 손가락 하나를 올린다. "일 분 더 함께 있어야 합니다. 그다음 나는 당신에게 기분이 어떤지 물어봐야 하고요."

나는 더 큰 삶을 원한다.

나는 실패자다, 라는 게 나 자신에 대한 가장 큰 느낌이긴 해도, 회사에 취직해 고객이 어떤 이유에서 해당 세탁기를 다른 나머지 세탁기보다 선호하는지를 조사하느니 커피하우스에서 일하는 게 낫다. 함께 공부한 친구들은 대개 결국 기업의 민족지학자가 되고 말았다. 민족지학이 문화를 글로 써낸 저술을 뜻한다면, 시장조사는 일종의 문화(사람들은 어디에서 사는가, 어떤 유형의 환경에서 거주하는가, 공동체 구성원 사이에 세탁 일은 어떻게 분배되는가 등)를 연구하는 것이지만, 결국은 세탁기를 파는 문제로 귀결된다. 설령 현장연구에 신성한 동물인 물소가 그늘 밑에서 풀을 뜯는 모습을 해먹에 누워 구경하는 일이 포함되더라도 내가 과연 그걸 원할까 싶다.

'왜 모두 파블로를 좋아하지 않는가'가 좋은 현장연구 주제가 될 거라고 한 말은 농담이 아니다.

내 꿈은 끝났다. 꿈은 이스트런던에 있는 우리 집 정원에서 배를 따느라 절룩거리는 어머니를 홀로 두고서 대학 공부를 하겠다고 가방을 싼 그 가을에 시작됐었다. 나는 대학을 최우등으로 졸업했다. 꿈은 석사과정으로 이어졌다. 꿈은 로즈가 병이 나 내가 박사과정을 포기하면서 끝났다. 부서진 화면보호기 너머 디지털 파일에는 미완의 박사학위 논문이 불명의 자살 사건처럼 아직 도사리고 있다.

그렇다. 어떤 것들은 점점 커지고 있는데(삶의 방향성 결여) 그것들은 올바르지 않은 것들이다. 커피하우스의 비스킷은 점점 커지고(내 머리통 크기만큼), 레시피는 점점 방대해지고(정보가 너무 많이 들어 있어 레시피만으로 거의 하나의 현장연구가 될 수 있을 것이다), 또한 내 허벅지도 점점 굵어지고 있다(샌드위치와 페이스트리 위주의 식단 덕에). 내 은행 잔고는 점점 줄어들고, 패션프루트도 그렇게 작아져간다(비록 석류는 점점 커지고, 대기 오염은 심해지고, 일주일에 다섯 밤을 커피하우스 위에 있는 창고에서 보내면서 내가 느끼는 수치심도 커져가지만). 런던에 있을 때 나는 거의 매일 밤 어린이용 싱글 침대에 기절하듯 쓰러졌다. 그러면서도 일터에 지각한 적은 단 하루도 없었다. 내 일에서 가장 고약한 부분은, 여행자들이 자신의 여행자용 무선 마우스와 충전 장비에 문제가 생겼을 때 내게 도움을 요청하는 것이었다. 그들이 여기가 아닌 어딘가로 가는 동안 나는 그들의 컵을 모으고 치즈케이크 라벨을 적는다.

팔을 찔러대는 통증을 조금이라도 잊으려 발을 쿵쿵 굴러본다. 비키니 상의의 홀터넥 끈이 풀려 발을 구를 때마다 맨가슴이 위아래로 흔들린다는 걸 깨닫는다. 바다 수영을 할 때만 해도 끈은 분명 묶여 있었으니까 해변에서 간이 의무실로 뛰어올 때 벗겨졌으리라. 아마도 이것이 대화 내내 학생이 눈을 어디에 둬야 할지 몰라 한 이유일 것이다. 나는 그를 등지고 끈을 정리했다.

"기분은 어떻습니까?"

"괜찮아요."

"이제 나가도 됩니다."

내가 돌아서자 그의 눈길이 가려진 내 가슴 위에서 흔들거렸다.

"직업 칸을 채우지 않았네요."

나는 연필을 쥐고 **웨이트리스**라고 끼적였다.

어머니는 고메스클리닉에 가는 첫날에 입겠다며 내게 해바라기 무늬가 날염된 노란 원피스를 빨아놓으라고 지시했었다. 내겐 즐거운 일이다. 나는 손빨래도, 빨래한 것을 햇빛에 바짝 마르게 너는 일도 좋아한다. 학생이 연고를 발라줬는데도 쏘인 부위가 다시 욱신거리기 시작했다. 얼굴도 벌게지는데, 아마 양식에서 직업 칸을 채우기 힘들어했던 여파일 것이다. 마치 메두사의 침에서 나온 독이 나의 내부에 도사리고 있던 어떤 독을 풀어준 느낌이다. 월요일이 되면 어머니는 상담사 앞에서 모듬 카나페처럼 다양하고 미스터리한 증상을 전시할 것이다. 나는 그 쟁반을 들고 서 있게 되겠지.

저기 그녀가 간다. 아름다운 그리스 여자가 비키니 차림으로 해변을 가로질러 걷고 있다. 그녀의 몸과 내 몸 사이에는 그림자가 하나 있다. 그녀는 가끔 모래 속에서 발을 질질 끈다. 그녀에게는 등에 선크림을 발라줄, 여기, 그래 거기, 아니 거기 말고 그래, 하고 말을 건넬 이가 없다.

고메스 박사

우리는 치료사를 만나기 위한 긴 여정을 시작했다. 우리를 고메스클리닉에 데려다줄 택시 기사는 우리가 얼마나 초조한지, 이번 일에 어떤 성패가 달려 있는지 헤아려줄 이유가 없었다.

어머니의 다리에 관한 역사는 새로운 장을 시작했고, 그 장은 우리를 남부 스페인의 반半사막에 데려다놓았다.

이것은 결코 작은 문제가 아니다. 고메스클리닉 치료비를 마련하기 위해 우리는 로즈의 집을 다시 담보로 잡아 대출을 받아야 했다. 총 비용은 2만 5천 유로. 어머니의 증상에 대해 아마추어 탐정 짓을 해온 나로서는 이 2만 5천 유로가 고스란히 잃고 말 액수인 걸 이미 알고 있다.

내가 살아온 스물다섯 해 중 스무 해는 어머니를 조사하고 관찰하는 나만의 연구 기간이었다. 아니, 아마 더 길 것이다. 네 살 때 어머니에게 두통이 뭐냐고 물었었다. 그녀는 머릿속에서 문이 쾅 닫히는 것 같은 거라고 말했다. 타인의 마음을 잘 읽는 사람으로 자란 나에게 그녀의 머리는 곧 내 머리였다. 언제나 아주 많은 문들이 쾅쾅 닫혔고, 나는 그 광경의 주요 목격자였다.

만약 나 자신을 정의를 욕망하는 비자발적 탐정으로 본다면, 내가 탐정이자 목격자이기도 한 사실이 어머니의 병을 미해결 범죄로 만들까? 만약 그렇다면, 누가 악당이고 누가 피해자인가? 그녀의 통증과 고통, 그것들의 유발인과 동기를 알아내려 시도하는 건 인류학자에게 좋은 훈련이 된다. 한때 큰 깨달음의 경지에 이른 것 같고, 시신이 묻힌 곳을 알 것 같은 순간이 있었다. 하지만 모두 또 다른 좌절을 위한 전초전일 뿐이었다. 로즈는 그저 도무지 종 잡을 수 없는 새 증상을 내놓았고, 도무지 종 잡을 수 없는 새로운 약 처방이 뒤따랐다. 최근 영국의 의사들은 로즈의 아픈 발에 항우울제를 처방했다. 발의 신경 말단을 위한 거야. 그게 그녀가 내게 한 말이었다.

고메스클리닉은 시멘트 공장으로 유명한 고장인 카르보네라스 마을에서 가까웠다. 자동차로 삼십 분쯤 걸리는 곳이었다. 택시 에어컨은 사막 열기를 러시아의 겨울쯤으로 바꿔놓았다. 어머니와 나는 뒷좌석에 앉아 벌벌 떨었다. 택시 기사는 카르보네라스는 석탄 창고라는 뜻이며 한때 산이 울창했으나 석탄 채굴을 위해 벌목되었다고 말했다. 모든 것이 '용광로'를 위해 발가벗겨졌다고.

나는 택시 기사에게 에어컨을 꺼도 괜찮겠느냐고 물었다.

택시 기사는 자동 장치이기 때문에 조절이 불가능하다고 했다. 대신 깨끗하고 맑은 물이 있는 해변이 어디 있는지는 일러줄 수 있다고 했다.

"제일 좋은 해변은 플라야데로스무에르토스입니다. '죽은 자의 해변'이라는 뜻이죠. 마을에서 남쪽으로 불과 5킬로미터 거리입니다. 산길을 타고 이십 분 걸어 내려가면 나와요. 자동차로는 접근할 방법이 없고요."

로즈는 몸을 앞으로 숙여 택시 기사의 어깨를 톡톡 쳤다. "우리가 여긴 온 건 내가 뼈가 아파 걷지 못해서랍니다."

로즈는 룸미러에 달린 플라스틱 묵주를 보고 얼굴을 찌푸렸다. 로즈는 공인된 무신론자인데 내 아버지가 개종한 뒤로는 더더욱 그랬다.

자동차 내부의 극심한 냉기 때문에 로즈의 입술이 파래졌다.

"'죽은 자의 해변'이라." 그녀는 몸을 부들부들 떨며 말했다. "죽은 자를 위한 곳에 가기엔 난 아직 자격 미달이에요. 하지만 석탄 채굴을 위해 나무들이 죄다 베여 쓰러지고, 산이란 산은

다 발가벗겨진 그런 세상의 지옥 같은 용광로에서 타 죽느니 깨끗한 물에서 헤엄치는 게 훨씬 매력적이겠네요." 그녀의 요크셔 억양이 갑자기 맹렬해졌다. 논쟁을 즐길 때 나오는 습관이다.

택시 기사는 운전대에 내려앉은 파리 한 마리에 신경을 집중하고 있었다. "두 분이 돌아올 때를 대비해 내 택시를 미리 예약하는 게 좋지 않을까요?"

"그건 당신 차 온도에 달려 있어요." 택시 안이 조금씩 따뜻해짐에 따라 로즈의 얇고 파란 입술이 가로로 길어지며 미소 비슷한 것을 띠었다.

러시아의 겨울을 벗어나 스웨덴의 겨울로 온 것 같았다.

나는 차창을 열었다. 계곡은 간이 의무실의 학생이 묘사했던 대로 흰 비닐로 덮여 있었다. 사막의 농장들이 칙칙하고 병든 살갗 같은 땅을 삼키고 있었다. 뜨거운 바람이 내 눈가에서 머리카락을 날리는 사이, 로즈가 내 어깨에 고개를 기댔다. 하필 해파리 침에 쏘인 부위였지만 나는 조금 덜 아픈 자세를 취할 엄두가 나지 않았다. 나는 로즈가 두려워한다는 걸 알고 있었고, 나는 두렵지 않은 척해야 한다는 것도 알았으니까. 로즈에겐 자비나 행운을 간청할 신이 없다. 그녀는 신이 아닌, 인간의 친절함과 진통제에 기댄다.

택시 기사가 야자수가 우거진 고메스클리닉 경내로 들어서자 책자에 '생태학적으로 중요한 가치를 지닌 작은 오아시스'로 묘사된 정원이 눈에 들어왔다. 미모사나무 아래에서 야생 비둘기 두 마리가 서로를 쪼고 있었다.

클리닉은 햇볕에 그을은 산에 위치해 있었다. 거대한 컵을 엎어놓은 듯한 크림색 대리석 돔 건물. 나는 이 클리닉에 대해 여러 차례 검색을 했었는데, 디지털 화면은 실제 이 건물 앞에 섰을 때 느껴지는 적막함과 위안을 다 담아내지 못했다. 출입구는 건물 외관과 다르게 유리로 된 모습이었다. 택시와 소형 셔틀버스 한 대가 서 있는 자갈 깔린 주차장 입구를 제외하면, 곡선을 이룬 병원 가장자리에는 자줏빛 꽃을 피운 가시 관목과 키 낮은 은색 선인장이 엉켜 기세 좋게 자라고 있었다.

로즈를 차에서 내려주고 유리문까지 걷게 하는 데 십사 분이 걸렸다. 유리문이 우리의 도착을 예상했다는 듯이 조용히 열렸다. 별다른 요청 없이 바로 들어갈 수 있기를 바랐던 우리의 소망을 들어주려는 듯이.

산 아래, 깊고 푸른 지중해가 펼쳐져 있었다. 평화로웠다.

접수원이 "세뇨라 파파스테르기아디스"라고 부르는 소리에 로즈의 팔을 잡으며 부축했다. 우리는 절룩거리며 대리석 바닥을 지나 접수대로 나아갔다. 그렇다. 우리는 함께 절룩거린다.

스물다섯 살인 내가 어머니와 걸음을 맞추려 같이 절룩거리고 있다. 내 다리는 그녀의 다리다. 이게 우리가 찾아낸 앞으로 나아가기 위한 명랑한 걸음이다. 걸음마를 막 시작한 어린아이와 어른이 함께 걷는 방법이고, 어른이 된 자식이 한쪽 팔을 부축받아야 하는 늙은 부모와 함께 걷는 방법이다. 어머니는 아침 일찍 머리핀 몇 개를 사겠다며 스파까지 혼자 걸어갔었다. 심지어 지팡이도 없이. 어머니의 걷기에 대해선 더는 이런저런 생각을 하고 싶지 않다.

접수원이 몸짓으로 가리킨 곳을 보니 휠체어 뒤에서 기다리는 간호사가 보였다. 로즈를 다른 이에게 넘기고, 휠체어를 밀고 가는 간호사 뒤를 따라가니 안도감이 들었다. 흰색 새틴 리본으로 묶인, 길고 반짝거리는 간호사의 머리칼이 좌우로 흔들리고, 그 흔들림에 따라 엉덩이도 실룩거리는 모습에 경탄했다. 이것은 또 다른 방식의 걷기이다. 통증도, 친족에 대한 애착도, 타협도 없는 완전히 자유로운 걸음걸이. 대리석 복도를 걷는 간호사의 회색 스웨이드 하이힐은 계란에 금이 가는 소리를 냈다. 간호사는 반들거리는 나무 문패에 '고메스'라는 금색 글자가 가로로 새겨진 문 앞에서 걸음을 멈추고, 노크하고, 기다렸다.

그녀의 손톱은 짙고 반들거리는 빨간색이었다.

우리는 집을 떠나 먼 길을 여행했다. 성지순례처럼. 그리고 마침내 이곳, 호박색 돌결 무늬를 가진 벽이 곡선으로 구부러지는 복도에 닿았다. 마지막 기회를 잡기 위해. 지난 몇 년간 진단을 내리려 어둠 속을 헤매다 당황하고, 길을 잃고, 굴욕당하고, 체념한 영국 의료인 숫자는 점점 늘어났다. 이번 여행이 마지막이어야 했다. 어머니도 이 사실을 알고 있을 것이다. 스페인어로 뭐라 소리치는 남자 목소리가 들렸다. 간호사는 무거운 문을 밀어 열고는 내게 로즈의 휠체어를 밀어 방으로 들어가라는 손짓을 했다. 이 여자는 당신 거예요, 하고 말하는 것만 같았다.

고메스 박사. 내가 몇 달에 걸쳐 철저하게 조사하고 또 조사한 정형외과 전문의. 그는 60대 초반으로 보였다. 머리칼은 대부분 은회색인데 왼쪽 머리에 유난히 새하얀 머리칼이 몇 가닥 있었다. 가는 세로 줄무늬 양복과 그을린 구릿빛 손, 기민한 새파란 눈동자.

"고마워요, 선샤인* 간호사." 그는 유명한 근골격 전문의라면 병원 직원을 날씨와 관련지어 부르는 게 당연하다는 양 간호사에게 말했다.

간호사는 열려 있는 문을 아직 잡고 있을 뿐 마음은 시에라네바다 어딘가를 헤매고 있는 듯 보였다.

* sunshine, 햇빛을 뜻하는 영어 단어.

고메스 박사가 목소리를 한껏 올려 스페인어로 같은 말을 반복했다. "그라시아스, 엔페르메라 루스 델 솔Gracias, Enfermera Luz del Sol."

간호사는 이번엔 문을 쾅 소리 나게 닫았다. 바닥을 긁는 하이힐 소리가 처음엔 고르다가 갑자기 빨라졌다. 뛰기 시작한 것이다. 힐이 메아리치는 소리는 그녀가 방을 나간 뒤에도 오래도록 내 마음에 남아 있었다.

고메스 박사가 미국 억양 영어로 말했다. "제가 어떻게 도와드리면 될까요?"

로즈는 무슨 뚱딴지같은 소리냐는 표정을 지었다. "음, 난 박사님에게 나를 어떻게 도와주겠다는 말을 듣고 싶은데요."

고메스 박사가 미소를 짓자 금을 씌운 앞니 두 개가 드러났다. 그 금니는 남성의 두개골에 달린 치아를 통해 그가 먹은 음식을 추정하라던 인류학 석사 1학년 때의 과제를 떠올리게 했다. 치아에 구멍이 많이 나 있어 몹시 거친 곡물을 씹었으리라 짐작할 수 있었다. 그리고 두개골을 더 자세히 보던 중 크기가 좀 되는 구멍 안에 네모 모양의 작은 리넨 조각이 박혀 있는 것을 발견했다. 통증을 줄이고 감염을 막고자 시더유*에 담근 리

---

*   히말라야삼목속나무에서 추출한 기름.

넌 조각이었다.

고메스 박사의 어조는 애매하게 다정하면서 애매하게 형식적이었다. "환자 신상 메모를 보던 참이었습니다. 파파스테르기아디스 부인. 사서로 일하셨더군요."

"네. 건강 때문에 일찍 은퇴했습니다."

"일을 그만두고 싶었습니까?"

"네."

"그럼 건강 때문에 은퇴한 게 아니네요?"

"여러 상황이 얽혀 있습니다."

"알겠습니다." 고메스는 지루해 보이지도, 그렇다고 흥미로워보이지도 않았다.

"내 일은 목록을 만들고 색인하고 분류하는 거였어요."

고메스는 고개를 끄덕이고는 컴퓨터 화면으로 눈길을 돌렸다. 나는 그의 관심이 우리에게 돌아오기를 기다리며 진료실을 둘러보았다. 가구라 할 만한 건 거의 없었다. 세면대, 높이 조절이 가능한 바퀴 달린 병상과 옆에 놓인 은색 램프 하나.

책상 뒤에 가죽 장정 책이 가득한 캐비닛이 있었다. 그다음 나를 쳐다보는 뭔가를 보았다. 밝은색 눈에 호기심이 가득했다. 벽의 절반쯤 되는 높이에 달린 선반 위, 유리 상자 안에 박제된 작은 회색 원숭이가 웅크리고 있었다. 눈은 자신의 인간 형제자매들에게 영원히 얼어붙은 채 붙박여 있었다.

"파파스테르기아디스 부인, 이름은 로즈이군요."

"네."

고메스는 존 스미스를 발음하듯 파파스테르기아디스를 쉽게 발음했다.

"이제부터 당신을 로즈라고 불러도 될까요?"

"네, 그럼요. 아무튼 그게 제 이름이니까요. 내 딸도 나를 로즈라고 부르는 마당에 당신이 그렇게 못 부를 이유가 없죠."

고메스는 내게 미소를 지으며 물었다. "어머니를 로즈라고 부른다고요?"

요 사흘 사이 벌써 두 번째로 이 질문을 받는다.

"네." 나는 중요한 문제가 전혀 아니라는 듯 얼른 대답했다. "우리는 당신을 어떻게 불러야 될까요, 고메스 박사님이라 부르면 되겠죠?"

"물론이죠. 나는 전문의니까 고메스 씨라고 하면 됩니다. 하지만 고메스 씨는 아무래도 너무 형식적이니 그저 고메스라 불러도 언짢게 생각하진 않겠습니다."

"도움이 되는 정보네요." 어머니는 팔을 올려 시뇽*에 핀이 잘

---

* 머리칼을 뒤로 모아 틀어 올린 머리 모양.

꽂혀 있는지 확인했다.

"그리고 나이는 예순네 살이군요, 파파스테르기아디스 부인?"

새 환자를 이름으로 불러도 좋다는 걸 그새 잊으셨나?

"예순넷에 축 늘어졌죠."

"그렇다면 서른아홉 살에 딸을 낳으셨군요?"

로즈는 목에 걸린 무언가를 삼키려는 것처럼 콜록거리고, 고개를 끄덕이고, 다시 콜록거렸다. 고메스도 콜록콜록 기침을 하기 시작했다. 그러고는 목청을 가다듬고 흰 머리칼을 손가락으로 쓸었다. 로즈는 오른 다리를 움직이더니 신음을 내뱉었다. 고메스도 자기 왼 다리를 움직거리더니 신음을 내뱉었다.

고메스가 어머니를 흉내 내는 건지 조롱하는 건지 알 수 없었다. 두 사람이 신음과 기침과 한숨으로 대화를 나누는 중이라면, 그들은 서로를 이해하고 있는 건가 아닌 건가 궁금했다.

"우리 병원을 찾아주셔서 기쁩니다, 로즈."

고메스가 손을 내밀었다. 어머니는 악수할 것처럼 몸을 숙이다가 갑자기 마음을 바꿨다. 그의 손은 허공에 머물러 있었다. 두 사람의 비언어적 대화가 그녀에게서 신뢰를 끌어내지 못한 게 분명했다.

"소피아, 휴지 다오." 그녀가 말했다.

나는 휴지를 건넨 다음 어머니를 대신해 고메스의 손을 잡고 흔들었다. 어머니 팔이 내 팔이니까.

"그리고 당신은 미스 파파스테르기아디스죠?"

'미스'를 너무 강조해 꼭 '미즈으으'처럼 들렸다.

"소피아는 내 외동딸입니다."

"아들은 있습니까?"

"말했잖아요, 쟤가 외동딸이라고."

"로즈." 고메스가 미소 지었다. "당신은 곧 재채기를 할 것 같군요. 오늘 공기 중에 꽃가루가 있었나요? 아니면 다른 뭔가가?"

"꽃가루라뇨?" 로즈는 어이없어하는 표정을 지었다. "우리는 지금 사막 한가운데에 있습니다. 내가 알기로 사막에는 꽃이 없어요."

고메스는 이번엔 어이없어하는 표정을 흉내 냈다. "나중에 우리 병원 정원으로 안내해 당신이 모르는 꽃들을 구경시켜드리겠습니다. 보랏빛 스타티세, 장엄한 가시 줄기를 지닌 대추나무, 페니키아 향나무와 당신에게 즐거움을 줄, 타베르나스 사막에서 이식해온 다양한 관목 식물을 보게 될 겁니다."

고메스는 휠체어로 걸어가 로즈의 발치에 꿇어앉더니 그녀의 눈을 가만 들여다보았다. 그녀가 재채기를 하기 시작했다. "휴지 한 장 더 다오, 소피아."

나는 복종했다. 그녀는 이제 양손에 휴지를 한 장씩 들고 있다.

"난 재채기를 하고 나면 꼭 왼팔이 아파요." 로즈가 말했다. "날카로운, 찢기는 통증이죠. 얼마나 아픈지 재채기가 멎을 때까지 팔을 꼭 붙들어야 한다니까요."

"아픈 데가 어딥니까?"

"팔꿈치 안쪽요."

"고맙습니다. 우리 병원에서 뇌신경 검사를 포함한 종합 신경 검사를 실시할 겁니다."

"왼팔에는 만성 관절 통증도 있어요."

로즈의 말에 응답하듯 고메스는 왼쪽 손가락을 원숭이 쪽을 향해 꼼지락거렸다. 꼭 원숭이에게 자기를 똑같이 흉내 내라 부추기는 것처럼 보였다.

조금 뒤 그는 내 쪽으로 돌아서서 말했다. "두 분은 참 많이 닮았군요. 모녀 사이임을 한눈에 알겠어요. 하지만 미스 파파스테르기아디스, 당신 피부색이 더 짙군요. 약간 누르스름하고요. 머리칼은 거의 검은색이죠. 당신 어머니 머리칼은 밝은 갈색인데요. 당신 코는 어머니의 코보다 더 길어요. 게다가 당신 눈은 갈색입니다. 당신 어머니 눈은 내 눈처럼 파랗죠."

"제 아버지는 그리스인이지만 저는 영국에서 태어났습니다."

살갗이 누르스름하다는 게 모욕인지 칭찬인지 아리송했다.

"그렇다면 나와 같군요." 그가 말했다. "내 아버지는 스페인 사람이고, 어머니는 미국인입니다. 나는 보스턴에서 자랐어요."

"제 노트북도요. 미국에서 설계되고 중국에서 만들어졌지요."

"네. 정체성은 언제나 보증하기 어렵죠, 미스 파파스테르기아디스."

"나는 요크셔의 헐 근방 출신입니다." 로즈가 자기만 소외되었다고 느낀 듯 갑자기 선언했다.

고메스가 어머니의 오른발로 손을 뻗자 그녀는 마치 선물이라도 주듯 발을 내밀었다. 그가 엄지와 집게손가락으로 그녀의 발가락을 누르기 시작했고, 나와 유리 상자 속 원숭이가 그 광경을 지켜보았다. 그의 엄지가 그녀의 발목으로 옮겨갔다.

"이 뼈는 복사뼈입니다. 그리고 방금 제가 누른 부위는 기절골입니다. 제 손가락이 느껴지십니까?"

로즈는 고개를 저었다. "아무 느낌 없어요. 내 발에는 감각이 없습니다."

고메스는 그녀의 말이 진실인 걸 이미 알고 있다는 듯 고개를 끄덕였다.

"기분은 어떻습니까?" 그는 마치 '기분'이라는 뼈를 조사하는 듯이 물었다.

"나쁘진 않아요."

나는 몸을 굽혀 로즈의 신발을 주웠다.

"부디." 고메스가 말했다. "그건 원래 자리에 두십시오." 그는 이제 내 어머니의 오른쪽 발바닥을 만져보았다. "여기 궤양이 하나 있군요. 그리고 여기에도. 당뇨 검사는 받으셨나요?"

"오, 네." 그녀가 말했다.

"부위가 작긴 해도 피부 표면이 살짝 감염되었습니다. 즉시 처치해야 합니다."

로즈는 고개를 근엄하게 끄덕였지만 얼굴은 기쁨을 숨기지 못했다. "당뇨. 아마 그게 답일 겁니다." 그녀가 선언했다.

고메스는 이 대화를 더 잇고 싶지 않은 듯했다. 그대로 일어나 개수대로 걸어가 손을 씻었기 때문이다. 그는 종이 타월을 집으며 내 쪽을 돌아봤다. "우리 병원의 건축 양식에 관심이 있으신가 보군요."

그의 말대로였다. 나는 역사상 최초의 돔은 매머드의 엄니와 뼈로 만들어졌다고 말했다.

"네. 그리고 당신이 묵는 해변 아파트는 직사각형이죠. 그래도 최소한 바다가 보이는 전망……."

"불쾌한 곳이에요." 로즈가 끼어들었다. "시끌벅적한 소음 위에 세워진 직사각형일 뿐이죠. 콘크리트로 만든 테라스는 원래 사적 공간을 보장해야 맞지만 해변 바로 위에 있어서 전혀 구실을 못 한답니다. 내 딸은 거기 앉아 온종일 컴퓨터나 들여다봐요. 내게서 멀어지려고 말이죠."

로즈는 자신을 슬프게 하는 것의 목록을 술술 읊어댔다. "밤이 되면 해변에서는 어린이를 위한 마술 쇼가 펼쳐집니다. 시끄럽기 이를 데 없어요. 레스토랑 식기 부딪치는 소리, 관광객 고함 소리, 모페드 엔진 소리, 아이들 비명 소리, 폭죽 소리. 소피아가 나를 휠체어에 태워 해변으로 밀고 가지 않는 한 내가 바다에 닿을 방법은 없어요. 하기야 이곳 해변은 늘 너무 뜨겁지만."

"그렇다면 제가 당신께 바다를 가져다줘야겠군요, 파파스테르기아디스 부인."

로즈는 앞니로 아랫입술을 누르고 한참 깨문 다음 아랫입술을 풀어주었다. "스페인 남부 음식은 어쩜 그리도 소화가 안 되는지 원."

"그러셨다니 유감입니다." 나비가 꽃에 내려앉듯, 고메스의 파란 눈길이 그녀의 배에 내려앉았다.

어머니는 지난 몇 년 새 몸무게가 줄었다. 몸은 쭈그러들었고, 한때 무릎까지 내려오던 원피스가 발목 바로 위까지 떨어지는 것을 보아 키도 줄어든 것 같았다. 그래도 초로의 여인치고는 매력적이라고 스스로 되새겨야 했다. 그녀에게 유일한 사치는 머리칼을 늘 시뇽 스타일로 올려 머리핀 한 개로 고정해두는 것이었다. 석 달에 한 번, 흰머리가 눈에 거슬리기 시작하면 그녀의 머리칼은 머리를 빡빡 민 미용사의 손을 거쳐 알루미늄 포일에 감싸여 밝은색으로 변했다. 미용사는 제멋대로 뻗치는 내 검은 곱슬머리도(비를 맞으면 더 곱슬곱슬해지는데 자주 있는 일이었다) 똑같이 염색하자고 제안했었다.

나는 미용사의 빡빡머리를 내가 참여할 수 없는 제례로 여겼다. 당시 나는 미용사가 제 머리칼을 과거의 무게라고 여겨 힌두교 전통처럼 과거의 허물을 벗어내고, 미래를 향한 전진을 꿈꾸며 완전히 민 건가 궁금했는데 정작 그녀는 (사각형 포일을 입에 문 채) 순전히 손이 덜 가서 밀어버린 거라고 말했다. 내 머리칼은 내게 지워진 짐 중 가장 가벼운 것이었다.

"소피아 이리나, 여기 앉으십시오."

고메스가 컴퓨터 맞은편에 있는 의자를 가볍게 두드렸다. 그는 여권에 적힌 전체 이름으로 나를 자연스럽게 불렀다. 내가 지시대로 앉자 그는 스크린을 내 쪽으로 돌려 화면에 뜬 흑백 이미지를 보여주었다. 화면 상단에 어머니의 이름 R. B. 파파스테르기아디스(여)가 보였다.

이제 그는 내 뒤에 서 있었다. 그가 손을 씻을 때 사용한 비누의 강한 허브 냄새가 났다. 아마 세이지이리라. "저건 당신 어머니의 척추를 찍은 고화질 엑스레이입니다. 등 쪽에서 찍은 것이죠."

"네." 내가 말했다. "제가 영국 의사들에게 자료 사진을 이쪽으로 보내달라고 부탁했어요. 오래된 것들이긴 하지만."

"물론 잘 받았습니다. 우리 병원도 엑스레이를 찍어 예전 사진과 비교할 겁니다. 우리는 비정상을, 정상에서 벗어난 무언가를 발견할 수 있기를 기대하고 있습니다." 그는 스크린에서 손가락을 떼고 책상에 놓인 작은 회색 라디오의 단추를 눌렀다. "실례합니다." 그가 말했다. "긴축 재정이 어떻게 돌아가는지 들어야겠어서요."

우리는 스페인어로 된 뉴스를 들었다. 방송은 이따금 고메스에 의해 중단됐다. 그는 라디오 방송에 출연한 스페인 애널리스트의 이름을 우리에게 알려주었다. 로즈가 '뜬금없이 왜 저런다니? 저 남자 의사 맞아?' 하고 묻는 것처럼 얼굴을 찌푸렸다. 고메스는 금니를 드러내며 눈을 어지럽게 했다.

"네, 난 의사가 맞습니다. 파파스테르기아디스 부인, 난 부인과 둘이서 부인이 복용하는 약에 대해 알아보며 오늘 오후 시간을 보내고 싶습니다. 물론 약 정보야 이미 가지고 있지만 그중 당신이 가장 의지하는 약과 놓아줄 수 있는 약이 뭔지 들을 수 있으면 좋겠습니다. 그건 그렇고, 기상 캐스터가 스페인 대부분 지역에 비 소식 없이 해가 쨍쨍할 거라 예보했어요. 기쁜 소식이죠."

로즈는 휠체어에 앉은 채 다리를 끌었다. "물을 한 잔 마셔야 겠어요, 부탁합니다."

"그럼요." 그는 개수대로 걸어가 플라스틱 컵에 물을 채워 그녀에게 가져다주었다.

"마셔도 안전한가요?"

"오, 그럼요."

나는 어머니가 탁한 물을 찔끔찔끔 마시는 모습을 지켜보았다. 저것은 맞는 물일까? 고메스는 그녀에게 혀를 내밀라고 요구했다.

"혀를요? 왜요?"

"혀는 우리의 전반적인 건강 상태를 알려주는 강력한 시각적 지표입니다."

로즈는 그의 말에 따랐다.

고메스는 이제 나를 등지고 있으면서도 내가 선반 위 박제 원숭이를 쳐다보는 걸 감지한 듯 보였다.

"탄자니아에서 살던 긴꼬리원숭이입니다. 전신주가 녀석을 죽였고, 내 환자들 중 한 분이 박제사에게 인도했죠. 나는 깊이 생각한 다음 환자의 선물을 받아들였는데, 긴꼬리원숭이는 고혈압과 불안증을 포함해 인간적인 특징을 많이 지녔기 때문입니다." 그는 여전히 내 어머니의 혀에 집중하고 있었다. "지금 우리는 녀석의 파란 음낭과 붉은 음경을 볼 수 없습니다. 박제사가 제거했기 때문이죠. 우리는 이 수컷 원숭이가 그의 형제자매들과 함께 나무 사이에서 어떻게 놀았는지 상상에 맡겨야만 합니다."

그는 내 어머니의 무릎을 가볍게 쳐 그녀의 혀가 입안으로 미끄러져 돌아가게 했다.

"고마워요, 로즈. 조금 전 물을 달라고 한 건 잘하신 일입니다. 혀를 보니 탈수 상태가 확실하군요."

"네, 난 늘 목이 말라요. 소피아는 밤이면 내 침대맡에 물 한 잔 두는 일에 어쩌나 게으름을 부리는지 원."

"구체적으로 요크셔 어디 출신입니까, 파파스테르기아디스 부인?"

"워터입니다. 포클링턴 동쪽으로 7킬로미터 정도 떨어진 마을이죠."

"워터." 고메스가 되뇌었다. 그의 금니가 완전히 드러났다. 그가 내 쪽을 돌아봤다. "소피아 이리나, 당신은 우리의 작고 거세된 영장류를 풀어주고 싶은가 보군요. 녀석이 온 방 안을 쩔듯 뛰어다니면서 내가 소장한 세르반테스 초판본을 읽을 수 있게요. 하지만 그 전에 당신부터 자유로워져야 합니다." 그의 눈은 바위도 잘라낼 레이저처럼 아주 새파랬다. "난 파파스테르기아디스 부인과 치료 계획을 세워야 합니다. 부인과 나 둘이서만 얘기 나눴으면 좋겠군요."

"안 돼요. 소피아도 여기 있어야 해요." 로즈가 손마디로 휠체어의 한쪽 팔걸이를 탁탁 쳤다. "나는 낯선 외국 땅에서 내 약들을 버리지 않을 겁니다. 소피아는 내 약에 대해 빠짐없이 아는 유일한 사람이에요."

고메스는 내게 손가락을 흔들어 보였다. "접수대에 앉아 두 시간이나 보내고 싶진 않으시겠죠? 네, 당신이 할 일은 우리 클리닉 정문에서 출발하는 작은 버스를 타는 겁니다. 버스는 당신을 카르보네라스에 있는 해변 가까이 내려줄 겁니다. 병원에서 마을까지 이십 분밖에 걸리지 않을 거예요."

로즈가 분한 표정을 지었지만 고메스는 무시했다.

"소피아 이리나, 당장 길을 나서세요. 지금이 정오니까 2시에 다시 만나기로 하죠."

"내가 수영을 즐긴다면 얼마나 좋을까." 어머니가 말했다.

"더 큰 즐거움을 바라는 건 늘 좋은 일이죠, 파파스테르기아디스 부인."

"만약, 만약 말이죠." 로즈가 한숨을 쉬었다.

"만약 뭐요?" 고메스가 바닥에 꿇어앉아 그녀의 가슴에 청진기를 댔다.

"만약 내가 수영할 줄 알고 태양 아래 누울 수 있다면요."

"아, 그럼 정말 멋진 일이겠죠."

나는 고메스가 어떤 사람인지 다시 헷갈렸다. 그의 어조는 애매했다. 애매하게 조롱기가 있고 애매하게 다감했다. 어조가 약간 뒤틀린 것처럼 느껴졌다는 뜻이다. 나는 로즈의 손을 잡아 꾹 눌렀다. 다녀오겠다고 인사하고 싶었으나 고메스가 그녀의 심장 소리를 열심히 듣고 있어서 말하지 못했다. 나는 대신 그녀의 정수리에 입을 맞췄다.

"아야!" 어머니가 외쳤다.

그녀는 눈을 감고 고개를 뒤로 기댔다. 비탄에 잠긴 것처럼, 혹은 절정에 도달한 것처럼. 어느 쪽인지 구분하기 힘들었다.

시멘트 공장 맞은편, 황량한 해변에 도착했을 때 태양은 사정없이 작열하고 있었다. 나는 한 줄로 죽 늘어선 가스통 가까이 있는 작은 카페로 들어가 인상이 좋아 보이는 직원에게 진토닉을 주문했다. 그는 손가락으로 바다를 가리키며 내게 수영하지 말라고 경고했다. 그날 아침에만 벌써 세 사람이 메두사에 심하게 쏘였다면서. 그는 메두사에 쏘인 팔다리가 처음엔 하얘지다가 점점 자줏빛으로 변하는 걸 봤다고 했다. 그가 씩 웃고 눈을 감더니 바다와 바다에 사는 메두사를 전부 밀어낼 것처럼 두 손을 저었다. 가스통들은 모래에서 자라는 낯선 사막식물처럼 보였다.

수평선 가까이 대형 화물선이 떠 있었다. 그리스 국기가 나부꼈다. 나는 국기에서 눈을 돌려 거친 모래에 박혀 있는 녹슨 어린이용 그네를 바라보았다. 자동차 폐타이어로 만들어진 그네는 마치 어린이 유령이 방금 뛰어내린 것처럼 살짝 흔들거리고 있었다. 담수 처리 공장의 크레인들이 하늘을 갈라놓고 있었다. 해변 오른쪽 창고에는 녹회색의 시멘트 가루가 사구처럼 쌓여 있고, 짓다 만 호텔과 아파트 들은 마치 살인이라도 저지르듯 풍경을 해치고 있었다.

나는 휴대전화를 물끄러미 보았다. 커피하우스에서 함께 일한 댄이 오래전 보내온 문자메시지가 하나 있었다. 댄은 우리가 샌드위치와 페이스트리 라벨을 쓸 때 사용하던 마커 펜을 어디 뒀는지 궁금해했다. 덴버에 있는 댄이 마커 펜 행방 따위가 궁금해 스페인에 있는 내게 문자를 보냈다고? 나는 큰 잔에 담겨 나온 진토닉을 한 모금 마시고 직원에게 고맙다고 고개를 까딱거리면서도, 펜을 엉뚱한 곳에 뒀으면 어쩌지 생각했다.

원피스 지퍼를 내려 태양빛을 어깨에 닿게 했다. 메두사에 쏘여 화상을 입은 듯한 통증은 많이 가라앉았지만 이따금 한 번씩 찌릿찌릿했다. 최악의 통증은 아니었다. 어떤 면에서 이 통증은 구원이었다.

댄이 최근에 보낸 문자메시지가 하나 더 있었다. 그는 펜을 찾았다고 했다. 그리고 지난주에 집주인이 임대료를 올리는 바람에 내가 스페인에 머무는 동안 커피하우스 위층에 있는 내 방에서 자게 되었다고 밝혔다. 문제의 펜은 내 침대에서 나왔다. 뚜껑이 열린 채로. 당연히 시트와 침구는 검은 잉크로 오염되었다. 실제로 그는 이 일을 '잉크의 출혈'로 묘사했다.

댄은 더는 다음과 같은 글을 쓰지 못한다.

소피아가 만든 달곰쌉쌀한 아마레토 치즈케이크: 매장 내 식사 3.90파운드, 포장 3.20파운드.
댄이 만든 촉촉한 오렌지&폴렌타 케이크(밀가루 및 글루텐 프리): 매장 내 식사 3.70파운드, 포장 3파운드.

나는 달곰쌉쌀하다.

댄은 촉촉하다.

댄은 절대 촉촉하지 않다.

우리는 케이크를 직접 굽지 않지만 사장은 우리가 직접 구웠다고 하면 손님들이 더 많이 살 거라고 말한다. 우리는 우리가 만들지 않은 것에 우리의 이름을 붙인다. 펜에서 잉크가 새어

나와 기쁘다.

다음 순간, 그 펜을 문화인류학자 마거릿 미드의 글귀를 인용할 때 사용한 뒤 침대에 뒀던 게 또렷이 기억난다. 나는 벽에 아래 글을 막힘없이 썼다.

나는 학생들에게 통찰을 얻는 방법은 이와 같다고 말하곤 했다. 영아 연구하기; 동물 연구하기; 원시인 연구하기; 정신분석 받기; 개종했다가 극복하기; 한 가지 정신병 증세를 겪고 극복하기.

그 인용구에는 쌍반점이 다섯 개 들어 있다. 마커 펜으로 벽에 ;;;;;를 적어 넣던 기억이 새록새록 떠오른다. 나는 '개종'에 밑줄을 두 번 그었다.

내 아버지는 개종했지만 내가 아는 한 그것을 극복하지는 못했다. 사실 그는 나보다 네 살 많은 여자와 결혼해 아기를 낳았다. 여자는 스물아홉 살. 그는 예순아홉 살. 새 아내를 만나기 몇 년 전, 아버지는 그의 조부에게서 아테네에 있는 상당한 규모의 선박 사업체를 상속받았다. 그는 이 상속을 자신이 옳은 궤도를 달리고 있다는 확실한 표시로 받아들였을 것이다. 아버지의 조국이 파산해가고 있을 때 신은 그에게 돈을 가져다주었다. 그리고 사랑도. 그리고 갓난쟁이 딸도. 나는 열네 살 이후로 아버지를 보지 못했다. 아버지에겐 그가 새로 획득한 부에서 단돈 1유로도 내줄 이유가 없고, 그래서 나는 내 어머니에게 얹혀사는 짐이다. 어머니는 내 채권자고, 나는 내 다리로 빚을 갚아가고 있다. 그녀를 위해 늘 그녀 주변을 뛰어다니며.

고메스클리닉 병원비를 대기 위한 대출 서류에 서명을 하기 위해 우리는 금융기관에서 함께 면접을 봐야 했다.

나는 그날 오전 일을 쉬었다. 세 시간어치 수당 18.30파운드를 날렸다는 뜻이다. 그날은 비가 내렸고, 은행의 붉은 카펫은 젖어 있었다. 눈 돌리는 곳마다 우리의 안녕이 그들의 최대 관심사이며 우리의 안녕이 자신들에게 얼마나 큰 의미인지 말하는 포스터 천지였다. 컴퓨터 너머에 앉아 있는 남자는 명랑함과 다정함을 훈련받은 이였다. 그러니까 공감하는 모습을 흉내 내고, 친근하고 활기찬 태도를 흉내 내고, 은행의 로고가 박힌, 자신의 목을 죄는 못생긴 붉은 넥타이를 사랑하도록 훈련받은 사람. 붉은 배지는 남자의 이름과 직책은 드러내도 연봉은 말해주지 않았는데, 아마 간신히 존엄을 지켜낼 만한 궁핍의 영역에 들어 있을 것이다. 그는 우리의 상황에 대해 친근하면서도 공정하게 접근했다. 우리가 이해할 수 있는 단순한 언어로 말하려고 노력했다. 벽에는 직원 세 명이 그려진 포스터가 우리를 노려보고 있었다. 포스터 속 세 인물 모두 웃고 있지만 매력적이지 않왔다. 여성 정장(재킷에 치마)을 입은 여자와 남성 양복(재킷에 양복바지)을 입은 남자 둘은 그들과 우리가 유사하다는 메시지를 전달하는 한편 차이는 지워버렸다. 메시지의 속뜻은 다음과 같다. 우리는 당신들처럼 치아 상태가 나쁜 예민한 몽상가입니다, 우리 모두는 크리스마스 날 가족과 말다툼할 수 있는 우리만의 장소를 원합니다.

나는 이 포스터들이 하나의 입문 의례(가치 산정, 투자, 부채로 이어질)이며 회사 정장은 성별 구분의 복잡성을 희생한 결과임을 알아보았다. 또 다른 포스터는 한쪽 벽이 옆집과 붙어 있고 무덤만 한 앞마당이 딸린 깔끔한 집 사진이었다. 앞마당에는 갓 심은 잔디만 있을 뿐 꽃 한 송이 없었다. 황량했다. 사각형 뗏장에 심긴 잔디는 아직 서로 섞여들 만큼 자라지 못했다. 저들이 우리를 위해 만들어낸 이야기 뒷부분엔 편집광이 숨어 있을 것이다. 꽃을 다 잘라내고 집에서 키우는 동물을 살해한 편집광이.

담당 직원이 살아 있는 로봇처럼 말했다. 그의 첫 마디는 "안녕하세요, 두 분"이었지만, '안녕하세요, 숙녀분들'이 아닌 게 어딘가. 그다음 남자는 내 몫의 유산을 간단히 없애버릴 대출 상품을 나열했다. 어느 단계에선가 그가 어머니에게 스테이크를 먹는지 물었다. 느닷없는 질문이지만 우리는 그의 질문 의도를 눈치챘고(호화로운 생활을 하는지) 그래서 로즈는 "난 비건입니다, 좀 더 인간적으로 세상을 돌보는 마음으로 살고 싶어서"라고 답했다. 그녀는 자신이 사치스럽다 느끼는 점을 들자면 인도식 요리 달과 밥에 요구르트를 한 테이블스푼 첨가하는 거라고 말했다. 남자는 비건은 유제품을 먹지 않는다는 걸 모르는 사람이었다. 만약 그가 알았다면 내 어머니는 첫 번째 장애물에 걸려 회사의 붉은 의자에서 떨어졌을 것이다. 고급 맞춤옷을 좋아하십니까? 남자가 물었다. 어머니는 자기는 싸구려 옷, 못생긴 옷만 좋아한다고 말했다. 부인은 헬스장에 다니시나요? 이상한 질문이다. 매일 아침 틀린 물 한 잔과 함께 항염제를 삼키지만 여전히 양쪽 발목이 부어올라 붕대를 두르고, 지팡이를 움켜잡은 이에게 그게 할 질문인가.

남자는 로즈에게 부동산 대리인이 산정한 우리 집 매매가를 제출하라고 요구한 다음 은행 감독관이 우리 집을 한 차례 방문할 거라 알려주었다. 어머니가 첫 번째 대출을 다 갚았기 때문에 컴퓨터는 우리가 제출한 정보를 반겼다. 비록 빅토리아 시대에 세워진 건물이라 벽돌에 침과 오줌과 강력 청테이프가 함께 붙어 있긴 해도, 런던에서 벽돌과 회반죽으로 만들어진 집은 가치 있는 축에 속했다. 남자는 자기 맘 같아선 우리의 대출 신청서에 서명하고 싶다고 말했다. 어머니는 의학적 경험을 포함한 모험을 앞두고 들떠 있었다. 고메스클리닉은 그녀에게 고래 구경이나 다름없었기 때문이다. 나는 세 종류의 에스프레소를 만들기 위해 일터로 돌아가고, 로즈는 통증과 고통의 새 목록을 작성하기 위해 집으로 돌아갔다. 로즈의 증상이 나를 힘들게 하긴 했지만 문화적 호기심을 자극하는 것 또한 분명한 사실이다. 그녀의 증상은 그녀에 대해 모든 걸 말한다. 내내 재잘거린다. 나조차 그걸 알고 있다.

나는 바닷물에 발을 식히려 불에 달군 듯 뜨거운 모래를 가로질러 걸었다.

문득 내가 가끔 절룩절룩하는구나, 하고 생각한다. 어머니와 함께 걷던 방식을 내 몸이 기억하는 것만 같다. 기억을 늘 신뢰할 수 있는 건 아니다. 기억은 완전한 진실은 아니다. 나조차 그걸 알고 있다.

2시 15분에 클리닉에 돌아오니 로즈는 의자가 아닌 휠체어에 앉아, 해외 거주 영국인을 위해 발행되는 신문을 들고 운세를 읽고 있었다.

"왔구나, 소피아. 딱 보니 해변에서 멋진 시간을 보냈구나."

나는 해변은 삭막했으며 두 시간 동안 가스통만 노려봤다고 말했다. 나의 하루를 초라하게 만듦으로써 그녀의 하루를 대단하게 만드는 것이 내 특기다.

52

"내 팔을 보렴." 그녀가 말했다. "피 검사를 받느라 온통 멍이 들었어."

"가엾어라."

"아무렴, 난 가엾은 것이지. 의사가 내 알약 세 개를 없애버렸단다. 세 개나!"

어머니는 입술을 비틀며 비명 지르는 흉내를 내더니 고메스 쪽으로 신문을 흔들었고, 그는 산책하듯 성큼성큼 몇 걸음 만에 흰 대리석 바닥을 가로질러 우리에게 다가왔다.

고메스는 내게 당신 어머니는 만성 철분 결핍이라며 그 점이 기력이 허한 이유일 거라고 말했다. 다른 증상 중에서 가령 발 궤양은 드레싱만 하면 치료될 거라면서 비타민 B12를 처방했다.

비타민 처방이라니. 그게 2만 5천 유로 값어치가 있는가?

로즈는 약 복용 의식에서 제거된 약을 열거하기 시작했다. 세상을 뜬 친구를 애도하듯 슬프게 말했다. 고메스가 손을 올려 손짓하자 선샤인 간호사는 회색 스웨이드 힐을 또각거리며 다가왔다. 그녀가 오른 가슴에 핀으로 고정된 시계를 만지작거리는 사이 고메스는 뻔뻔하게 그녀의 어깨에 팔을 둘렀다. 마침 앰뷸런스 한 대가 주차장에 들어왔다. 선샤인 간호사는 영어로 앰뷸런스 기사에겐 점심시간이 필요하다고 고메스에게 말했다. 그는 고개를 끄덕이고 그녀가 시계를 잘 쥐도록 어깨에 둘렀던 팔을 내렸다.

"선샤인 간호사는 제 딸입니다." 고메스가 말했다. "이름은 홀리에타 고메스입니다. 이름은 부르고 싶은 대로 부르세요. 오늘은 그녀의 생일입니다."

홀리에타 고메스가 처음으로 미소를 지었다. 치아가 눈부시도록 새하얬다. "오늘로 저는 서른셋이 되었어요. 어린 시절은 공식적으로 끝난 거죠. 홀리에타라고 불러주세요."

고메스는 여러 음영을 가진 푸른 눈으로 딸을 바라보았다.

"두 분은 곧 스페인의 실업률이 얼마나 높은지 알게 될 겁니다." 그가 말했다. "현재 실업률은 29.6퍼센트이죠. 그러니 바르셀로나에서 수련 과정을 훌륭히 마치고, 스페인에서 가장 존경받는 물리치료사가 된 딸을 둔 나는 행운아입니다. 이 말은 내게 부패를 저지를 능력이 조금은 있어서, 지위를 이용해 내 대리석 왕궁에 딸의 일자리를 마련해주었다는 뜻이기도 합니다."

고메스는 가는 세로 줄무늬에 싸인 두 팔을 활짝 벌렸다. 곡선으로 휜 클리닉 복도와 꽃을 피운 선인장들, 반짝거리는 신형 앰뷸런스, 접수원과 다른 간호사 들, 그리고 그와 다르게 파란색 티셔츠에 신상품 운동화를 신은 두 남자 의사, 모두를 제 품에 안을 듯한 왕족 같은 몸짓과 기세였다.

"이 대리석은 코브다르 땅에서 채석한 것입니다. 세상을 떠난

제 아내의 창백한 피부색을 닮았죠. 맞습니다, 나는 내 딸의 어머니를 기리려 이 병원을 지었습니다. 봄이 오면 나의 이 돔에 매료된 온갖 나비들이 마법 같은 황홀경을 선사합니다. 나비는 언제나 아픈 사람들의 사기를 올려줍니다. 그건 그렇고 로즈, 비르헨델로사리오를 찾아가보세요. 좋아할 겁니다. 마카엘 산에서 나온 가장 순수한 대리석으로 만든 성모상이거든요."

"나는 무신론자예요, 고메스 씨." 로즈가 단호하게 말했다. "그리고 난 처녀가 수태했다는 이야기를 믿지 않아요."

"하지만 로즈, 성모상의 재료인 대리석은 재질이 아주 섬세하며 색은 젖빛과 비슷합니다. 하얗지만 살짝 노랗죠. 자식에게 젖을 먹여준 어머니의 양육에 조각가가 경의를 표한 것이겠지요. 내가 궁금한 건, 그 처녀의 유일한 자식은 자신의 어머니를 이름으로 불렀을까요?"

"그건 중요하지 않습니다." 로즈가 말했다. "아무튼 다 거짓말이잖아요. 그리고 간과해선 안 될 게 또 하나 있는데, 예수는 자신의 어머니를 '여인woman'이라고 불렀습니다. 히브리어로 '부인'으로 해석되죠."

이때 접수원이 나타나 고메스에게 아주 빠른 스페인어로 말하기 시작했다. 접수원은 가슴에 안고 온 살찐 흰 고양이를 고메스의 반들반들한 검은 구두 옆에 내려놓았다. 고양이가 다리

주위를 맴돌기 시작하자 고메스는 무릎을 꿇으며 손을 뻗었다. "호도는 내 진정한 사랑입니다." 그가 말했다. 고양이는 그의 손바닥에 얼굴을 대고 비볐다. "아주 다정한 고양이예요. 나로서는 이곳에 쥐가 없다는 게 그저 미안할 따름입니다. 쥐가 없으니 호도는 온종일 나를 사랑하는 것 말고는 달리 할 일이 없기 때문이죠."

로즈가 재채기를 하기 시작했다. 네 번째 재채기가 끝나자 손뼉 치듯 자기의 한쪽 눈을 찰싹 때렸다. "난 고양이 알레르기가 있어요."

고메스가 새끼손가락을 호도의 입에 집어넣었다. "잇몸은 단단하고 선홍빛이어야 하는데, 호도는 이 면에서는 괜찮아요. 하지만 배가 전에 없이 불룩해지고 있어요. 혹시 신장병에 걸렸을까 걱정입니다."

고메스가 주머니에서 소독제 병을 꺼내 양손에 뿌리는 사이 훌리에타는 로즈에게 가려운 눈에 안약을 좀 넣어드릴까요, 하고 물었다.

"오, 네, 부탁해요."

내 어머니는 여간해선 '부탁해요'라고 말하지 않는다. 그런데 방금은 초콜릿 상자라도 받은 듯한 목소리로 그 말을 했다.

훌리에타 고메스가 주머니에서 작은 흰색 플라스틱 병을 꺼냈다. "항히스타민제예요. 방금 전에도 눈이 가려운 누군가를 도운 약이죠." 그녀는 로즈에게 다가가 로즈의 턱을 위로 올려 살짝 젖히고 양쪽 눈에 두 방울씩 떨어뜨렸다.

어머니는 이제 힘없이 눈물이 그렁그렁했다. 그러나 눈물이 차오를 뿐 아직 뺨을 따라 흐르지 않아 그저 화나고 억울해 보였다.

고양이 호도는 의료진의 팔에 안겨 사라졌다.

선샤인 간호사, 그러니까 홀리에타는 살갑지도 적대적이지도 않았다. 사실 그녀는 유능하고 조용했다. 그녀의 아버지가 지닌 활기와 에너지는 전혀 느껴지지 않았으며 안 그러는 척하고 있지만 로즈의 말을 주의 깊게 경청하고 있었다. 나는 우리가 진료실로 들어왔을 때 문가에 서 있던 그녀의 모습을 다시 떠올려 보았다. 그때 그녀는 혼자만의 생각에 잠겨 있던 게 아니었을지도 모른다. 내게 원피스 정리를 도와줄까요, 하고 물은 걸 보면 주의력도 있는 사람이었다. 나는 해변에서 원피스 지퍼를 내리고 있던 걸 잊고 있었다. 홀리에타는 내 원피스 지퍼를 신중하게 올려준 다음, 가는 허리춤에 두 손을 짚으며 우리가 탈 택시가 도착했다고 알려주었다.

"안녕히 가십시오, 로즈." 고메스가 로즈의 손을 잡고 힘차게 흔들었다. "그건 그렇고, 우리가 렌터카를 준비해두었으니 앞으로 그걸 이용하면 됩니다. 렌터카 비용은 치료비에 포함되어 있어요."

"나더러 어떻게 운전하라는 거죠? 난 다리에 감각이 없는데요." 로즈는 다시 당황한 표정을 지었다.

"제가 허락해드리죠. 다음번에 오실 땐 차를 받아 직접 운전해서 오세요. 작성할 서류가 좀 있긴 한데, 일단 차는 병원 주차장에 준비되어 있습니다."

훌리에타가 어머니의 어깨에 손을 얹었다. "혹시 운전하다 문제가 생겨도 소피아가 우리한테 전화하면 바로 모시러 갈 수 있어요. 따님은 우리 연락처를 다 가지고 있으니까요."

고메스클리닉은 가족 운영 사업체가 분명했다.

우리는 자동차만 제공받는 게 아니었다. 고메스는 내 어머니에게 밖에서 같이 점심을 먹으면 좋겠다고 알렸다. 그는 훌리에타에게 이틀 뒤 날짜로 다이어리에 일정을 기입해달라고 했다. 그리고 은회색 머리를 숙여 인사하고는 대리석 기둥 옆에서 기다리던 젊은 의사 한 명과 이야기하려 발을 돌렸다.

나는 로즈와 함께 절뚝거리며 택시 쪽으로 걸어가면서 고메스가 어떤 운동을 하라고 했는지 물었다.

"몸을 움직이는 운동이 아니란다. 그는 내가 이름 붙인 내 적들의 이름을 하나도 빠짐없이 적으라고 했어." 로즈는 핸드백을 탁 소리 나게 열고 고리에 낀 휴지 한 장을 빼내려 씨름했다.

"소피아, 있잖니, 선샤인 간호사 또는 훌리에타 고메스, 아무튼 이름이 뭐든지 간에 그 여자가 내 눈에 안약을 짜 넣을 때 알코올 냄새가 났어. 확실히. 분명 보드카 냄새였어."

"음, 오늘이 생일이라잖아요." 내가 말했다.

산 아래 바다는 고요했다.

그리스 여자는 게으르다. 그들이 묵는 해변 아파트의 창문이 더러운 데도 닦지 않는다. 그녀는 문단속도 하지 않는다. 부주의한 짓이다. 꼭 초대장 같다. 마찬가지로 부주의한 짓인, 헬멧 없이 자전거 타기 같다. 반드시 큰 부상을 입을 사고로의 초대이다.

숙녀와 신사

이제 겨우 오전 8시인데 다이빙 학교의 개는 벌써 사슬을 당기며 뻗대고 있다. 개는 뒷다리로만 서서 딱지가 앉은 갈색 대가리를 옥상 테라스 벽 너머로 내밀고, 해변의 생명체들을 내려다보며 으르렁거린다. 파블로가 페인트칠하는 멕시코 노동자 두 명에게 고함을 질러댄다. 멕시코인들은 가운뎃손가락을 올릴 합법적 서류가 없어 되받아치지 못한다. 개의 으르렁 소리가 커질수록 파블로의 고함도 커진다.

나는 오늘 파블로의 개를 풀어줄 것이다.

나는 다이빙 학교 옆에 위치한 카페 플라야로 들어가 좋아하는 커피 메뉴인 코르타도를 주문했다. 커피하우스에서 일하던 당시 우유 거품을 내는 기술을 완벽히 익히느라 엿새를 고생했으니 이곳 직원은 어떻게 우유 거품을 내는지 눈여겨보고 싶은 것도 당연하다. 카페 플라야의 직원은 헤어 젤을 듬뿍 써서 까만 머리칼을 뾰족뾰족 세운 모습이다. 머리카락이 중력과 놀라운 상호작용을 하는 것 같다. 나는 파블로의 개를 탈출시키는 대신 저 머리카락만 한 시간 내내 지켜볼 수도 있다. 내가 주문한 코르타도는 유효기간을 늘리기 위해 가공 처리한 우유로 만들어졌다. 이곳 사막 지역에서 주로 사용하는 우유로 '멸균우유'라고 불리는 종류이다.

"우리는 암소의 젖통 밑에서 원유原乳를 받아내던 날에서부터 너무 멀리 와버렸어요. 집에서 너무 멀리 와버린 거죠."

커피하우스에서 근무하던 첫날, 사장이 부드럽고 슬픈 목소리로 이렇게 말했었다. 나는 그 말을 종종 생각한다. 우유에 대해 생각하는 그녀를 생각한다. 그런데 원유가 있는 곳이 집이었던가?

다이빙 강사들이 플라스틱 휘발유통과 산소통을 실은 짐수레를 밀고 끌며 백사장을 가로지른다. 배는 바다에서, 특별히 밧줄을 쳐둔 구역에서 그들을 기다리고 있다. 파블로의 개를 풀어주기에 완벽한 시기는 언제일까?

화장실에 가려면 자리에서 일어나 마을 술꾼 앞을 지나가야 한다. 술꾼은 이른 아침부터 색이 강렬한 오렌지 과자를 안주

삼아 코냑을 마시고 있다. 세뇨라스* 문은 카우보이 영화 속 술집처럼 널조각을 이어 붙여 흰색으로 칠한 여닫이문이다. 온갖 분위기를 잡으며 들어서는 낯선 이방인을 바 주인이 의심스럽게 쏘아보는 서부영화에서 많이 본 그런 문. 내가 오줌을 싸는 동안 누군가 옆 칸에 들어왔다. 바닥과 칸막이 사이에 있는 공간을 통해 지금 들어온 이가 남자임을 알 수 있다. 금색 버클이 달린 검은색 가죽 구두를 신은 남자. 남자가 나를 기다리는 것만 같다. 그는 가만히 서 있기만 하고, 숨소리만 낼 뿐 발이 움직이지 않는다. 숨어 있는 것이다. 갑자기 관찰당한다는 기분이 엄습한다. 내가 치마를 허리로 올릴 때 날 볼지도 모른다. 그게 아니면 왜 저기 가만히 서 있겠는가? 그가 조금이라도 움직이거나 떠나기를 기다리길 몇 분, 하지만 아무런 변화가 없자 무서워지기 시작한다. 나는 얼른 치마를 내리고, 문을 밀어젖히고, 직원에게 달려간다.

직원은 커피 머신 조작과 빵 굽기와 오렌지 짜기를 동시에 하느라 몹시 분주하다.

"죄송하지만 지금 여자 화장실에 남자가 들어왔어요."

직원은 어깨에 널려 있던 행주를 낚아채 우유가 똑똑 떨어지

---

* señoras, 여성을 가리키는 스페인어. 여성용 화장실을 가리키기도 한다.

는 스테인리스스틸 봉을 닦는다. 그다음 빙글 돌아서 오래된 바
게트를 그릴에서 꺼내 썬 뒤 접시에 올린다.

"뭐라고요?"

다리가 떨린다. 왜 이렇게 겁이 나는지 모르겠다.

"여자 화장실에 남자가 있다고요. 남자가 문 밑으로 나를 지
켜봤어요. 칼을 가지고 있을지도 몰라요."

직원은 짜증이 난 듯 고개를 흔들면서도 튜브 아래 컵과 유리
잔이 한 줄로 늘어선 기계를 떠날 생각이 없어 보인다. 커피를
여러 잔 만들어 모양과 재질이 다른 컵과 유리잔에 하나하나 담
아내기란 복잡한 일이다.

"혹시 당신이 카바예로스*에 들어간 건 아니고요? 바로 옆에
붙어 있거든요."

"아니에요. 위험한 사람 같았다고요."

직원이 나와 함께 잰걸음으로 화장실로 가, 빨간 레이스 부채
그림 아래 '세뇨라스'라고 적힌 팻말이 있는 문을 발로 찬다.

한 여자가 수전에서 손을 씻고 있다. 내 또래로 보이는, 몸에
달라붙는 파란 벨벳 반바지를 입은 여자다. 숱 많은 금발은 하
나로 땋아 묶었다. 직원이 스페인어로 그녀에게 여기서 남자를

---

*   caballeros, 남성을 가리키는 스페인어.

보았느냐고 묻는다. 여자는 고개를 가로저은 다음 다시 손을 씻고, 직원은 구둣발로 화장실 문을 쿡쿡 찌르듯 밀어본다.

"이곳에 남자는 당신뿐인데요." 여자가 직원에게 말한다. 독일 억양이 배어 있다.

부끄러워 바닥으로 시선을 내리는데 금발 여자의 신발이 보인다. 화장실 칸막이 아래로 언뜻 본 남자 구두다. 금빛 버클이 옆에 달린 검은색 가죽 구두. 무슨 말을 해야 좋을지 모르겠다. 얼굴이 확 달아오르고 심장이 또다시 철렁한다. 직원은 포기라는 듯 손사래를 치고 금발 여자와 나만 남긴 채 발을 쿵쿵 구르며 화장실을 나간다.

우리는 말없이 서 있고, 나는 그저 뭐라도 해야 할 것 같아 손을 씻는데 수도꼭지를 어떻게 잠그는지 알지 못한다. 여자가 손바닥으로 수전을 탁 치자 물줄기가 끊어진다. 내가 고개를 들자 세면대 위 거울에 곁눈질하는 여자의 초록 눈동자가 보인다. 내 또래로 보인다. 숱 많은 눈썹은 검은색에 가깝다. 머리칼은 금발에 직모다.

"이건 남성용 댄스화예요." 여자가 말한다. "언덕에 있는 빈티지 가게에서 찾아냈어요. 거기서 일하거든요."

나는 이제 젖은 손가락을 내 머리칼 사이에 넣고 꼼지락거린다. 내 머리칼이 부스스해지기 시작하건만 여자는 그저 침착하게 서 있을 뿐이다.

"나는 여름이면 그 가게에서 바느질 일을 해요. 그 가게 사람들이 이 신발을 주었죠." 그녀는 비단결 같은, 땋은 머리채 끝을 잡아당긴다. "당신이 어머니하고 같이 있는 걸 봤어요."

마을 광장에 정차한 트럭에서 한 남자가 확성기로 외친다. "수박 사세요."

경적을 세게 울려대는 걸 보니 그는 몹시 울적하다.

"네. 어머니가 이곳 클리닉에서 치료를 받고 있어요."

패배자처럼 들리는 말이다. 어떤 까닭인지 이 여자에게 좋은 점수를 받고 싶은데 첫인상부터 글러버렸다. 내 심장은 아직도 달음박질치고 티셔츠는 흠뻑 젖어 있다. 여자는 큰 키에 날씬하다. 햇볕에 그을린 손목에 둥근 은팔찌 두 개를 끼고 있다.

"나는 남자친구와 이곳에 집을 얻어 살고 있어요." 여자가 말한다. "우리는 여름이면 대개 이 고장으로 와요. 오늘은 가게에서 수선할 일거리를 아주 많이 받았어요. 그것만 끝내면 우리는 저녁을 먹으러 로달킬라르로 드라이브할 거예요. 열기가 한풀 꺾인 다음에 밤 드라이브하는 걸 좋아하거든요."

여자는 내가 바라는 그런 삶을 살고 있다. 그녀는 여전히 땋은 머리를 만지작거린다.

"어머니와 드라이브하며 관광할 생각인가요?"

나는 병원에서 빌려준 차를 가지러 가야 하지만, 나는 운전을 하지 않으며 로즈는 다리에 문제가 있다고 설명했다.

"당신은 왜 운전을 안 하는데요?"

"실기 시험에서 네 번이나 떨어졌거든요."

"있을 수 없는 일인데."

"필기 시험에도 불합격했어요."

그녀는 입가를 비틀고 눈을 반쯤 감은 채로 내 머리를 보며 물었다. "말은 탈 줄 알아요?"

"아뇨."

"나는 세 살 때부터 말을 탔어요."

나에게는 자랑할 거리가 전혀 없다.

"아까 수선 피워서 미안해요." 내가 말했다. 그러고는 뛰지만 않았을 뿐 최대한 빠른 걸음으로 그곳을 나왔다.

어디로 가야 할까? 갈 곳이 없다. 갈 곳이 없다는 공포, 어머니 집을 담보로 잡은 은행 벽에 걸린 포스터가 암시하는 이 공포는 로즈와 내가 공유하는 공포다. 그들이 옳다. 나는 수박을 살 생각인 척 카페 근처 광장으로 걸어갔다.

나는 닭에게 줄 과일 껍질을 모으는 중이다. 뜨거운 여름 뙤약볕 속에서도 기적처럼 군말 없이 알을 낳아주는 닭을 위해. 닭의 주인은 베데요 부인이다. 그녀의 남편은 스페인 내전 때

프랑코의 파시스트군에 맞서 싸우다 죽었다.

수박 장수는 남자가 아니라 여자다.

여자는 밴 운전석에 앉아 작은 갈색 손으로 경적을 울리고 있다. 너무 혼란스럽다. 꺼칠한 수염을 기르고 얼굴에 땀을 뻘뻘 흘리는 남자 운전수를 상상했는데, 밀짚모자를 쓴 중년의 여자라니. 여자의 파란 원피스에는 사막의 먼지가 묻어 있고 풍만한 가슴은 운전대에 기대어 있다.

커피를 다 마시지 않은 게 떠올랐다.

나는 카페로 돌아가 아침나절부터 죽기 살기로 코냑을 마셔대는 마을 술꾼처럼 코르타도 커피를 단번에 마셨다.

그 여자가 있다.

남자 구두를 신은 그 여자가 내 테이블 옆에 서 있다. 곧고 긴 몸이 여군 같다. 그녀는 바다를 바라보고 있다. 배를 바라본다. 둥그런 대형 비닐 풀장에서 물장구치는 아이들을 바라본다. 모래 위에 펼친 파라솔 아래 의자를 내놓고 수건을 깔고 누운 관광객을 바라본다. 다이빙 학교의 배는 이제 장비를 모두 실어 바다로 나가 있다. 내가 아직 풀어주지 못한 갈색 독일셰퍼드는 여전히 쇠줄을 젱그렁젱그렁 당기고 있다.

"내 이름은 잉그리트 바우어예요."

여자는 왜 이렇게까지 내 옆에 바짝 서 있을까?

"소피예요, 그리스식 이름은 소피아고요."

"안녕하세요, 조피?"

잉그리트는 내 이름을 완전히 다른 존재의 이름처럼 발음한다. 나는 내 샌들이 창피하다. 원래 흰색인데 여름을 나면서 빛이 바래 회색이 되어버렸다.

"입술이 해 때문에 다 갈라졌네요." 그녀가 말한다. "안달루시아 평원에서 자라는, 다 익어 벌어진 아몬드 열매 같아요."

파블로의 개가 으르렁대기 시작한다.

잉그리트는 다이빙 학교 옥상 테라스를 올려다본다. "저 독일 셰퍼드는 사역견이기 때문에 온종일 저렇게 묶여 있으면 안 돼요."

"개 주인은 파블로예요. 모두가 그를 싫어하죠."

"알아요."

"난 오늘 저 개를 풀어줄 거예요."

"오, 어떻게요?"

"그건 몰라요."

잉그리트는 하늘을 올려다본다. "사슬을 풀 때 개와 눈을 마주 볼 건가요?"

"네."

"안 돼요. 절대 그러지 말아요. 개한테 다가갈 때 나무처럼 가만가만 움직일 수 있나요?"

"나무는 결코 가만있지 않아요."

"그럼 통나무처럼 가만가만?"

"네, 통나무처럼 가만히 움직일게요."

"이파리처럼."

"이파리는 결코 가만있지 않아요."

그녀는 여전히 하늘을 우러르고 있다. "조피, 문제가 하나 있어요. 파블로의 개는 말로 다 표현 못 할 학대를 받았어요. 개는 자유를 어떻게 감당해야 할지 모를 거예요. 온 마을을 헤집고 뛰어다니며 아기를 잡아먹으려 들걸요. 만일 당신이 사슬을 풀어주는 데 성공한다면 개를 산으로 데려가 미치도록 뛰어다니게 놔두세요. 개는 그 방식으로만 진정 자유로워질 거예요."

"하지만 물이 없는 산속에서는 개가 죽을 텐데요."

이제 잉그리트는 나를 보고 있다. "뭐가 더 나쁠까요? 하루 종일 물 한 그릇을 앞에 둔 채 묶여 있기와 자유를 누리다가 목말라 죽는 거 중에서?" 왼쪽 눈썹이 씰룩거리는 게 마치 이렇게 묻는 듯 보인다. 당신 좀 히스테릭한 상태죠? 당신은 있지도 않은 남자가 있다며 직원에게 문을 열게 했고, 수도꼭지 잠그는 법도 모르고, 운전도 못 하면서 길들여지지 않은 개에게 자유를 선사하려 하잖아요.

그녀가 내게 해변을 걷고 싶으냐고 묻는다.

나는 간절히 원한다.

나는 내 슬리퍼를 차듯이 벗었다. 우리는 카페테라스와 해변을 나누는 경계인 콘크리트 계단 세 개를 펄쩍 점프해 뛰어내렸다. 그 점프에는 중요한 뭔가가 있었다. 계단을 걸어서 내려가지 않았다는 사실이 우리 둘을 동시에 뛰게 만들었다. 우리는 분명 존재하지만 아직 눈으로 보지 못한 무언가에 쫓기는 사람처럼 모래밭을 빠르게 달렸다. 조금 뒤 우리는 속도를 늦추고 해변을 따라 걸었다. 잉그리트는 검은 댄스화를 벗고 나를 보더니 신발을 힘껏 바다에 던졌다.

안 돼, 안 돼, 안 돼. 내가 외치는 소리가 들렸다. 나는 치맛자락을 올려 잡고는 파도에 실려 멀어지는 댄스화를 잡으려 달렸다. 그리고 마침내 신발이 내 가슴에 부딪혔고, 바다에서 걸어나와 그녀에게 신발을 돌려주었다.

그녀는 신발을 한 손에 하나씩 들고 흔들어 물기를 털어낸 다음 깔깔 웃었다. "맙소사, 이걸……. 당신을 놀라게 할 생각은 없었어요, 조피."

"당신 잘못이 아니에요. 아무튼 난 겁이 났어요."

왜 이런 말을 했을까? 아무튼 겁이 났다고?

우리는 계속 걸었다. 아이와 부모 들이 함께 만드는 포탑과 해자가 딸린 정교한 왕국의 모래성을 요리조리 피해가며. 세 자매가 일곱 살쯤으로 보이는 여자아이를 허리까지 모래에 파묻고, 꿈지락거리는 다리에 모래를 덮어 인어 꼬리처럼 빚고 있었다. 우리는 누워 있는 여자아이의 몸을 타 넘고는 다시 해변 끄트머리까지 달렸다. 나는 해초가 널린 바위에 털썩 앉았고, 잉그리트도 앉았다. 우리는 나란히 누워 파란 하늘에 떠오르는 파란 연을 올려다보았다. 그녀의 숨소리가 들렸다. 연이 갑자기 쭈그러지며 낙하하기 시작했다. 나는 저 넘실대는 파도와 함께 멀리멀리 빠져나가 다른 삶을 시작하기를 평생을 바라왔다. 하지만 그 삶이 어떤 의미가 있을지, 어떻게 그 삶에 다다를지는 알지 못했다.

잉그리트의 반바지 뒷주머니에서 휴대전화가 울렸다. 그녀는 휴대전화를 꺼내려 몸을 굴려 엎드렸고, 나도 똑같이 배를 깔고 엎드린 자세를 잡았다. 이제 우리 몸은 한층 가까워졌다. 갈라진 내 입술이 그녀의 크고 탐스럽고 부드러운 입술에 닿고, 우리는 키스했다. 밀물이 밀려들었다. 나는 눈을 감고 발목을 덮는 바다를 느꼈고, 내 노트북 화면보호기 속 디지털 하늘에 박힌 성운, 가스와 먼지로 이뤄진 분홍빛 소용돌이를 떠올렸다. 휴대전화가 계속 울어대는데도 우리는 계속 키스했다. 잉그리트는 내 어깨 위 메두사에 쏘인 자리를, 자줏빛 종기를 꼬집었다. 따끔거렸지만 아무래도 좋았다. 그다음 그녀는 내 몸을 놓아주고 전화를 받았다.

"나 해변에 나와 있어, 매티. 바다가 들려?"

그녀는 휴대전화를 쥔 손을 파도 쪽으로 올리면서도 초록 눈으로 비스듬히 날 바라보았다. 동시에 그녀의 입술은 '나 **늦었어요, 아주 많이**' 하는 모양을 지었다. 마치 그녀가 늦은 게 내 탓인 것처럼.

나는 너무 당황해서 발딱 일어나 그곳을 떠났다.

내 이름을 부르는 목소리가 들렸지만 뒤돌아보지 않았다. 자매들 손에 파묻히던 인어 소녀에게는 이제 조개와 작은 조약돌로 장식된 완벽한 부채 모양 꼬리가 생겼다.

"조피, 조피, 조피."

나는 멍하니 계속 걸었다. 내가 무슨 일인가를 일어나게 한 것이었다. 나는 떨고 있었다. 그리고 내가 인류학anthropology을 내 몸속에, 피부 속에 너무도 오랫동안 붙들고 있었음을 깨달았다. 그리스어로 사람을 뜻하는 안트로포스anthropos와 학문을 뜻하는 로기아logia에서 나온 그 단어를 너무 오래 붙들고 있었다. 만일 인류학이 수백만 년 전부터 오늘날까지의 인간을 연구하는 학문이라면, 나는 나 자신을 연구하는 일에 그리 능하지 않다. 나는 오스트레일리아 원주민 문화와 마야 상형문자와 일본 자동차 제조사의 기업 문화를 연구하고 다양한 사회의 내적 논리에 관한 논문도 썼지만, 나 자신의 논리를 세울 실마리는 찾아내지 못했다. 불현듯 이 무지는 내게 일어난 가장 좋은 일이 되었다. 잉그리트가 메두사에 쏘인 내 어깨를 꽉 꼬집던 순간 가장 선명하게 와닿았다.

그녀는 광장에서 복숭아 차를 마시고 있다. 그녀는 몹시 더워하고 있다. 안달루시아의 여름이 아니라 겨울에나 어울릴 파란색과 검은색 체크무늬 셔츠를 입고 있기 때문이다. 그녀는 자신을 작업복 차림의 카우보이로, 밤이면 혼자서 산의 윤곽을 돌아보며 '맙소사, 저 별들……'이라 말하는 사람으로 여길 것이다.

노크

이 밤, 누군가 우리의 해변 아파트 창문을 톡톡 두드린다. 두 번 확인했는데 아무도 없다. 바다갈매기나 바람에 날려 온 해변 모래가 부딪치는 소리일 것이다. 거울을 들여다보니 나 자신조차 못 알아볼 얼굴이 거기 있다.

살갗은 그을리고, 머리칼은 자라 버석버석해지고, 얼굴은 짙게 타서 치아만 유독 새하얘 보이고, 눈동자는 더 크고 밝아진 듯하다. 모두 엉엉 울기 좋은 조건이다. 지금 어머니가 넌 신발 끈 하나 제대로 못 묶니! 하는 식으로 고함치기 때문이다. 나는 매번 달려가 그녀의 발 앞에 꿇어앉아 끈을 다시 묶으려 하지만 잘되지 않고, 그래서 결국 바닥에 앉아 그녀의 발을 내 무릎에 올려놓은 뒤 끈을 새로 묶기 위해 이제껏 맨 끈을 전부 다시 풀어야 한다.

구멍 하나하나 끈을 빼 꼬인 부분을 돌려 편 다음 처음부터 새로 시작하는 긴 과정이었다. 나는 어머니에게 왜 신발을 신어야 하느냐고 물었다. 그것도 끈 달린 신발을. 밤이고, 외출 계획도 없으면서.

"끈 달린 신발을 신으면 생각을 잘할 수 있으니까." 어머니가 말했다.

발을 내게 맡긴 어머니는 의자에 비스듬히 앉아 흰 석회 벽을 응시한다. 의자를 약간만 돌리도록 허락해준다면 밤의 별을 볼 수 있을 텐데. 아주 작은 움직임만으로 눈앞의 경치가 바뀔 테지만 그녀는 관심이 없다. 별이 그녀를 모욕하는 듯 보인다. 별 하나하나가 그녀를 공격한다. 그녀는 풍경이라면 이미 마음속에 하나 갖고 있다고 말한다. 요크셔 고원의 풍경. 그녀는 오솔길을 산책하고 있고, 풀은 짙푸르고 뾰족하고, 머리 위로 비가 부드럽게 내리는데 그 비는 가장 가벼운 비이며, 그녀의 배낭에는 치즈 롤빵이 하나 들어 있다. 나도 요크셔 고원에서 그녀와 함께 산책을 하고 싶다. 롤빵에 버터를 바르고 지도를 읽어줄 수 있다면 기꺼이 그러고 싶다. 내가 이 이야기를 하자 그녀는 웃는 듯 아닌 듯 묘한 미소를 지었다. 꼭 다른 사람에게 발을 이미 빼앗긴 사람처럼. 오늘 밤 나는 유독 초조하다. 누가 창문을 두들기는 소리가 아직도 들린다. 벽 안에 숨은 생쥐들일까.

"너는 늘 멀리 있어, 소피아."

어쩌면 아버지일지 모른다. 아버지가 어머니를 돌보기 위해서, 그래서 내게 휴식을 주려 찾아왔는지 모른다. 북아프리카에서부터 헤엄쳐 해변에 닿은 난민일 수도 있다. 나는 그 여자에게 오늘 밤 집을 내주리라. 내줄 것이다. 그럴 거라고 나는 생각한다.

"냉장고에 물 있니, 소피아?"

나는 우리에게 우리가 누구인지 알려주는 화장실 문 속 기호에 대해 생각한다.

젠틀맨 레이디스 Gentlemen Ladies

옴므 팜므 Hommes Femmes

헤렌 다멘 Herren Damen

시뇨리 시뇨레 Signori Signore

카바예로스 세뇨라스 Caballeros Señoras*

우리 모두는 각자의 기호 안에 숨어 있는 건 아닐까?

* 각각 신사 숙녀를 뜻하는 영어, 프랑스어, 독일어, 이탈리아어, 스페인어.

"물 다오, 소피아."

나는 잉그리트가 파도를 향해 휴대전화를 내밀던 모습을 생각한다. 나 해변에 나와 있어, 매티. 바다가 들려?

잉그리트는 남자친구와 통화하면서도 발바닥으로 내 오른쪽 허벅지, 무릎 바로 위 안쪽을 문질렀다.

잉그리트가 해초에 던져놓은 남성용 댄스화는 파도에 밀려오는 작은 배처럼 깐닥거렸다. 자유로이 떠다니는 캄캄한 해초의 짭짤한 미네랄 냄새는 유혹적이고 강렬했다.

나 해변에 나와 있어, 매티. 바다가 들려?

모든 메두사가 둥둥 떠다니는 바다.

잉그리트의 벨벳 반바지를 흠뻑 적신 바다.

나는 어머니의 신발 끈을 풀고 묶기를 계속한다. 창가를 두드리는 사람이 있다. 확실하다. 이번에는 가벼운 두드림이 아닌 꽤 힘을 실은 노크다. 나는 어머니의 다리를 무릎에서 내려놓고 문으로 걸어간다.

"손님이 오기로 했니, 소피아?"

아니요. 네. 어쩌면요. 내가 손님을 기다리는 건지도요.

잉그리트 바우어는 정강이 높이까지 끈을 교차해 묶은 은색 글래디에이터 샌들을 신고 있었다. 짜증이 난 얼굴이었다.

"조피, 문 두들기다 죽는 줄 알았어."

"못 봤어."

"하지만 난 여기 있었는걸."

그녀는 매튜에게 내 상황을 이야기했다고 말했다.

"상황이라니, 무슨 상황?"

"이동 수단이 없는 거 말야. 이곳은 사막이야, 조피! 매튜가 내일 고메스클리닉에서 자동차를 가져다주겠대."

"자동차가 있으면 좋긴 할 거야."

"쏘인 데 좀 보여줘."

나는 소매를 걷어 자줏빛으로 부푼 자국을 보여주었다. 물집이 잡히고 있었다. 잉그리트는 손가락으로 내 상처 부위를 쓸었다.

"당신한테선 바다 냄새가 나." 그녀가 속삭였다. "불가사리처럼." 그녀의 손이 내 겨드랑이 주름에 닿았다. "저 작은 괴물들이 정말로 당신을 쫓아왔나 봐."

그녀는 내 휴대전화 번호를 요구했고, 나는 그녀의 손바닥에 적어주었다.

"조피, 다음엔 내가 노크하면 바로 문 열어."

나는 문은 한 번도 잠긴 적이 없다고 말했다.

우리의 해변 아파트는 어둡다. 여름의 열기를 차단하고, 실내 온도를 서늘하게 유지하는 벽은 두껍다. 우리는 밤뿐 아니라

낮에도 자주 불을 켜둔다. 잉그리트가 떠나고 얼마 지나지 않아 갑자기 전기가 나갔다. 나는 의자에 올라가 욕실 옆 벽에 있는 두꺼비집을 열고 스위치를 딸깍 내렸다가 올렸다. 전기가 다시 들어오자, 나는 의자에서 내려온 다음 로즈를 위한 차를 만들었다. 로즈는 요크셔 차 티백 다섯 상자를 포장해 스페인까지 가져왔다. 해크니에 있는 우리 동네 끄트머리에는 요크셔 차 티백을 일 년 열두 달 늘 갖춘 가게가 있었는데 로즈는 티백을 대량으로 구입하겠다며 꼭 그곳까지 걸어갔다가 집까지 다시 걸어왔다. 이것은 내 어머니의 절뚝거리는 다리가 지닌 미스터리이다. 그녀의 다리는 때로 귀신이 술수를 부리나 싶게 세상 속으로 걸음을 내디딘다.

"스푼 다오, 소피아."

나는 스푼을 가져다주었다.

이렇게는 못 산다. 이 여행을 통째로 뒤집어야 한다.

시간은 부서졌고, 내 입술처럼 갈라지고 있다. 내가 현장연구 아이디어를 적을 때 과거시제로 쓰는지 현재시제로 쓰는지, 그도 아니면 두 가지 시제를 섞어 쓰는지 모르겠다.

그리고 나는 아직 파블로의 개를 풀어주지 못했다.

그리스 여자는 밤이 되면 모기가 달려들지 못하게 시트로넬라 모기 향을 피운다. 그녀의 배와 가슴의 곡선이 보인다. 그녀의 젖꼭지 색은 입술 색보다 짙다. 어둠 속 짙은 향을 풍기는 방에서 모기에게 뜯기고 싶지 않다면, 그녀는 벌거벗고 자는 버릇을 버려야 할 것이다.

바다를 로즈에게 가져다주기

고메스 박사가 어머니를 초대한 점심 자리에서 나는 철저히 침묵을 지키겠노라 약속했다. 그는 내게 절대 입을 열지 않을 것을 당부하며 자신의 판단을 믿고 따라달라고 했다. 사실 그는 내게 매일 아침 병원 직원이 해변 아파트에 와 어머니를 차에 태워갈 테니 그동안 무엇이든 하고 싶은 일을 하라고도 했었다. 그래도 화요일에는 나를 병원으로 불러들였는데, 내가 어머니의 가장 가까운 친족이기 때문이었다. 물론 내 선택이기도 했다. 고메스는 로즈를 더 알고 싶어했다. 로즈의 사례가 워낙 당혹스러웠기 때문이다. 그의 관심사는 그녀가 왜 걷지 못하는가가 아닌, 왜 간헐적으로 걸을 수 있는가였다. 그는 이것이 아주 육체적인 고통처럼 보이지만 우리는 결코 의학 이론의 노예가 되어서는 안 된다고 했다. 내가 무슨 생각을 했겠는가?

나는 고메스를 내 연구조수로 생각했다. 내 평생을 바쳐온 연구에 이제 막 뛰어든 연구조수. 내 어머니의 증상에 한해서는 승리와 패배를 가르는 명확한 경계가 없다. 고메스가 한 가지 진단을 내리면 어머니는 곧바로 그를 당혹시킬 또 다른 증상 하나를 키워낼 것이다. 그는 이 점을 알아차린 듯 보인다. 고메스는 어제 로즈에게 죽은 곤충의 시체를 보고 느끼는 고통을 말해보라고 했다. 아마 파리였던 것 같은데, 파리는 손으로 때려잡기 쉽기 때문이다. 그는 그녀에게 이 낯선 행위를 군말 없이 따르고, 파리가 죽기 전에 내는 앵앵거리는 단조로운 소리에 귀를 기울여보라고 제안했다. 앵앵거리는 그 소리. 인간의 귀에는 보통 성가시게만 들리는 그 소리에서 러시아 민속음악의 음색과 음 높이와 유사한 점을 발견할 수 있을 거라고 했다.

어머니가 입을 벌리고 큰 소리로 웃는 걸 그때 처음 보았다. 같은 시각 고메스는 다양한 세부 검사 예약을 잡고, 병원 직원은 그녀의 오른발에 드레싱을 했다.

고메스가 마을 광장에 있는 레스토랑에 3인 이용으로 예약을 한 것은 아파트에서 그곳까지라면 로즈도 비교적 쉽게 걸어오리라는 생각 때문이었다. 하지만 결코 그렇지 않았다. 어머니는 식당으로 향하던 중 어젯밤부터 광장에 버려져 있던 피스타치

오 껍데기에 걸려 넘어졌다. 신발 끈을 정리하는 데만 한 시간이 걸렸건만 결국 그녀는 완두콩보다도 작은 견과류 한 알 때문에 넘어지고 말았다.

고메스는 먼저 도착해 테이블에 앉아 있었다. 그는 로즈 맞은편에 앉고 나는 지시대로 그의 옆자리에 앉았다. 딱딱한 느낌을 주는 가는 세로 줄무늬 양복은 우아한 크림색의 리넨 양복으로 바뀌었는데, 자유롭다고는 못 해도 자신이 유명한 자문의사임을 뽐냈던 첫인상에 비하면 사무적인 분위기는 확실히 덜했다. 재킷 주머니에는 각 맞춰 접힌 대신 부채꼴 모양을 한 노란 실크 행커치프가 꽂혀 있었다. 그는 말쑥하고 점잖고 예의발랐다. 그와 로즈가 메뉴를 들여다보는 동안 나는 당일치기 여행에 따라나선 벙어리처럼 말없이 샐러드를 가리켰다. 로즈는 한참 만에 흰콩 수프를 골랐고, 고메스는 과장된 톤으로 레스토랑 특식인 그릴에 구운 문어 요리를 주문했다.

로즈가 재빨리 자기는 생선 알레르기가 있어 입이 붓는다고 알렸다. 고메스가 못 알아들은 듯 보이자 그녀는 몸을 앞으로 내밀며 내 어깨를 찔렀다.

"내 생선 알레르기에 대해 말해."

나는 고메스의 지시대로 아무 말도 하지 않았다.

로즈는 관심을 그에게 돌렸다. "종류를 불문하고 나는 생선 가까이에 못 있어요. 당신이 주문한 문어 요리에서 나온 김이 공기에 섞여 내 쪽으로 날아오면 나는 두드러기가 날 겁니다."

고메스는 고개를 모호하게 끄덕이고는 로즈의 손을 잡았다. 그녀는 흠칫 놀랐지만 나는 그가 로즈의 맥박을 재는 걸지도 모른다고 생각했다. 손가락 하나가 그녀의 손목에 닿는 것을 보았기 때문이다.

"파파스테르기아디스 부인, 당신은 어유가 들어 있는 건강식품과 글루코사민을 복용하고 있어요. 우리 연구소에서 분석을 해봤답니다. 당신이 먹는 글루코사민 상품은 갑각류의 껍데기로 만들어졌습니다. 당신이 먹는 다른 보충제는 상어 연골에서 추출한 것이죠."

"네, 하지만 난 갑각류를 제외한 다른 종류에는 분명 알레르기 반응이 있어요."

"상어가 갑각류는 아니죠." 금을 씌운 고메스의 앞니가 햇빛을 받아 번쩍거렸다. 그가 예약한 자리는 그늘이 아니었기 때문에 그의 흰 머리칼이 땀으로 젖어 생강 냄새가 났다.

로즈가 와인 목록을 집으려 하자 고메스는 잽싸게 낚아채 식탁 가장자리로 옮겼다. "안 됩니다, 파파스테르기아디스 부인. 난 술 취한 환자를 맡지 않습니다. 우리가 진료실에 있었다면 나는 당신에게 와인을 권하지 않았을 겁니다. 단지 장소만 다를 뿐이에요. 지금은 이곳이 진료실이고, 하늘 아래 트인 곳에서 진료하지 못할 이유를 나는 알지 못합니다."

고메스가 손짓으로 직원을 불렀다. 조금 전 로즈에게 밀라노에서 병에 담긴 다음 싱가포르로 수출되었다가 다시 스페인으로 수입된다고 설명했던 미네랄워터 한 병을 주문했다.

"아, 싱가포르!" 그는 손뼉을 쳤는데, 분명 자기한테 더 집중하라는 신호였다. "지난달에 싱가포르 컨퍼런스에 참석했을 때 난 몹시 흥분한 상태였어요. 그러자 그곳 사람들이 아침에는 호텔 분수에서 키우는 잉어에게 먹이를 주며 마음을 가라앉히고, 오후에는 남중국해를 바라보라고 조언하더군요. '남중국해'라는 단어가 참으로 아름답지 않나요?"

로즈는 아름다움이라는 개념은 무엇이든 그녀에게 상처를 준다는 듯 움찔했다.

고메스는 의자에 등을 기댔다. "호텔 옥상 수영장에서 영국인 관광객들은 맥주를 마셨습니다. 그들은 배꼽까지 올라오는 물에 몸을 담그고 맥주를 마셔대면서도 단 한 번도 남중국해를 바라보지 않았습니다."

"수영장에서 마시는 맥주라니, 좋을 것 같네요." 로즈는 자신이 점심 식사를 할 때 물을 마시는 걸 선호하지 않는다는 사실을 상기시키려는 듯 날카롭게 대꾸했다.

고메스의 금니는 불꽃 같았다. "파파스테르기아디스 부인, 당신은 햇볕 아래 앉아 있습니다. 비타민D는 당신 뼈에 좋습니다. 당신은 반드시 물을 마셔야 합니다. 이젠 진지하게 한 가지 묻겠습니다. 왜 당신네 영국인들은 '와이파이'라 말하고 우리 스페인 사람들은 '위피'라고 하는 걸까요."

로즈는 본인이 싼 오줌을 마시라고 요구받은 사람처럼 물을 홀짝거렸다. "그거야 모음의 강세 때문이죠, 고메스 씨."

광장 한복판에서 열두 살 남짓한 깡마른 소년이 비닐 보트에 공기를 넣고 있었다. 초록색으로 물들인 모히칸 스타일 머리를 한 소년은 아이스크림을 게걸스럽게 핥으면서 발로 플라스틱 펌프를 눌러댔다. 소년의 다섯 살 여동생이 가끔 달려와 아직 구깃구깃한 비닐이 바다에 띄울 만한 뭔가로 탈바꿈되는 과정을 확인했다.

직원이 샐러드와 콩 수프를 팔의 굴곡진 부분에 아슬아슬하게 얹고 다가왔다. 직원은 자줏빛 촉수를 가진 '풀포알라그리글리아*'를 담은 커다란 접시를 종이 매트에 연극적으로 내려놓기 위해 고메스의 어깨 너머에서 몸을 숙였다.

"오, 네, 그라시아스." 고메스는 미국식 스페인어 억양으로 말

---

*   pulpo는 문어를 가리키는 스페인어로 pulpo alla griglia는 구운 문어 요리를 뜻한다.

했다. "이 생물은 아무리 먹어도 물리지가 않아요!" 자줏빛 다리의 풀포가 담긴 큰 접시가 그의 종이 매트에 올려졌다. "이 요리의 영광은 양념에 있죠……. 칠리 고추, 레몬즙, 파프리카! 심해에서 살아온 이 고대 주민에게 고마움을 느낍니다. 그라시아스, 풀포. 그대의 지성과 신비로움, 그리고 뛰어난 방어 체계에."

로즈의 왼쪽 뺨에 불그스레한 점 두 개가 나타났다.

"파파스테르기아디스 부인, 문어는 몸 색을 바꿔 위장한다는 것을 아십니까? 미국인인 나에게 풀포는 작고 신비한 '몬스트루오*'이지만, 나의 스페인적 면모로 보자면 아주 친숙한 괴물입니다."

고메스는 나이프를 집어 신랄한 공격을 받았던 검푸른 문어의 다리 하나를 잘라냈다. 그는 그걸 먹는 대신 땅바닥에 던졌다. 마을 고양이들에게 점심 식사를 같이하자는 노골적인 초대였다. 고양이들이 사방에서 몰려와 그의 발치에 맴돌기 시작했고, 바다 괴물 한 조각을 놓고 싸웠다. 그는 고무 재질 같은 문어 살을 섬세하게 썰어서 입안에 맛있게 밀어 넣었다. 잠시 후 그는 고양이들에게 문어 다리 세 점을 더 떨어뜨려주지 못할 이유가 없다고 느꼈다.

---

*   monstruo, 괴물을 뜻하는 스페인어.

어머니는 충격으로 점점 말을 잃어가고 몸도 가만히 있었다. 그녀의 가만있음은 나무, 혹은 이파리, 혹은 통나무의 가만있음 과는 달랐다. 시신 같은 가만있음이었다.

"우리가 와이파이에 대해 이야기하고 있었죠." 고메스가 말을 이었다. "수수께끼의 답을 말씀드리죠. 나는 '위피'는 '아시시의 프란치스코'와 운을 맞춘 거라고 말합니다."

비쩍 마른 고양이 세 마리가 그의 구두에 올라탔다.

로즈는 아직 숨이 붙어 있는 게 분명했다. 그녀가 고메스에게 적대감을 드러냈기 때문이다. 눈 흰자위는 분홍빛으로 부어 있 었다. "어디 의과대학을 나왔다고요?"

"존스홉킨스입니다, 파파스테르기아디스 부인. 볼티모어에 있죠."

"농담이겠지." 로즈는 누구라도 들을 법한 큰 목소리로 속삭 였다.

나는 포크로 토마토를 찌를 뿐 반응하지 않았다. 그래도 그녀 의 왼쪽 눈이 점점 다물어지는 모습이 영 걱정스러웠다.

고메스는 그녀에게 콩 수프를 즐기고 있느냐고 물었다.

"'즐기다'는 지나치게 강한 표현이군요. 뭐, 촉촉하긴 한데 아 무 맛이 없네요."

"'즐기다'가 어떻게 지나치게 강한 단어죠?"

"수프에 대한 내 태도를 묘사하기에는 정확한 단어가 아니거든요."

"즐거움에 대한 당신의 욕구가 어서 힘을 되찾길 바랍니다." 고메스가 말했다.

로즈는 분홍색으로 변한 눈으로 내 눈을 응시했다. 나는 배신자처럼 눈길을 돌렸다.

"파파스테르기아디스 부인, 부인의 적에 대해 나와 이야기하고 싶은가요?" 고메스가 말했다.

로즈는 의자에 등을 기대며 한숨을 내쉬었다.

한숨은 무엇인가? 한숨은 또 다른 좋은 현장연구 주제일 것이다. 한숨은 그저 길고 깊숙한, 귀에 들리는 날숨일 뿐일까? 로즈의 한숨은 강하긴 해도 우울하진 않다. 실망스럽지만 아직 슬프진 않다. 한숨은 호흡계를 재설정하므로 내 어머니가 숨을 참고 있었을 가능성을 암시한다. 그리고 숨을 참는다는 건 그녀가 겉보기보다 훨씬 초조하다는 뜻이다. 한숨은 어려운 임무가 닥칠 때 나타나는 감정적 반응이다.

나는 로즈가 자신의 적에 대해 생각한다는 걸 알고 있었다. 그녀가 목록을 작성한 적이 있기 때문이다. 나도 그 목록에 들어 있을까?

놀랍게도 로즈의 목소리는 차분했고 말투는 상냥한 축에 속했다.

"물론 나의 첫 번째 적은 내 부모였죠. 그들은 외국인을 좋아하지 않았고, 그런 이유에서 내가 그리스 남자와 결혼한 건 지극히 자연스러운 일이었어요."

미소 짓는 고메스의 입술은 문어 먹물로 까매져 있었다. 그는 계속하라고 손짓했다.

"양친 모두 자신을 돌봐준, 검은 살갗을 가진 친절한 간호사들의 손을 잡고 숨을 거두었습니다. 지금 제가 그분들에 대해 불평을 하는 건 무례한 짓으로 보이겠지만 그러거나 말거나 전 저승에 계신 부모님 앞에서도 똑같이 할 거예요. 나중에 당신이 죽어서 날 만나면 병원 직원 중 누가 당신의 임종을 지켰는지 나한테 꼭 물어보세요."

고메스는 나이프와 포크를 접시 가장자리에 올려놓은 후 말했다. "국립 의료 서비스에 대해 말하는 거로군요. 하지만 부인은 개인 의료 서비스를 선택했잖아요."

"네, 그게 사실이고, 그 점은 좀 부끄럽습니다. 하지만 소피아가 먼저 당신네 병원이 어떤 곳인지 알아보고 내게 찾아가보자고 제안했어요. 우리는 벼랑 끝에 몰려 있었거든요. 그렇지 않니, 피아?"

나는 광장에서 펌프질을 당하는 보트를 묵묵히 바라보았다.

파란색 보트의 옆면에 노란 줄 하나가 있었다.

"그러니까 당신은 그리스 남자와 결혼했군요?"

"네, 우리는 아이가 생기기를 십일 년이나 기다렸어요. 그리고 드디어 얻게 된 우리 딸이 다섯 살 되었을 때 크리스토스는 아테네에 있는 젊은 여자를 찾아가라는 신의 목소리를 들었죠."

"나는 가톨릭 신자입니다." 고메스는 외계 생명체 같은 문어를 입에 더 넣었다. "그건 그렇고, 파파스테르기아디스 부인. 제 이름은 고메즈가 아닌 고메스로 발음합니다."

"고메스 씨, 난 당신의 신앙을 존중합니다. 당신이 천국에 갔을 때 당신을 환영하는 만찬 자리에 말라가는 문어 한 마리가 진주 문에 매달려 있기를 빕니다."

로즈가 무슨 말을 던지든 고메스는 다 받아줄 준비가 된 듯 보였다. 처음 만난 자리에서 보인 꾸짖는 말투는 사라졌다. 로즈의 눈은 이제 분홍색이 아니고, 왼뺨에 부푼 부위도 가라앉았다.

"그거야말로 내가 유일하게 기다리는 것입니다." 고메스는 재킷 주머니에서 주름 장식의 실크 행커치프를 빼 그녀에게 건넸다. "신, 그리고 걷기. 이 두 가지가 당신의 적이겠지요?"

로즈는 눈을 톡톡 두드렸다. "그냥 걷기가 아닙니다. 걸어 나가기입니다."

나는 바닥에 떨어진 담배꽁초를 비참하게 응시했다. 침묵을 약속한 게 너무 다행스러웠다.

고메스는 신사다우면서도 집요했다.

"언어유희라, 까다로운 장치죠." 그는 까다롭다는 뜻의 영어 단어 '트리키Tricky'를 '위피'와 운을 맞추어 발음했다. "사실 저는 성이 두 개입니다. 고메스는 아버지 쪽이고 루카스는 어머니 쪽입니다. 줄여 부르긴 하지만 정식 이름은 고메스 루카스입니다. 따님은 당신을 로즈라고 부르지만 당신의 실제 이름은 어머니죠. '로즈'와 '파파스테르기아디스'와 '어머니' 사이를 왔다 갔다 하는 건 불편해요. 그렇지 않습니까?"

"무척 감상적으로 말씀하시네요." 로즈는 그의 행커치프를 꼭 쥔 채 말했다.

내 휴대전화가 삐 울렸다.

이제 차가 생겼네
와서 열쇠 받아가
쓰레기통 옆에 주차해뒀어
ㅡ잉게

나는 작은 소리로 고메스에게 렌터카가 도착했으니 일어나야겠다고 말했다. 고메스는 로즈에게 완전히 집중하고 있어 나를 무시했다. 갑자기 질투가 샘솟았다. 마치 애초에 내게 주어진 적 없던 어떤 종류의 관심을 놓친 기분이었다.

차가 주차된 곳은 해변 뒤편에 있는, 메마른 잡목으로 뒤덮인 사각형 땅이었다. 마을 사람들이 쓰레기를 내다버리는 곳이기도 했다. 녹슨 깡통과 썩은 정어리와 닭뼈와 무른 채소에서 흘러나온 액체가 흥건했다. 나는 시커먼 파리 떼를 헤치며 걷다가 잠시 멈춰 앵앵대는 파리 소리를 들었다.

"조피, 빨리 와, 뛰어. 여긴 너무 더워서 서 있지를 못하겠어."

파리 날개는 무늬가 복잡하고 기름기로 번들거렸다.

"조피!"

나는 잉그리트 바우어를 향해 뛰기 시작했다.

그러고는 속도를 늦추었다.

파리 한 마리가 내 손에 내려앉았다. 찰싹 내리쳤지만 고통을 표출하지는 않았다.

나는 소원을 빌고 있었다.

놀랍게도 내가 낮은 소리로 읊조리는 언어는 그리스어였다.

잉그리트는 빨간 차에 기대어 있었다. 차 문은 다 열려 있고 운전석에는 매튜로 짐작되는 삼십 대 중반의 남자가 앉아 있었다. 처음에는 그가 거울에 비친 제 얼굴을 빤히 노려보는 줄 알았는데, 가까이 다가가 보니 전기면도기로 면도를 하고 있었다.

잉그리트의 다리에서 뭔가 번쩍거렸다. 정강이 높이까지 엑스 자로 교차해 묶는 은색 글래디에이터 샌들이었다. 꼭 보석으로 치장한 사람처럼 보였다. 고대 로마에서는 장화나 샌들의 끈이 높이 올라올수록 전사의 계급이 높았다.

흙먼지가 날리고 덤불이 엉킨 주차장에서, 나는 그녀를 콜로세움 아레나에서 싸우고 있는 검투사로 보고 있었다. 흙바닥은 그녀의 적이 흘린 피로 젖어 있을 것이었다.

"이쪽은 내 남자친구, 매튜." 잉그리트가 말했다. 그녀는 서늘한 손으로 땀에 젖은 내 손을 꽉 잡더니 나를 자동차 쪽으로 밀치다시피 했고, 그 바람에 나는 매튜 위로 쓰러져 그가 들고 있던 전기면도기를 쳐서 떨어뜨렸다. 자동차 앞 유리에 '유럽카'라는 렌터카회사 스티커가 붙어 있었다.

"헤이, 잉게, 살살 좀 해."

매튜의 머리칼은 잉게처럼 금발이고 길이는 턱 바로 아래까지 내려왔다. 턱은 아직도 면도 거품으로 뒤덮여 있었다. 내가 그의 무릎 위로 쓰러진 터라 면도기가 유럽카의 바닥에서 윙윙 돌아가는 동안, 우리는 서로 몸을 풀어줘야 했다. 내가 악취 나는 깡통이 있는 자리로 돌아왔을 때, 상처 부위가 운전대에 쓸려 팔이 욱신거렸다.

"제기랄, 오늘 대체 왜 그래?" 매튜는 잉그리트를 노려보고는 면도기를 주워 자동차에서 내렸다. 면도기를 끈 후 그녀에게 쥐여주고는 흰색 티셔츠를 베이지색 치노바지 허리춤에 집어넣었다. 그다음 내 손을 잡고 악수했다. "안녕하세요, 소피."

나는 차를 가져다줘 고맙다고 인사했다.

"오, 뭐 그 정도야 일도 아니죠. 같이 골프 치는 사람이 태워줬어요. 무슨 말이냐면, 내가 사랑하는 여자가 늦잠을 잤다 그 말입니다." 그러면서 매튜는 잉그리트의 어깨에 팔을 둘렀다. 잉그리트는 굽이 낮은 샌들을 신었음에도 매튜보다 최소한 머리 두 개 정도 더 컸다.

매튜의 턱 절반에 아직 면도 거품이 묻어 있었다. 면도 거품은 어느 부족의 표식처럼 보였다.

"헤이, 소피, 날씨 미친 거 같지 않아요?"

잉그리트는 매튜의 팔을 밀치고 유럽카를 가리켰다. "조피, 이 차 마음에 들어? 시트로엥 베를링고야."

"맘에 들어, 하지만 색상은 잘 모르겠어."

잉그리트는 내가 운전하지 않는 걸 알면서 왜 자동차를 가져다주는 수고를 했을까.

"우리 집으로 가서 내가 만든 레모네이드 맛볼래?"

"그러고 싶지만 안 되겠어. 광장에서 어머니 주치의와 점심을 먹다가 나왔거든."

"좋아. 그럼 해변에서는 볼 수 있지?"

매튜가 갑자기 활기차고 친근하게 굴었다. "내 미친 전기면도기로 면도를 끝내는 대로 베를링고 문을 잠그고 열쇠와 서류를 챙겨 당신 테이블로 가져다줄게요. 그건 그렇고, 왜 병원은 당신 어머니를 위해 오토매틱 차를 빌리지 않았을까요? 무슨 말이냐면 당신 어머닌 걷지 못하잖아요. 맞죠?"

잉그리트가 짜증 나는 표정을 짓는데 왜 그러는지 모르겠다. 그녀는 은색 샌들 밑창으로 매튜의 무릎을 장난스럽게 찼고, 매튜는 그런 그녀의 다리를 붙드는가 싶더니 먼지가 풀풀 나는 땅에 무릎을 꿇고 끈 사이로 드러난 그녀의 정강이에 입을 맞추었다.

광장으로 돌아오자 어머니와 고메스는 그새 친해진 듯 보였다. 두 사람 모두 내가 테이블에 돌아가 앉도록 아는 척도 않고 대화에만 열중이었다. 나는 로즈가 들떠 있음을 인정해야 했다. 그녀는 얼굴에 홍조를 띠고 추파를 던지고 있었다. 심지어 신발은 아예 벗고 태양 아래 맨발로 앉아 있었다. 내가 한 시간을 들여 매듭을 풀고 맺던 신발은 버려졌다. 그걸 보니 그녀가 수십 년 세월 동안 혼자 잠들었다는 사실이 떠올랐다. 다섯 살인가 여섯 살 혹은 일곱 살 적, 아버지가 떠나고 이따금 엄마 침대로 기어들었는데 마음 한구석이 늘 불편했었다. 이륙할 때 바퀴를 접어 몸체에 감추는 비행기처럼, 그녀는 자라는 자식을 이리저리 접어 자신의 자궁으로 들이려는 것 같았다. 그런 그녀가 지금 포기를 요구받은 알약 세 종류의 필요성을 호소하면서, 절룩거리는 다리를 치료하려 스페인까지 온 게 다 부질없다는 투로 말하고 있었다. 아마 우리가 우리 능력을 넘어선 치료법을 찾고 있다는 뜻이리라.

내가 단 한 번이라도 어머니를 특정 방식으로 쳐다보았다면 나는 그녀를 돌로 만들었을 것이다. 문자 그대로 돌로 만든다는 건 아니다. 나는 알레르기, 어지럼증, 가슴 두근거림과 같은 부작용을 기다리는 언어를 돌로 만들었을 것이다. 이 언어를 완전히 살해했을 것이다.

모히칸 스타일 머리의 말라깽이 소년은 아직도 보트를 부풀리고 있었다. 그의 남동생은 그에게 노를 보여주고, 둘이 열띤 토론을 벌이는 사이 그들의 여동생은 탄성이 있는 파란색 소형 보트를 맨발로 지근지근 밟았다. 세 아이 모두 새 보트를 타고 바다로 모험할 생각에 들떠 있었다. 분명 흥분할 만한 일이었다. 금단증상을 기다리는 것과는 확실히 다른 일이었다.

고메스는 맛있게 먹어치운 문어로 입술이 까매졌다. "그러니까 로즈, 나는 이 풀포로 당신에게 바다를 가져다주었고, 당신은 살아남았습니다."

로즈가 미소를 짓자 예쁘고 생기 있어 보였다. "나는 도둑맞은 기분이에요, 고메스 씨. 데본에 있었다면 백 파운드도 안 되는 돈으로 바닷가에서 비스킷 한 봉지를 먹으며 개를 쓰다듬었을 거예요. 당신은 데본보다 훨씬 비싸요. 솔직히 실망스럽습니다."

"실망은 유쾌한 일이 못 되죠." 고메스가 동의하며 말했다. "안 됐네요."

로즈는 직원을 손짓해 불러 리오하* 큰 잔을 하나 주문했다.

고메스가 나를 보았다. 나는 그가 와인을 꺼리는 걸 알 수 있었다. 우리가 점심을 먹는 내내 테이블이 계속 흔들렸다. 그는 주머니에서 처방전 수첩을 꺼내 다섯 장을 찢고 네모 모양으로 겹쳐 접었다.

"소피아, 이걸 끼워 받치려고 하니 테이블을 들어 올려주세요."

나는 자리에서 일어나 가장 가까운 테이블 모서리를 꽉 붙들었다. 놀랍게도 플라스틱 테이블치고는 무게가 꽤 됐다. 내가 끙끙거리며 테이블을 바닥에서 2.5센티미터가량 들어 올리는 사이 고메스는 종이를 끼웠다.

로즈가 갑자기 펄쩍 뛰었다. "고양이가 할퀴었어!"

---

* 스페인 북부에서 나는 와인.

더는 흔들리지 않는 테이블 아래를 보았다. 고양이 한 마리가 그녀의 왼발에 앉아 있었다.

고메스는 자기 왼쪽 귓불을 잡아당겼다. 내가 평생 그래왔듯, 저이도 마음속으로 메모하는 사람이라는 느낌이 들었다. 만일 로즈가 다리에 감각이 없다면, 그녀의 다리를 찔러대는 동물의 앞발을 만들어낸 건 그녀의 마음과 정신이었다.

고메스는 셜록이고 나는 왓슨인 것처럼 느껴졌다. 혹은 내가 더 경험이 많다는 점에서 그 반대이거나. 나는 고메스가 우리와의 점심 식사에 마을 고양이들을 초대함으로써 로즈의 마비 증상을 시험하고 있음을 알 수 있었다. 다시 테이블 아래를 보니 로즈의 발목에서 피가 조금 나고 있었다. 그렇다면 그녀는 분명 자기 살을 찔러댄 동물의 앞발을 느낀 것이다.

이제야 고메스가 로즈에게 운전을 허용한 까닭이 이해됐다.

우리 테이블 근처에서 누군가 서성거렸다. 매튜였다. 깔끔하게 면도한 얼굴로 어머니 뒤에 서 있었다.

"실례합니다." 그는 로즈에게 말한 다음 그녀 위에서 몸을 기울여 자동차 열쇠와 자주색 비닐 지갑을 내게 건네주었다. "서류는 그 안에 다 들어 있어요."

"당신은 누구죠?" 로즈가 수상하다는 표정을 지었다.

"저는 부인 따님의 친구인 잉그리트의 파트너입니다. 부인이 자동차를 가져오기에 어려운 상황이라는 잉그리트 말을 듣고 오늘 아침 아침 부인을 위해 렌터카를 가져왔습니다. 아주 매끄럽게 잘 나가는 참입니다." 매튜는 문어 다리를 씹고 있는 고양이를 흘끗 보고는 피식 웃었다. "이곳 길고양이들은 병이 있어요. 아시겠지만."

로즈는 볼을 부풀렸다 숨을 내쉰 다음 동의의 고갯짓을 살짝 해 보였다. "소피아, 넌 이 남자를 어떻게 아니?"

나는 발화를 금지당했다. 그래서 침묵했다.

내가 매튜를 어떻게 알게 되었더라?

나 해변에 나와 있어, 매티. 바다가 들려?

나 해변에 나와 있어, 매티. 바다가 들려?

이때부터는 고메스가 대화를 이어갔기 때문에 나는 걱정할 필요가 없었다.

고메스는 매튜에게 차를 가져다줘 고맙다고 제대로 인사하고는 보험 문제는 선샤인 간호사가 다 정리했기를 바란다고 했다. 매튜는 모든 게 잘 처리됐으며, 아주 친절한 병원 직원과 함께 병원의 '미친' 정원을 즐겁게 돌아보았다고 답했다. 그는 할 말이 아직 남은 듯 보였지만 어머니가 그의 팔을 토닥여 말을 끊었다.

"매튜, 난 도움이 필요해요. 우리 집까지 데려다줘요. 난 좀 쉬어야겠어요."

"아." 고메스가 말했다. "물론 부인은 침대에 누워 쉴 수 있죠, 하지만 왜죠? 새벽부터 황혼이 내릴 때까지 곡괭이로 자갈을 깨는 일을 한 것도 아닌데요."

로즈는 매튜의 팔을 다시 두드렸다. "보다시피 나는 잘 걷지 못하는 데다가 방금 고양이한테 공격을 받았어요. 당신이 팔을 내주면 고마울 거예요."

"얼마든지 내드리죠." 매튜는 빙그레 웃었다. "하지만 우선 눈앞에서 얼쩡대는 이놈의 고양이들부터 치우고요."

매튜는 두 가지 갈색이 어우러진 브로그 구두로 시멘트 바닥을 쾅쾅 굴렀다. 컬을 넣은 단발머리 때문에 화가 잔뜩 난 유럽의 키 작은 왕자처럼 보였다. 다른 고양이들이 다 도망가는데 겁 모르는 개구쟁이 고양이 한 마리는 그러지 않았다. 매튜는 지그재그로 걸으며 녀석을 광장에서 쫓아내기 시작했다. 그는 고양이를 모두 치운 다음 어머니에게 손짓했다. 어머니는 이미 신발을 발에 꿰고 있었다.

우리 테이블과 매튜와의 사이는 고작 4미터였지만 매튜는 로즈가 자신의 팔을 잡기까지 얼마나 걸릴지 알지 못했다. 그녀가 절뚝거리며 다가가는 사이 그는 손목시계를 두 번이나 확인했다. 애초에 자신을 원하지 않은 남자에게 힘들여 다가가는 로즈의 모습을 지켜보는 게 괴로웠다. 로즈는 결국 매튜와 팔짱을 졌다.

"잘 쉬십시오, 파파스테르기아디스 부인." 고메스는 손을 올려 손가락 두 개를 로즈 쪽으로 흔들었다.

로즈는 고메스를 마지막으로 보려고 돌아섰다가 고메스가 그녀의 수프를 다 먹어치우는 걸 보고 몸을 떨었다.

조금 뒤, 고메스는 내가 지켜낸 침묵에 자랑스러워했다. "당신은 오늘 어머니의 대변인을 자처하지 않았습니다. 큰일을 해낸 거예요."

나는 침묵했다.

"로즈가 걸을 때 얼마나 분노에, 혹은 울분에 차 있는지 당신도 알게 될 겁니다."

"네, 그녀는 가끔 걷기도 해요."

"우리 병원에서는 당신 어머니의 뼈 건강 상태가 어떤지 다양한 검사를 실시할 겁니다. 특히 척추와 엉덩이뼈, 팔뼈를 중점적으로 말이죠. 그런데 아까 그녀가 레스토랑에 오는 모습을 눈여겨봤는데요, 약간 비틀거리긴 했어도 근육을 무리하게 쓰거나 관절을 삐거나 뼈가 부러지지도 않았습니다. 이 관찰만으로도 우리는 골다공증을 배제할 수 있습니다. 내가 염려하는 건, 걷지 않는 일에 그녀가 쏟는 에너지입니다. 내가 그녀를 도울 수 있을지 모르겠군요."

나는 로즈를 포기하지 말라고 고메스에게 매달리고 싶었지만 목소리가 나오지 않았다.

"소피아 이리나, 하나 묻겠습니다. 아버님은 어디 계시죠?"

"아테네에 계세요." 나는 컥컥거렸다.

"아, 부친 사진이 있습니까?"

"아뇨."

"왜 없습니까?"

내 목소리는 고양이처럼 쫓겨났다.

고메스는 밀라노에서 담겼지만 싱가포르와 모종의 관계가 있다는 물을 유리잔에 한가득 따라 내게 건넸다. 나는 한 모금 마시고 목청을 가다듬었다.

"아버지는 그의 여자친구와 결혼했어요. 둘 사이엔 갓난쟁이 딸이 있습니다."

"그러니까 아테네에 당신이 만난 적도 없는 여동생이 있는 거군요?"

나는 그에게 아버지를 십일 년 동안 보지 못했다고 말했다.

고메스는 내가 아버지를 보러 가고 싶을 거라고 나를 종용하려 안달이었다. 로즈에 대해선 병원 직원이 매일 돌아가며 그녀를 돌볼 거라고 확언했다.

"이런 말 해도 괜찮을지 모르겠지만, 소피아 이리나, 당신은 젊고 건강한 여자치고는 좀 나약합니다. 가끔 보면 당신 어머니의 감정 날씨를 따르기라도 하는 것처럼 무기력합니다. 당신에게는 육체적 힘이 좀 더 필요할 것 같습니다. 이 테이블은 아주 무겁지도 않은데 당신은 버거워했습니다. 나는 당신이 운동을 더 해야 한다고 생각하지는 않습니다. 문제는 목적의식입니다. 담대해지기 위해 시장에서 생선을 훔쳐보는 건 어떨까요? 가장 큰 생선일 필요까지는 없지만 가장 작은 생선이어도 안 됩니다."

"제가 왜 담대해져야 하죠?"

"그 질문에 대한 답변은 당신 스스로 해야 합니다." 고메스가 미친 사람일지 모른다는 점을 고려하더라도 그의 말투는 나를 안심시키려는 듯 침착하고 진지했다. "그리고 당신이 꼭 알아야 할 일이 있습니다." 고메스는 몹시 흥분한 듯 보였다.

고메스는 누군가가 병원 벽에 파란 페인트로 낙서를 했다고 말했다. 오늘 아침에 일어난 일이었다. 벽에 칠해진 단어는 '돌팔이'였다. 고메스가 저명한 의사가 아니라 사기꾼이라는 뜻이었다. 그는 자동차를 가져다준 내 친구가 관련 있을 거라 생각하고 있었다. 매튜라는 남자 말이다. 선샤인 간호사가 매튜에게 서류와 열쇠를 주었는데 그가 떠나고 얼마 안 돼서 대리석 돔의 오른쪽이 훼손된 것을 발견했다면서.

"매튜가 뭣하러 그런 짓을 하겠어요?"

고메스는 재킷 주머니에서 행커치프를 찾았지만 그것은 거기 없었다. 그는 손등으로 입을 닦은 다음 냅킨으로 손을 닦았다. "내가 알기로 매튜는 지난 몇 년간 날 괴롭힌 제약회사의 이사와 같이 골프를 치는 사이입니다. 내 병원에 자금 지원을 제안한 회사였는데 내가 그 대가로 환자들에게 자기네 회사 약을 처방했다면 아주 기뻐했겠죠."

고메스는 한눈에도 괴로워 보였다. 불안한 듯 밝은색 눈을 꾹 감고 양손으로 무릎을 짚었다.

"대리석 외관을 망친 페인트야 우리 직원이 지우면 그만이지만, 의사로서의 내 신용을 망치려는 이가 있다는 게 자꾸 마음에 걸리는군요."

모히칸 스타일 머리의 소년과 소년의 여동생은 이제 빵빵해진 파란 보트를 끌고 광장을 가로질러 해변으로 내려갔다. 남동생이 노 몇 개를 들고 뒤따라갔다.

고메스가 돌팔이일까? 로즈는 이런 생각을 소리 내어 말한 적이 있었다.

우리가 고메스에게 지불하려 애면글면했던 2만 5천 유로는 아무래도 좋았다. 집을 내어줄 수도 있다. 그가 사슴을 살육해 사슴 내장으로 만든 것을 걷기 특효약이라고 한다 해도 나는 고마워할 것이다. 어머니는 자신의 몸을 사악한 세력이 먹으려 달려드는 먹잇감으로 생각하고 있다. 나는 고메스에게 내 어머니의 현실 인식에 동조하라고 돈을 지불한 것이 아니다.

그날 저녁, 마을을 어슬렁거리다 산길 오르막 중간쯤에 위치한 어느 집 울타리 밖으로 나온 재스민 가지 두 개를 꺾었다. 그집 마당에는 파란색 보트가 정박해 있었다. 옆면에 앙헬리타라는 글자가 선명했다. 나는 흰 재스민의 무른 꽃받침을 손끝으로 짓이겼다. 망각과 황홀경의 향이었다. 사막 재스민으로 장식한 아치는 혼수상태 구역이었다. 나는 눈을 감았다. 눈을 다시 떴을 때 빈티지 가게 쪽으로 언덕길을 올라오는 매튜와 잉그리트가 보였다. 잉그리트가 달려와 내 볼에 입을 맞췄다.

"바느질감을 가지러 가게에 가는 길이야." 그녀가 말했다.

그녀는 네크라인에 깃털을 단 오렌지색 원피스를 입고 그에 어울리는 발가락이 드러난 구두를 신고 있었다.

매튜가 뒤쫓아오며 말했다. "잉게가 바느질해 만든 원피스입니다. 나는 잉게가 일한 만큼 충분한 돈을 못 받는다고 생각해요. 그래서 잉게를 위해 임금인상 협상을 벌일 생각입니다." 매튜는 머리칼을 귀 뒤로 넘기다가 그녀가 팔로 툭 치자 하하 웃었다. "당신은 잉게 입에서 나오는 욕을 듣고 싶지 않을 겁니다.

잉게는 화나면 진짜 미쳐버리거든요. 베를린에서 일주일에 세 번씩 킥복싱 수업에 가는 사람이니 괜히 건드리지 마세요."

매튜는 빈티지 가게 주인 여자에게 걸어가 담뱃불을 붙여주고는 우리를 등지고 섰다.

잉그리트는 팔을 뻗어 내 머리칼을 어루만지며 말했다. "머리가 엉켜 있네. 요즘 프렌치노트 기법으로 드레스 두 개를 수놓고 있어. 프렌치노트는 바늘에 실을 두 번 감는 기법인데 이 일만 끝내면 널 위해 뭔가 만들어볼 생각이야."

내가 재스민을 잉그리트 코 아래에 가져갔다. 그녀의 목 아래 깃털이 파르르 떨렸다.

십 대 소년 둘이 엉덩이를 든 자세로 오토바이를 타며 우리 옆을 지나갔다.

"이 꽃들, 날 위해 꺾었다고 생각할게, 조피."

휘발유 냄새와 재스민 향기에 어지러웠다.

"맞아, 널 위해 꺾은 꽃이야."

나는 잉게의 뒤로 돌아가 땋은 머리 사이에 꽃송이를 부드럽게 끼웠다. 그녀의 목은 부드럽고 따스했다.

그녀가 나를 똑바로 마주하려 돌아섰을 때, 그녀의 눈동자는 멀리 반짝이는 바다처럼 크고 검었다.

환자력

벌거벗은 로즈가 샤워기 아래 선다. 그녀의 가슴은 처지고, 뱃살은 여러 번 접히고, 살갗은 파리하고 매끄러우며, 은색이 섞인 금발은 젖어 있고, 눈동자는 밝다. 그녀는 몸에 떨어지는 따뜻한 물줄기를 사랑한다. 그녀의 몸. 그녀의 몸은 무엇을 원하고 누구를 기쁘게 해야 하는가, 그녀의 몸은 추한가 아니면 다른 어떤 의미를 지니고 있는가? 그녀는 약 목록에서 삭제된 세 가지 알약에서 비롯될 금단증상을 기다리고 있다. 아직 금단증상은 일어나지 않았다. 그럼에도 그녀는 마치 연인을 기다리듯, 초조하고 설레는 흥분으로 계속 기다린다. 금단증상이 끝내 나타나지 않으면 그녀는 실망할까?

오늘 훌리에타 고메스는 로즈의 몸에 대한 환자력을 수집한다. 나는 참석해달라는 요청을 받았다. 환자력은 어디에서 시작되는가?

"가족에서 시작됩니다." 홀리에타 고메스가 말한다. "일종의 역사니까요." 그녀는 비둘기색 하이힐을 운동화로 바꿔 신었다. 얇은 시폰 블라우스는 엉덩이에 꼭 끼는 정장 바지 허리춤에 들어가 있었다. 그녀는 로즈를 물리치료실에 있는 의자로 데려간 다음 맞은편에 앉았다. "시작할 준비 되셨나요?"

로즈는 고개를 끄덕이고, 홀리에타는 그들 사이에 있는 책상에 놓인 작고 매끈한 블랙박스를 만지작거린다. 홀리에타는 이 장치가 클리닉의 모든 오디오 아카이빙에 사용되며 기밀이 유지된다고 어머니를 안심시켰다. 이제 음량 설정이 끝났다. 곧 두 사람 모두 대화가 녹음되고 있다는 사실을 잊을 것이다.

홀리에타는 먼저 몇 가지 사실을 확인했다. 날짜, 시각, 어머니의 이름과 나이, 몸무게와 키를 언급했다.

나는 물리치료실 구석에서 노트북을 무릎에 올린 채 어색하게 앉아 가장 특이한 방식으로 시간에서 떨어져 나오고 있었다. 내게 이 자리에 참석하라는 건 잘못된, 심지어 비윤리적인 요구라는 생각이 들었지만 화요일을 제외한 나머지 요일에는 자유로울 테니 이해하라는 고메스의 요구에 동의한 결과였다. 나는 내 어머니의 말소리를 들으며 자유의 대가를 치러야 한다.

어머니가 말하고 있다.

어머니의 아버지는 욱하는 성질이 있는 사람이었다. 이것은 그의 에너지 단계가 높다는 말과 혼동될 수 있다. 또한 조증과 혼동될 수 있다. 그는 하룻밤에 두 시간 이상 잠잘 필요가 없는 사람이었다. 어머니의 어머니는 어머니의 아버지에게 고통받았다. 이 점은 우울증과 혼동될 수 있다. 어머니의 어머니는 스물세 시간 이상 자야 하는 사람이었다. 나는 이 역사를 알지만 거기에 연결되고 싶지 않다. 나는 헤드폰을 끼고 내 인생 전부가 들어 있는 노트북의 부서진 화면으로 유튜브를 보고 있다. 상하이 변두리 공장에서 만들어진 디지털 성운 아래 미완의 박사학위 논문이 있다. 그것은 내 인생의 일부이다.

나는 중간중간 헤드폰을 벗는다.

내 어머니가 현재 앓는 질병과 관련된 역사를 읊고 있다. 그역사는 어디에서 시작되는가? 그 역사는 시간을 누비며 과거의 역사와, 어린 시절 많이 아팠던 일과, 병치레가 남긴 모든 나머지 속으로 융합된다. 이야기는 시간순으로 진행되지 않는다. 홀리에타는 추후 로즈의 말을 글로 옮겨 적어 기록해야 할 것이다. 나 역시 비슷한 일을 하는 훈련을 받았지만, 나는 물리치료사가 아니고 인류학자이다. 홀리에타는 어떤 단계에 이르면 환자가 그녀가 일하는 병원으로 오게 된 결정적 증상에 대해 기술

해야 할 것이다. 증상과 증상의 발현에 대해. 고충과 통증은 한 가지가 아니다. 심지어 여섯 가지도 아니다. 내가 우연히 들은 것만도 스무 가지는 되는데, 사실 더 있다. 이 모든 불평과 통증 속에 과거 현재 미래가 동시에 존재한다.

로즈의 입술은 계속 움직이고 훌리에타는 경청하지만, 나는 듣지 않는다. 나는 참석을 요청받은 이 자리에 참석하고 있지 않다. 나는 유튜브로 1972년 데이비드 보위 콘서트를 본다. 보위가 노래할 때 버퍼링이 일어난다. 보위의 머리칼은 핏빛을 닮은 오렌지색이고, 어둡게 반짝이는 셔츠는 우주 여행을 떠올리게 하고, 플랫폼 슈즈는 그를 지구에서 들어 올리려는 듯 아주 높다. 보위의 눈꺼풀에 은색 우주선들이 칠해져 있다. 소녀들은 무대 위에서 뽐내며 걷는 기이한 우주선을 만지려 비명을 지르고 소리쳐 울며 손을 뻗는다. 보위는 메두사처럼 괴물이고 괴짜다. 소녀들은 야생적이고 성욕이 왕성하며 혼란스러운 상태다.

우리는 그렇게 지구에 꽂혀버렸다.

내가 저곳에 있었다면, 가장 큰 소리로 외쳐댔을 것이다.

나는 여전히 가장 크게 비명을 지르는 사람이다.

나는 친족 관계로부터, 나를 붙들어주기로 되어 있다는 그 관계로부터 벗어나고 싶다. 내가 어떤 사람인지 알려주려는 그 이야기를 엉망으로 만들고 뒤집어엎고 싶다.

로즈가 콜록콜록 기침을 한다. 그녀가 불편하고 사적인 어떤 걸 드러내기 시작할 때 불쑥 튀어나오는 패턴이다. 마치 기침이 차단된 기억을 뚫어주는 배관용 청소 도구라도 되는 듯이. 그녀가 환자력을 읊고 있다. 가끔 몇 문장이 귀에 얹어 들린다. 나는 홀리에타의 인터뷰 방식에 점점 흥미를 느낀다. 인류학자는 이것을 '심층 인터뷰'라고 부를 것이며 내 어머니는 '참고인'으로 불릴 것이다. 홀리에타가 질문을 최소한으로 던지는데도 어머니 감정이 점점 격해지는 게 역력히 보인다. 다른 데 있고 싶다. 여기만 아니면 아무 데라도 좋다. 홀리에타는 느긋하지만 빈틈이 없다. 그녀는 절대 캐묻거나 밀어붙이지 않으며 침묵을 메꾸려 급히 달려들지도 않는다. 나는 인류학자들이 제 욕심 때문에 참고인의 이야기를 너무 깊이 탐사하고, 그러다 어느 지점에 이르면 급기야 참고인의 입을 다물게 만드는 녹음 테이프를 여러 번 들었다. 하지만 지금 내 어머니의 입술은 대개 움직이고 있다. '물리치료'는 지금 이곳에서 일어나는 대화에 대한 정확한 표현이 아니다. 로즈의 기억은 아마 그녀의 뼛속에 각인되어 있을 것이다. 이것이 뼈가 인류 역사의 시초부터 점치는 도구로 사용된 이유가 아닐까?

내 어머니는 자기 몸을 몹시 경멸한다. "그 사람들이 그냥 내 발가락을 잘라버렸어야 했는데." 그녀가 말한다.

홀리에타는 첫 번째 환자력 수집을 마치고 로즈가 일어서게 돕는다. "왼발을 움직여보세요."

"못 해요. 난 왼발을 못 움직인다니까."

"부인은 체력과 인내력을 키울 웨이트 트레이닝을 해야 해요."

"선샤인 간호사, 내 인생은 인내의 연속이었어요. 내 최초의 적과 원수가 인내라는 점을 기억하세요."

"'인내'의 영어 철자가 어떻게 되죠?"

로즈가 철자를 댄다.

홀리에타는 이제 두 손으로 로즈의 턱 아래를 받쳐 그녀가 고개를 곧게 세우게 돕는다.

로즈가 휠체어를 찾으려 두리번거리는데, 휠체어는 방에서 없어진 듯하다.

"온몸이 다 아파요. 아무짝에도 쓸모없는 이 발은 없는 게 차라리 낫겠어. 그러면 정말 속이 시원할 거야."

홀리에타는 나를 보았다. 마스카라를 바른 속눈썹 끝이 뾰족했다. "내 생각에 로즈는 키가 커서 똑바로 서지 못하는 것 같아요."

"아니, 난 이 발들이 싫다니까!" 어머니가 소리쳤다.

이때 마침 환자의 이동을 돕는 담당자가 휠체어를 밀고 나타났다. 홀리에타는 어머니를 휠체어 쪽으로 이끌었다. 담당자는 휠체어 팔걸이에 아슬아슬하게 걸쳐진 신문을 읽으려 애썼다.

신문 1면에 그리스 수상 알렉시스 치프라스 사진이 실려 있었다. 담당자의 아랫입술에는 구순 포진이 있었다.

"내 발을 절단해줘요. 그게 내 소원이야." 어머니가 홀리에타에게 말했다.

홀리에타는 운동화를 신은 왼발로 휠체어를 능숙하게 차며 대답했다. "요지가 뭐죠, 로즈?"

어머니는 레슬링 시합을 앞두고 몸을 푸는 선수처럼 어깨를 앞으로 뒤로 살짝 돌리기 시작했다. "요지 같은 건 없어요."

홀리에타의 얼굴은 창백하고 지쳐 보였다. 그녀가 내게 걸어와 명함처럼 보이는 물건을 주었다. "당신만 좋다면 내 스튜디오에서 만나요. 나는 카르보네라스에 살아요."

내가 아직 의아해하고 있던 차에 고메스가 방에 들어섰다. 흰고양이 호도도 뒤따라왔다. 고메스 머리의 흰 부분과 호도의 하얀 털이 잘 어울렸다. 포동포동한 고양이는 주인의 다리에 대고 크고 평화롭게 갸르릉 소리를 냈다.

"물리치료는 어땠습니까, 파파스테르기아디스 부인?"

"로즈라고 부르세요."

"아, 네, 딱딱한 겉치레는 놓아주는 게 좋겠죠."

"뭘 자꾸 잊는다 싶으면 고메스 씨, 손등에 적어두세요."

"앞으론 그러겠습니다." 그가 말했다.

홀리에타는 자기 아버지에게 첫 번째 시간은 잘 마쳤고 이제 피곤하니 커피와 페이스트리를 먹으며 이십 분 정도 쉬고 싶다고 말했다. 고메스는 손을 올려 흰 머리칼을 누르듯 빗었다.

"이런 대낮부터 피곤하다니 있을 수 없는 일이야, 선샤인 간호사. 젊은이는 쉬지 않아. 젊은이는 등대지기와 함께 밤을 새워야지. 젊은이는 새벽까지 논쟁해야 해."

고메스는 홀리에타에게 히포크라테스 선서 중 관련 부분을 복창하라고 시켰다. 그녀는 녹음기가 있는 곳으로 걸어가 녹음기를 껐다.

"나는 나의 능력과 판단에 따라 내가 환자의 이익이라 간주하는 섭생의 법칙을 지킬 것이며 심신에 해를 주는 어떠한 것들도 멀리하겠노라." 그녀가 우울하게 말했다.

"잘했어. 젊은이가 피곤을 느낀다면 자신의 생활 방식을 개선해야 맞지."

어떤 점에서 고메스는 딸을 야단치는 듯 보였다. 혹시 자기 딸이 휠체어를 발로 차는 걸 본 것일까?

고메스의 관심은 내 어머니에게만 온전히 집중되어 있었다. 고메스는 그녀의 맥박을 쟀다. 멀리서 보면 두 사람이 손을 맞잡은 친밀한 광경처럼 보였다. 그의 목소리는 다정했고 심지어 유혹적이기까지 했다. "아직 자동차를 이용하지 않으신다고요,

로즈."

"네. 소피아를 차에 태우고 이곳 산간도로를 달리려면 연습이
필요해서요."

고메스는 손가락으로 그녀의 손목을 살짝 힘주어 눌렀다. 그
의 손가락은 고정된 듯 보였지만 미세하게 움직이고 있었다. 이
파리처럼. 개울물 속 조약돌처럼.

"소피아 이리나, 파파스테르기아디스 부인은 당신의 안전을
걱정하는군요."

"내 딸은 인생을 낭비하고 있어요." 로즈가 대꾸했다. "소피아
는 통통하고 게으른 데다 고령의 어머니에게 얹혀살고 있죠."

내 몸이 일생에 걸쳐 마른 몸부터 다른 다양한 사이즈로 형태
변이를 해온 건 사실이다. 내 어머니의 말은 나를 비추는 거울
이다. 내 노트북은 내 수모를 가리는 베일이다. 나는 늘 그 안으
로 숨어든다.

나는 노트북을 겨드랑이에 끼고 물리치료실을 나섰다. 호도
가 부드럽고 소리 없는 발로 잠시 내 뒤를 따라다녔다. 그러다
어느 순간 사라졌다. 나는 우윳빛 대리석 복도의 미로에서 길을
잃었다. 어느 지점에서 모퉁이를 잘못 돈 게 분명했다. 벽들이
점점 다가왔고, 돌결 무늬 대리석 벽에 질식할 것 같았다. 대리
석 바닥에 구두 굽이 부딪혀 메아리쳤다. 처음 이 병원을 방문했

을 때 자기 아버지한테서 도망치던 홀리에타의 뜀박질. 그 증폭된 메아리가 떠올랐다. 이제는 내가 내 어머니에게서 달아나고 있다. 유리로 된 출구가 보이고, 마침내 산 공기를 들이마시고, 다육식물과 미모사나무 한가운데에 서자 그제야 살 것 같았다.

산 아래로 멀리 바다와, 해변의 거친 모래에 꽂힌 노란 깃발이 보였다. 그것, 깃발은 귀신 같았다. 메두사의 환자력은 어디에서 시작되어 어디에서 끝날까? 자신의 아름다움이 더는 찬양받지 않는다는 걸 알았을 때 메두사는 충격받고 절망하고 경악했을까? 그녀는 여성성을 상실했다고 느꼈을까? 그녀는 '숙녀'로 표시된 문으로 갔을까, 아니면 '신사'로 표시된 문으로 갔을까? '옴므'일까 '팜므'일까? '카바예로스'일까 '세뇨라스'일까? 괴물이 되고 난 뒤 그녀의 힘은 더욱 막강해졌을지 궁금해졌다. 늘 모두를 기쁘게 하려 애썼던 내 삶은 날 어디로 데려다 놓았을까? 이곳, 내가 손을 비비 꼬고 있는 이곳이다.

고운 모래가 내 뺨을 때린다. 하늘이 열리고 모래비가 내리는 것만 같다. 흰색 털의 호도가 우산 모양 다육식물의 은색 이파리 밑으로 몸을 숨기려 잽싸게 뛰어갔다. 병원 출구 쪽에서 작업복을 입고 보안경을 쓴 남자 청소부가 호스 물을 벽에 뿌리고 있었다. 조금 뒤 나는 호스에서 나오는 게 물이 아님을 깨달았다. 그는 벽에 모래를 분사하는 샌드블래스트 작업 중이었다.

가까이 다가가자 파란색 스프레이로 칠해진 세 단어가 보였다. 글자가 많이 흐릿해진 것으로 보아 족히 몇 번은 작업한 것 같았다. 이게 고메스가 며칠 전에 언급한 그 낙서인가? 하지만 '돌팔이'라고 적혀 있지 않았다. 낙서를 지우려는 작업에도 불구하고 흔적이 똑똑히 보였다. 고메스는 다만 내 어머니가 자신을 돌팔이로 여긴다는 사실을 자신이 알고 있음을 드러내고 싶었던 것이다. 마치 그 생각이 그 자체로 이미 범죄이며 병원 벽을 훼손하기라도 한 것처럼. 파란색으로 칠해진 낙서는 한 단어가 아니었다.

그것은 세 단어였다.

선샤인은 확실히 섹시하다

어떤 날 그녀는 솜브레로*를 쓰고 정처 없이 떠돌아다닌다. 그녀를 보트에 태워 작은 만으로 데려가려는 이 하나 없고, 그녀가 이곳 물은 너무 깨끗하니 어머, 난 잠수해서 저 불가사리를 잡겠어요, 하고 말해도 들어줄 이 하나 없다. 그녀가 신용카드 두 장으로 그 달을 헤쳐 나가야 한다는 점이 신경 쓰였다. 그녀에게 돈을 좀 빌려주겠다고 제안해야 할까?

---

*   멕시코에서 기원한 챙이 넓은 모자.

수렵과 채집

"왜 도마뱀을 죽이려들어?"

잉그리트는 루마니아 출신 택시 기사가 운영하는 피자집 옆 골목에 웅크리고 있었다. 처음에는 뭘 하는지 몰랐는데 곧 그녀 손에 들린 미니어처 활과 화살이 보였다. 손바닥에 쏙 들어갈 정도로 아주 작은 것이었다. 잉그리트는 벽 틈에서 막 밖으로 나온 도마뱀을 향해 화살을 겨누었다. 화살은 벽을 때리고 바닥으로 떨어졌다.

"조피! 네 그림자 때문에 집중이 안 되잖아. 나는 겨냥하면 대개 목표를 맞히는데!" 그녀는 연필만 한 길이로 날카롭게 깎은 화살을 주운 다음, 나일론 줄이 달린 작은 활을 보여주었다.

"내가 대나무로 직접 만든 활이야."

"하지만 도마뱀은 왜 죽이려는 거야?"

잉그리트는 내가 벽 가까이에 내려놓았던 흰색 판지 상자를 손가락으로 쿡 찔렀다.

"내가 늘 너를 겁주는 것 같네, 조피. 저 상자엔 뭐가 들었어?"

"피자."

"어떤 피자?"

"치즈를 왕창 추가한 마르게리타."

"넌 샐러드를 더 많이 먹어야 해."

잉그리트는 긴 머리칼을 정수리에 올려 핀으로 고정했다. 엑스 자로 묶는 끈 달린 흰 면 원피스 차림의 건강하고 탄력 있는 몸이 조각상처럼 보였다. 캔버스화도 흰색이었다. 그녀가 내게 비키라는 몸짓을 했다. 도마뱀이 다시 벽 틈새 밖으로 나와 도망치려 하고 있었다. 꼬리는 초록색이고, 등에 파란 원이 있는 녀석이었다.

"저리 비켜, 어서, 조피. 나 일하고 있잖아. 파블로네 개 풀어 주는 건 아직이야?"

"응. 파블로가 아침에 멕시코 출신 페인트공 한 명을 잘랐어. 인건비는 여태 주지 않았대."

"파블로는 그 돈 떼어먹을걸, 조피. 우리의 도마뱀 친구처럼 낯짝이 두꺼운 놈이야."

나는 잉그리트가 활과 화살을 잡고 있는 모습을 사진 찍어도 되느냐고 물었다.

"그래."

나는 아이폰을 꺼내 그녀의 머리에 초점을 맞췄다.

잉그리트 바우어는 누구인가?

그녀의 신념과 신성한 의식은 무엇인가? 그녀에게는 경제적 자주권이 있는가? 생리 기간에는 주로 무엇을 하는가? 겨울을 어떻게 나는가? 걸인들에게는 어떤 태도를 취하는가? 그녀는 자신에게 영혼이 있다고 믿는가? 만약 그렇다면 그녀의 영혼은 다른 무엇으로 구체화되어 있는가? 새나 호랑이로? 그녀는 스마트폰에 우버 택시 앱을 깔았을까? 그녀의 입술은 너무나 부드럽다.

나는 타임랩스 아이콘을, 그다음 슬로모션을, 그다음에는 사진을 눌렀다. 나는 렌즈를 통해 잉그리트가 상자를 열고 피자를 꺼내는 모습을 보았다. 그녀는 굳은 오렌지색 치즈를 보자 얼굴을 찌푸리더니 피자를 땅에 던졌다.

"차라리 도마뱀을 먹는 게 낫겠다. 사진은 다 찍었어?"

"응."

"사진은 찍어서 뭐 하려고?"

"너와 함께한 알메리아의 8월을 추억하기 위해서지."

"추억은 폭탄이야."

"그래?"

"응."

"너는 도마뱀을 잡아 뭘 할 건데?"

"도마뱀의 기하학 문양을 연구할 거야. 자수 장식에 좋은 아이디어를 주거든. 녀석이 곧 저 벽에서 나올 거야. 비켜봐, 어서!"

내가 움직이지 않자 잉그리트는 공격할 것처럼 하얀 캔버스화 발로 내게 달려들었다. 양팔로 내 허리를 감아 내 머리가 그녀 머리보다 높이 있게끔 몸을 들어 올렸다가 아래로 떨어뜨렸다. 그때 그녀의 손이 내 원피스 자락에 휘감겼다. 그녀의 손이 떨린다고 느끼는 순간, 벽 뒤 자카란다나무에서 꽃송이가 떨어져내렸다.

"넌 괴물이야, 조피!" 잉그리트는 나를 밀친 다음 방해가 되는 피자 상자를 발로 찼다. "어서 가서 석기시대 정착인지 뭔지 하는 거나 연구해. 왜 지금은 할 일이 없니?"

나에겐 할 일이 있다. 나는 잉그리트 바우어의 활과 화살을 연구 중이다. 그녀의 활과 화살은 내 마음속에서 점점 커지더니 이젠 먹잇감에 상처를 입힐 만한 무기가 되었다. 활은 입술 모양이다. 화살 끝은 날카롭다. 나는 왜 잉그리트에게 괴물인가? 그녀는 나를 일종의 피조물로 생각한다. 나는 그녀가 만든 피조

물이다. 화살 끝이 내 심장을 겨눈다.

나는 아주 가벼워진다. 날아가는 화살처럼.

늦은 오후, 해변은 비어 있었다. 에어 매트와 고무보트가 사라진 기름진 바다로 첨벙첨벙 들어갔다. 수평선 너머 어렴풋이 보이는 북아프리카까지 이대로 헤엄쳐 가자고 스스로에게 말했다. '다른 나라를 향해 나아가기'는 긴 시간 동안 수영하는 나만의 방식이었다. 나는 도달하기 어려운 어딘가를 목표로 삼았다. 멀리 헤엄쳐갈수록 바닷물은 더 깨끗하고 맑아졌다. 삼십 분 정도 지난 뒤 나는 몸을 뒤집어 배영 자세로 태양 아래 떠 있었다. 소금기와 열기로 입술은 또다시 갈라지고 있었다.

해변에서 멀리 왔지만 길을 잃지는 못했다. 집에 돌아가야 맞겠지만 내겐 돌아갈 나만의 장소도, 직업도, 돈도, 내 귀환을 반길 연인도 없다. 나는 몸을 다시 뒤집었고, 그때 물속에서 그것들을 보았다. 메두사. 우주선처럼 느리고 차분한, 우아하고 위험한. 왼쪽 어깨 바로 아래에 작열하는 듯한 통증이 느껴져 해안 쪽으로 다시 헤엄치기 시작했다. 나는 다시, 또다시 쏘였다. 산 채로 살갗이 벗겨지는 기분이었다. 내가 다리를 절뚝거리며 모래밭을 가로질러 해변의 간이 의무실로 들어갔을 때, 수염을 기른 학생은 마치 내 방문을 예상한 듯 연고 튜브를 손에 들고 기다리고 있었다. 나는 어깨를 보이려 몸을 돌리며 그의 말을 들었다.

"상태가 나빠요. 아주 심하게 나빠요." 그는 내 뒤에 서서 쏘인 부위를 만졌다.

통증은 극심했다. 그는 아주 가볍게 작은 원을 그리며 연고를 발라주었다. 그리고 달래는 목소리로 말했다. 어머니처럼. 아마도. 사실 모르겠다.

"헤엄쳐 멀어지는 모습을 봤어요. 깃발 올라간 거 못 봤어요?" 그의 목소리가 점점 올라갔다. "난 당신을 소리쳐 불렀어요, 소피아."

그는 내 이름을 기억하고 있었다.

"소피아 파파스테르기아디스, 제정신이에요?"

"아뇨."

"깃발이 올라갔을 때 먼 바다로 헤엄치는 건 미친 짓이에요."

그는 소리치고 있었다. 형제처럼, 어쩌면 연인처럼. 모르겠다. 무언가 기이한 일이 일어나고 있었다. 그를 붙잡고 바닥으로 끌어 내려 사랑을 나누고 싶어졌기 때문이다. 나는 욕망에 휩싸여 있었다. 욕망의 풍요. 나는 내가 알지 못하는 누군가가 되어갔다. 내 자신이 무서워졌다.

그는 내 손을 잡아 내가 낮은 테이블로 옮겨 가게 도왔다. 내가 오른쪽 엉덩이를 대고(등을 붙이고 똑바로 누울 수 없었기에) 모로 눕자 그는 내 머리에 얇은 쿠션을 받쳐주었다. 그가 의자를 끌어와 내 옆에 앉았을 때, 그가 수염을 쓰다듬는 모습에 나는 성적 흥분을 느꼈다. 메두사에 쏘인 부위가 내 몸을 감전시키고 있었다. 쉭, 하는 소리가 들렸다. 학생은 이제 자리에서 일어나 물 한 양동이로 내 발에서 모래를 씻어내고 있었다. 나는 그가 테이블로 기어올라와 자기 몸으로 내 몸을 덮어주고, 나는 연인처럼 그의 허리를 다리로 꽉 죄기를 바랐다. 그가 간이 의무실이 무너져라 비명을 지르도록 아주 큰 쾌락을 주고 싶었다. 대신 그는 내게 채워야 할 양식을 주었다.

이름:

나이:

국적:

직업:

이번에 나는 다른 항목은 다 빈칸으로 남기고 직업란에만 '괴물'이라고 적었다. 그는 양식을 살핀 다음 나를 보았다.

"하지만 당신은 아름다운 여성이죠." 그가 말했다.

습하고 바람 한 점 없는 밤이었다. 잠을 잘 수 없었다. 어깨와 등, 허벅지에 쏘인 부위가 이제 부드럽게 부풀어 자세를 어떻게 바꾸든 쏠리지 않는 데가 없었다. 시트는 진작 바닥에 던져졌다. 온몸에 기운이 없고 목이 말랐다. 침대 옆에 어머니가 서 있는 모습이 보이는 것을 보아 환각 상태인 게 분명했다. 그녀는 키가 아주 커 보였다. 바닥에 떨어져 있던 침대 시트가 들리더니 내 몸 위에서 부드럽게 접혔다. 남자 목소리가 내 귀에 스페인어로 속삭이기 시작했다. 알마드라바데몰텔바에 있는 소금 광산 마을과 라스프레시아스바하스에 있는 야자수, 엘세로네그로에 있는 검은 산을 방문하세요. 간이 의무실 학생인지도 모른다. 두 시간이 지난 뒤, 나는 정신이 혼미한 상태에서 매튜의 향수 냄새를 맡을 수 있었다. 병원 벽 낙서를 본 뒤부터 줄곧 매튜가 뇌리에서 떠나지 않는다. 다른 누군가 내 방에 숨어들어 숨 쉬고 있었다. 나는 잠이 들었고, 그다음 깨어났을 때는 추억 속 옛날 영화에 나오는 배우처럼 머리끝을 둥글게 만 금발의 여인이 보였다. 등이 파인 빨간 이브닝드레스 차림의 여인은 장갑 낀 손으로 단지를 들고 있었다.

"조피, 새로 쏘인 자리를 보여줘."

나는 셔츠를 위로 올렸다.

"오, 가여워라. 저 바다 괴물들은 악마야. 넌 진짜 전쟁을 치르고 있구나."

로즈가 옆방에서 소리쳤다. "소피, 집에 누가 있구나."

나는 시트를 머리 위로 당겼다.

잉그리트가 시트를 도로 끌어 내리며 물었다. "문 안 잠그는 거 어머니도 알고 계셔?"

"아니."

"갈라진 입술에 바르라고 마누카 꿀을 가져왔어." 잉그리트는 오른손에 끼고 있던 흰 장갑을 벗더니, 병에 든 꿀을 손가락으로 찍어 내 입술에 펴 발랐다. "네 몸은 진한 갈색으로 변하고 있어, 조피."

"난 갈색이 되는 게 좋아."

"아버지는 어디 계셔?"

"아테네에. 여동생도 있어. 태어난 지 이제 석 달 됐대."

"자매가 있다고? 이름이 뭔데?"

"몰라."

"나도 자매가 있어. 뒤셀도르프에 살아." 잉그리트는 숨을 한껏 들이마셨다가 내 상처 부위에 후 불었다. "기분이 좀 낫지?"

"응."

잉그리트는 빈티지 가게에서 열리는 1930년대 콘셉트 파티에 가던 길이라고 말했다. 알메리아 출신의 오케스트라가 옛날

곡들을 연주한다고 했다. 잉그리트는 내가 병상에서 그 음악을 들으며 그녀를 생각하고, 자기는 재스민을 좀 꺾으며 내 생각을 하면 좋겠다고 했다. 그녀가 흰 장갑을 낀 왼손으로 내 등을 쓸어주었다.

"꿀 어때, 마음에 들어?"

"응."

잉그리트는 자기가 어쩌다 1930년대에 유행한 춤 스텝을 다 알게 되었는지 말했다. 느린 춤곡을 추기엔 기운이 넘쳐서 말을 타고 산속을 질주하는 걸 더 좋아한다고.

"잠시 네 옆에 같이 누워도 될까, 조피?"

"그래."

"너는 괴물이야." 그녀가 속삭였다.

잉그리트가 몸을 숙이고 내 입술에서 꿀을 핥았다. 그녀가 몸을 일으켜 설 때 빨간 드레스의 주름진 옷자락이 바닥에 닿았다. 그녀는 정물처럼 꼼짝 않고 한참을 서 있었다.

조금 뒤 나는 잉그리트를 처음 만난 날 화장실에서 느꼈던 것과 같은 종류의 공포를 느끼기 시작했다. 그녀가 떠나주면 좋겠는데 떠나달란 말을 어떻게 해야 좋을지 몰랐다. 내가 어머니에게 물을 가져다줘야 한다고 말하자 그녀는 어둠 속에서 깔깔 웃었다.

"내가 떠나길 원한다면 왜 그렇게 말하지 않는 거야?"

파리 두 마리가 내 입술 위에서 맴돌았다. 나는 담대해져야 한다. 잉그리트가 어둠 속에 숨어 있는 건 싫다. 하고 싶은 말을 크게 소리 내어 말하기는 너무 어려운 일이다.

"날 보러 베를린에 올 거야?"

"그래."

잉그리트는 초상집에서 밤샘한 멋진 문상객처럼 점점 몸을 일으키면서도 계속 속삭였다. 그녀는 나와 함께 크리스마스를 지내고 싶다고, 내 항공료는 자기가 책임지겠다고 했다. 베를린의 겨울은 춥다고, 나는 무거운 외투를 가져와야 할 거라고. 그녀는 나를 말이 끄는 탈것 중 하나에 태울 거라고도 했다. 관광객을 위한 마차이지만 자신은 특히나 눈 내리는 날에 마차 타기를 좋아한다면서. 마차 여행은 브란덴부르크 문을 출발해 찰리 검문소로 향할 거라고, 내 머리 위에 겨우살이 나무 잔가지를 들고 있으면 난 그 의식을 순순히 따를 거라고 했다.

마치 내가 겨우살이에 이끌려 그녀의 입술로 가닿을 것을 암시하듯.

"나랑 그 촌스러운 마차 같이 탈 거지?"

"응."

"내가 이렇게 늦게 찾아왔는데도 괜찮아?"

"응."

"우리가 만난 게 기쁘니, 조피?"

"응."

잉그리트는 잠기지 않은 문을 통해 방에서 걸어 나갔다.

담대함

알고 보니 수산 시장은 루마니아 피자집에서 가까운 한 아파트 단지 지하에 있었다. 이 지하에 시장이 있는 걸 아는 관광객은 많지 않지만, 내가 들어갔을 때 이미 그곳은 갓 잡은 물고기를 사려는 마을 여자들로 붐볐다.

고메스는 내게 담력을 키우고 목적의식을 갖추라며 생선 한 마리를 훔칠 것을 제안했다. 나는 경계를 넘어서는 마법, 혹은 마법적 사고방식이 필요한 이 임무를 인류학 실험 중 하나로 여겼다. 생선 내장 제거법을 구글에 검색하자 9백만 건이 넘는 검색 결과가 나왔다.

도둑의 관점에서 내 시선을 사로잡은 첫 번째 물고기는 괴물 같은 얼굴에 아가리를 크게 열고, 두 줄로 난 작고 날카로운 이빨을 드러낸 아귀였다. 녀석의 주둥이에 손가락을 가볍게 찔러 넣자 콜럼버스가 바하마 군도를 발견했을 때처럼, 내게 완전히 미지였던 한 세계가 펼쳐졌다. 노란 비닐 앞치마를 두른 드센 여자 계산원이 생선을 건드리지 말라고 스페인어로 소리쳤다. 도둑에게는 생선 아가리 속이 아니라 밤 속으로 눈에 안 띄게 스며드는 게 중요하건만 난 이미 스스로 모습을 드러내고 말았다. 어깨에 멘 바구니의 가죽 끈이 쏘인 부위를 자꾸 건드렸고, 독이 든 잉크로 타투를 한 듯 통증은 부드럽게 부푼 부위에서부터 거미줄처럼 퍼져갔다. 계산원은 고등어 세 마리를 구식 저울에 올려 무게를 재면서도 눈은 모두에게 꽂혀 있었다. 그곳에 있는 범죄자에게도. 생선은 그녀의 생계 수단이고, 그녀는 이 전리품을 팔아 어부들에게 값을 치러야 하겠지만, 내게는 당장 그 점을 고려할 여유가 없다.

나는 은은하게 빛나는 정어리들 쪽으로 걸어갔다. 정어리 한 마리 훔치기야 어렵지 않겠지만 그것은 미미한 것이며 위험을 감수할 가치가 없어 보였다. 여자들은 저울 눈금을 못 믿겠다는 듯 눈을 찌푸리며 도리질을 치고 있었다. 눈속임이 쉬운 생선 무게에 실망한 듯 두 손을 허공에 내던지다가 가끔 자기들 대화에 나를 끌어들였다.

나는 불룩 튀어나온 검은 염주 같은 눈알을 단, 창백한 잿빛

바닷가재를 생각했다. 바닷가재는 바다의 교수이지만 담대함
이 느껴지지는 않았다. 참치 한 마리가 얼음 침대에 누워 있었
다. 저놈을 내 바구니에 미끄러뜨리면 어떻게 될까? 크기가 맞
지 않을 것이다. 나는 녀석을 양손으로 잡아 가슴에 꼭 안고 눈
을 감은 채 마을로 내달린 다음 상황을 지켜봐야 할 것이다. 참
치는 시장에서 가장 귀중한 보석이자 바다의 에메랄드였다. 내
손은 참치를 향해 뻗어 나아갔지만 그다음 동작을 이어가지는
못했다. 참치는 지나치게 큰 야심이었고, 담대함이라기보다 무
모함이었다.

　잉마르의 스웨덴인 여자친구, 해변에 있는 식당 중 고급 레스
토랑을 운영하는 이가 걸어 들어와 큰 소리로 군중에게 인사했
다. 누군가 그녀가 신은 청록색 스웨이드 구두를 칭찬했다. 발
가락 부위에 금색 방울이 달려 있는 구두였다. 모두들 젊고 돈
많은 그녀가 레스토랑에서 쓸 물 좋은 생선을 사가리라는 것을
알고 있었다. 그녀는 코바늘뜨기한 분홍색 원피스 차림에 분홍
색 펜슬로 입술 윤곽선만 그린 모습이었다. 입술 화장이랍시고
윤곽선만 얇게 그리는 건 왜일까. 그녀는 계산원에게 바닷가재
세 마리와 아귀를 뜰채로 뜨고, 참치는 저울에 올리라고 명령했
다. 목소리가 과하다 싶게 컸다. 그녀야 자기 목소리를 듣지 못
해서일 테지만, 우리는 들을 수 있었다. 그녀가 발을 옮길 때마

다 구두에 달린 방울이 딸랑거렸다. 그녀는 참치를 주문하고, 모두 그 말에 귀를 쫑긋 세운다. 그다음 그녀가 으름장을 놓았다. 자신은 지금 겨우 이익을 내고 있기 때문에 만약 가격이 합리적이지 않다면 모든 물고기를 알메리아에서 사겠다고, 그것이 이치에 맞는다고 말했다.

목소리를 높이는 건 주목을 강요하고 두려움을 부추기기 위함인데, 그렇다면 그녀는 담대한 걸까? 나도 그녀처럼 담대한 사람이 되고 싶나? 나는 어떤 종류의 담대함을 추구하는가?

나는 미끈미끈한 문어들, 고메스가 그렇게나 맛있게 먹던 '풀포'를 자세히 보려 그녀의 팔꿈치에서 멀어졌다. 풀포는 딱딱하지 않고 흐물거리니 쉬이 훔칠 수 있을 것이다. 나는 바구니를 대리석 상판 밑에 슬쩍 댄 다음 풀포를 손으로 미끄러뜨릴 마음의 준비를 했다. 그러다 멈칫했다. 담대하기는커녕 불안한 기분이 들었다. 만약 이 풀포가 살아 있다면, 녀석은 제 정체성을 바꿔 약탈자를 모방할 것이다. 흥분했을 때나 수치를 느낄 때, 두려울 때마다 얼굴빛을 바꿀 수 있는, 인간인 내 살갗의 색상과 질감까지 모방할지 모른다. 풀포는 이름 철자가 어떻게 되느냐는 질문을 받을 때마다 얼굴을 붉히는 나처럼 몸의 색을 바꿀 수 있다. 나는 지능은 높지만 죽어 있는 풀포의 눈, 동공이 옆으로 퍼진 이상한 눈을 들여다보기가 부끄러워져 시선을 돌렸다.

그때 내 생선을 보았다. 바로 내 앞에서 나를 똑바로 쳐다보는 그것. 눈에 화가 잔뜩 나 있는 그것은 분노에 찬 통통한 만새기였다. 나는 이 만새기가 내 것이 될 운명임을 알아보았다.

잉마르의 여자친구가 시장 안 모두의 관심을 끌어 나에게 도움이 되었다. 그녀는 지역공동체의 애정을 사는 인물은 아니었다. 그녀는 안하무인일 뿐, 담대하지는 않았다.

만새기를 훔치기 위해서는 자칫 발각되어 창피를 당할 수 있다는 두려움부터 정복해야 했다. 나는 몸의 모든 근육에서 힘을 빼고 내가 이파리처럼 고요해질 때까지 기다렸다. 어쩌면 찻잎처럼 고요해질 때까지 기다린 걸 수도 있다. 찻잎tea leaf은 런던 토박이들이 '도둑thief' 대신 사용하는 압운 속어니까. 나는 만새기 쪽으로 아주 천천히 가만가만 다가가 왼손으로 작은 바닷가재의 가격표를 만져 계산원의 주의를 끌면서 오른손으로는 화가 나 있는 만새기를 바구니 가방 안으로 미끄러뜨렸다.

내가 이해하는 한 이것은 대부분의 정치인이 민주주의 혹은 독재 정권을 유지하기 위해 채택해온 모델이었다. 오른손이 하는 일을 왼손이 모르게 하는 게 현실이라면, 현실이란 안정적인 재화가 아니라고 해야 옳을 것이다. 누군가 내 등을, 쏘인 부위 바로 옆을 세게 쳤지만 나는 아랑곳없이 곧장 문을 나섰다. 내가 미적대지 않았다는 사실, 내게는 새로운 목적의식과 의도가 생겼다는 데에만 집중했다. 나의 목적의식은 상당히 컸다. 그것은 나의 코와 눈과 입과 귀를 닫았다. 나는 한 가지 생각에만 집중해 지금 진행되는 다른 일에는 눈가리개를 씌워버렸다. 강렬한 목적의식은 무언가를 버리고 새로운 무언가를 얻게끔 유도했다. 그러나 이것이 그만한 가치가 있는지는 확신이 들지 않았다.

해변에 있는 아파트 주방에 서서 만새기 꼬리를 꼭 붙들고 녀석을 마주 쏘아봤다. 그렇다, 녀석은 아직도 화가 나 있었다. 녀석의 기분은 조금도 나아지지 않았다. 무거웠다. 통통하고 빛나고 매끈했다. 큰 물고기였다. 나는 신발을 벗고 발가락을 바닥에 꼭 붙였다. 다이빙 학교의 개가 비참하게 울부짖는 소리를 들으며 나를 끌어 내리는 모든 중력을 느꼈다. 나는 한 손으로 생선 대가리를 붙들고 날이 무딘 칼로 비늘을 긁어냈다. 파블로의 개는 한 번의 컹 소리와 다음 컹 소리 사이에 단 일 초의 공백도 없이 점점 미쳐 날뛰고 있었다. 나는 생선을 옆으로 눕히고 꼬리에 칼을 집어넣어 꼬리부터 대가리까지 길게 갈랐다. 내 가계의 그리스 쪽, 테살로니키 출신에게는 생선 내장 제거법을 알려줄 구글이 필요하지 않다. 나는 생선 배를 젖히고 칼로 내장을 잘라냈다. 내장은 흰색이고 끈적거렸다. 내 가계의 고대 그리스 쪽은 에게해의 얕은 물에서 넙치를 잡았을 것이다. 내

가게의 요크셔 쪽은 부둣가에서 저인망어업을 하는 사람들에게서 생선을 샀다. 거친 북극해에서 살아 돌아온, 거센 바람을 맞으며 갑판에서 열 시간을 버틴 이들에게서.

생선은 피가 많았다. 양손에서 피가 뚝뚝 떨어졌다. 누군가 생선을 도둑맞았다 주장하려고 문을 쾅쾅 두들긴다면 나는 문자 그대로 피에 젖은 손으로 붙잡혔을 것이다.

불쌍한 독일셰퍼드는 새로운 에너지를 얻어 계속 울부짖고 있었다. 개의 불안함이 나를 완전히 미치게 만들었다. 나는 칼을 내던지고 맨발로 달리기 시작했다. 모래밭을 지나, 다이빙 학교의 입구까지 달려가, 물집 잡힌 어깨로 문을 밀어 열었다.

파블로 파블로 파블로. 파블로는 어디 있지?

파블로는 베르무트 와인이 담긴 잔을 쥔 채 컴퓨터 앞에 구부정하게 앉아 있었다. 숱 많은 기름진 검은 머리를 옆 가르마로 나눈 육중한 중년 남자. 그가 졸음기 가득한 큰 갈색 눈으로 날 보더니 화들짝 놀랐다.

"파블로, 당신 개 풀어줘요."

파블로의 뒤편 벽에 거울이 걸려 있었다. 볼에 생선 피가 묻어 있고, 매일같이 바다 수영에 나가느라 안 그래도 거칠게 엉킨 곱슬머리에 내장이 끼어 있는 내 모습이 비쳤다. 흡사 거울을 장식한 조개와 불가사리에서 육지로 건너온 바다 괴물처럼 보였다. 내 모습은 새삼 나를 다시 겁주고 파블로를 겁주고 있었다.

파블로는 달아나려는 듯 의자를 옮기다가 마음을 바꾼 것 같았다. 그는 도로 자리에 앉았다. 새끼손가락에 금반지를 끼고 있었다. 퉁퉁한 살이 금반지 위로 자라는 듯 보였다.

"내 가게에서 당장 나가지 않는다면 경찰을 부르겠어." 파블로가 말했다.

개가 자유를 재촉하는 통에 그의 나머지 말을 알아듣기가 힘들었지만, 대충 이 마을 경찰은 내 형제고, 옆 마을 경찰은 내 사촌이고, 카르보네라스에 있는 경찰은 내 절친이다, 뭐 그 비슷한 내용이었다.

나는 파블로의 손을 살에 묻힌 금반지와 함께 붙들고는 내 이마로 그의 이마를 꾹 눌렀다. 그사이 그는 오른손으로 책상 밑을 더듬거렸다. 아마 그의 많은 경찰 가족들에게 위험을 알릴 비상 단추가 있을 것이다. 그는 내게 길을 비켜줘야 자기가 계단을 올라 옥상 테라스로 가지 않겠느냐고 했다.

나는 한 발 물러섰다. 파블로는 덩치가 컸다. 그가 움직이기를 기다리며 마음을 진정시키기 위해 막 페인트칠이 끝난 흰 벽을 짚었다. 벽에 붉은 손자국이 남았다. 그래서 하나 더 만들었다. 그리고 또 하나. 다이빙 학교의 벽이 동굴 벽화를 닮아가기 시작했다.

파블로는 스페인어로 요란하게 욕을 퍼붓고는 계단을 올라
갔다. 손에는 구린내 나는 노란 뼈가 들려 있었다. 그가 책상 밑
을 더듬거리며 찾으려 한 물건이었다.

파블로는 뼈와 자기 개와 함께 옥상 테라스에 있었다. 파블
로가 의자를 발로 차자 개는 짖기를 멈추고 으르렁거리기 시작
했다. 그 쨍그렁 소리가 개를 잠잠하게 만드는 효력이라도 있는
듯했다.

화분 하나가 바닥에 떨어져 부서지는 소리가 났다.

다이빙 학교의 접수대는 시원했다. 파블로의 책상에 있는 모
기향과 와인 잔 옆에서 전화벨이 울리기 시작했다. 자동응답기
가 전화를 받았다. "우리는 독일어와 네덜란드어, 영어, 스페인
어를 하며 초심자부터 전문가를 대상으로 잠수를 지도합니다."

나는 유리잔을 갈라진 입술에 대고 천천히, 침착하게 한 모금
홀짝였다. 새로운 정적 속에서 마치 해저에 귀를 대고 있는 듯
바다 소리가 들려왔다. 나는 모든 소리를 들을 수 있었다. 배 한
척이 지축을 흔드는 소리부터 거미게가 수초 사이를 오가는 소
리까지.

내핍과 풍요

"조피! 대학살이 일어날 거야!"

나는 잉그리트에게 전화를 걸어 파블로의 개가 자유를 찾은 것을 기념해 만새기 요리를 같이 먹자고 초대했다. 그녀는 밤 9시에 오겠다고 했다.

샤워를 마치고 머리칼에 오일을 바른 다음, 남자인 줄 알았던 여자 트럭 운전수에게 수박을 사러 광장으로 나섰다. 운전석에 앉은 수박 장수의 무릎에서 어린 손자가 놀고 있었다. 그들은 무화과를 먹고 있었다. 먼지 앉은 자줏빛 무화과는 여명의 색을 띤다. 여자는 꼬마에게 내 수박을 골라주라 말하고, 꼬마는 그 말대로 수박을 고른다. 여자는 내게서 돈을 받아 검은 원피스 허리춤에 묶인 면 지갑에 집어넣었다. 트럭 문에 달린 칸막이에 여자의 샌들이 들어 있었다. 여자의 오른 발목에 작은 섬 같기도 하고 공 같기도 한 뼈가 튀어나와 있었다. 갈색의 튼튼한 팔과 햇볕에 그을은 볼. 무릎에서 놀던 손자가 등을 타고 올라갈 수 있도록 움직이는 엉덩이는 넓고 펑퍼짐했다. 그녀의 몸. 그녀의 몸은 원래 누구를 기쁘게 해야 하는가? 그 몸은 어떤 목적이 있으며, 그 몸은 추한가, 아니면 다른 무엇인가? 그녀는 말없이 손자에게 무화과를 하나 더 건네며 손자의 머리에 뺨을 묻었다. 그녀는 농부이자, 그녀의 자궁을 눌러대는 돈주머니를 차고 제힘으로 경제력을 꾸려가는 할머니였다.

만새기를 막 굽기 시작했을 때, 잉그리트 바우어가 노크도 없이 열린 문으로 걸어 들어왔다. 은색 반바지 차림에 무릎 바로 아래 정강이까지 끈을 둘러 묶는 은색 글래디에이터 샌들을 신고 있었다. 발톱도 은색이었다. 나는 그녀에게 테라스에 차린 식탁을 보여줬다. 거의 완벽하게 준비된 향연이었다. 나는 심지어 향연에 어울릴 접시와 식기 세트, 와인 잔까지 찾아두었다. 수박은 작은 육면체로 썰어 민트와 함께 볼에 담아 시원해지도록 냉장고에 넣어두었으며 아마레티 비스킷과 달콤한 아마레토 리큐어, 세비야산 오렌지의 쌉싸래한 껍질을 넣고 구운 나만의 달콤쌉쌀한 아마레토 치즈케이크까지 모두 준비되어 있었다.

담대한 삶의 시작이었다.

나는 와인을 권했지만 잉그리트는 물을 원했다. 물이야 로즈를 위해 늘 마련되어 있으니 문제될 게 없었다. 그것은 잉그리트에게는 맞는 물이었다.

그녀가 내 옆에 앉았다. 그리고 더 가까이.

"그래서 개를 풀어줬어?"

"응."

"개의 눈을 봤어?"

"아니."

"개한테 고기를 줬어?"

"아니."

"그냥 풀어주기만 했어?"

"파블로가 목줄을 풀어줬어."

"그래서 개가 얌전해져서 자기 다리를 핥았어?"

"아니."

우리 둘 다 그날 오후 파블로가 개와 함께 마을을 산책하다 목격된 사실을 알고 있었다. 그것은 재앙이었다. 개는 바에서 거스름돈을 기다리던 벨기에 여자의 손을 물어뜯으려 했다. 개는 입마개를 차야 했고, 파블로는 계속 소리치며 발에 걸리는 족족 발길질을 해댔다. 입마개는 파블로가 차야 맞겠지만 그는 그의 경찰 군대의 비호를 받고 있었다.

"축하해, 조피!"

잉그리트는 노란색 실크 홀터넥 톱을 내게 선물했다. 메두사에 쏘인 부위에는 매끄러운 실크가 좋을 거라면서. 그러고는 왼쪽 귀퉁이에 파란 비단실로 수놓은 내 이니셜을 가리켰다. SP. SP 아래에는 '사랑받는Beloved'이라는 단어가 수놓여 있었다.

사랑받는.

사랑받는 존재라니, 내겐 너무 낯선 일이다. 실크 톱에선 잉그리트의 샴푸 냄새와 마누카 꿀 냄새와 후추 냄새가 났다. 우리 둘 중 누구도 '사랑받는'에 대해 말하지 않았지만, 거기에서 사랑이 느껴지며 그녀의 바늘이 그 단어를 저술했음을 우리 둘다 알고 있었다. 그녀는 맞는 바늘만 있다면 종류를 불문하고 어떤 재질에도 바느질할 수 있다고 말했다. 구두며 벨트, 심지어 얇은 금속과 다양한 종류의 플라스틱에도. 하지만 제일 좋아하는 소재는 실크라고 했다.

"새처럼 살아 있거든." 그녀가 말했다. "바늘을 이용해 산 채로 잡아서 내게 복종시켜야 해."

바느질은 잉그리트가 혼란 속에서도 침착함을 유지하는 방식이었다. 그녀에게 도저히 수선할 수 없을 것 같은 옷을 수선하는 일은 기쁨이었다. 그녀는 종종 확대경으로 옷감에 숨어 있는 찢어진 부분을 찾아내 수선하기도 했다. 잉그리트에게 바늘은 그녀와 함께 생각하는 도구였고, 그녀는 마음에 떠오르는 것은 무엇이든 수놓았다. 어떤 단어 또는 어떤 이미지가 그녀 앞에 모습을 드러내든 검열하지 않겠다는 것이 그녀가 세운 규율이었다. 오늘 그녀는 셔츠 두 장과 치마 가장자리에 뱀 한 마리와 별 하나와 시가 한 대를 수놓았다.

나는 방금 한 말을 다시 해달라고 부탁했다.

"뱀 한 마리. 별 하나. 시가 한 대."

잉그리트는 뒤셀도르프에 있는 자매 생각을 하다가 내 톱에 수놓을 단어에 대한 아이디어를 떠올렸다고 말했다.

"이름이 어떻게 돼?"

"한나."

"동생? 아님 언니?"

"나는 그 애의 나쁜 언니야."

"왜 나쁘다는 거야?"

"매티에게 물어봐."

"난 너한테 묻고 있잖아."

"좋아, 말해줄게." 잉그리트는 물을 벌컥 마시고 유리잔을 테이블에 탁 내려놓았다. 녹색 눈에 눈물이 차올랐다. "아니야, 말하지 않을래. 바느질 이야길 하고 있었잖아."

빈티지 가게에는 그녀의 바늘을 통해 재탄생하기를 기다리는 옷이 수북이 쌓여 있었다. 베를린에서도 일감이 많았는데 이제는 중국에 있는 지인이 디자인을 아예 새롭게 바꿀 옷 꾸러미를 소포로 보내주기까지 했다. 잉그리트의 주 관심사는 기하학이었다. 그녀는 바이에른에 있는 대학에서 기하학을 전공했고, 그녀가 바늘을 좋아하는 이유 역시 정밀함 때문이었다. 그녀는 대칭과 구조를 좋아했는데, 대칭과 구조는 생각이 자유롭게 표류하는 걸 도왔다. 대칭은 그녀를 묶어 구속하지 않고 자유롭게 풀어주었다. 파블로의 개가 닿을 수 있는 것보다 더 자유롭게.

잉그리트가 내 어깨에 팔을 둘렀다. 그녀의 손가락은 바늘처럼 차가웠다. 나는 '사랑받는' 같은 단어의 무게가 내게 배달되리라고는, 내 이름의 첫 글자가 파란색 비단실로 쓰여 떠오르리라고는 기대하지 않았었다. 그녀는 그 단어를 자유로이 방랑하게 두었다. 그게 그녀가 말한, 마음에 떠오르는 무엇이든 디자인이 된다는 뜻이었다.

잉그리트는 손등으로 눈가를 닦고는 이제 가봐야 한다고 말했다.

"가지 마, 잉그리트."

나는 그녀의 젖은 뺨에 입을 맞추며 소중한 선물을 줘서 고맙다고 속삭였다. 그녀의 귀에는 은은한 작은 진주 귀고리가 박혀 있었다.

"넌 늘 일하고 있잖아, 조피. 방해하고 싶지 않아."

"무슨 뜻이야? 내가 늘 일하고 있다니?"

"너에겐 모든 사람이 현장연구 대상이야. 그걸 생각하면 기분이 야릇해져. 네가 내내 날 관찰하는 것 같아서. 인류학 공부와 인류학 현장 실습에는 어떤 차이가 있지?"

"글쎄, 만약 내가 현장 실습을 한다면 보수를 받았겠지."

"내 질문은 그게 아닌데. 아무튼, 만약 돈이 필요하다면 내가 좀 빌려줄 수 있어. 이제 정말 가야겠다."

잉그리트와 매튜는 밤에 타파스 바에서 친구들과 모임을 가진 다음 디제이인 한 친구의 제안에 따라 시내를 벗어나 야외 파티에 갈 예정이었다. 매튜는 그곳에서 조명을 설치하고 있었다. 잉그리트가 자동차에 얼음 봉지와 양동이를 싣고 가기로 했는데, 그녀는 그 대신 내 톱에 자수를 놓았다. 모두가 도착할 즈음 맥주는 이미 미지근해져 있을 것이고 거기엔 내 책임도 일부 있다.

"물 잘 마셨어, 조피. 난 나중에 진탕 마실 거라 미리 물을 꼭 마셔둬야 하거든."

열린 문으로 걸어 나가던 잉그리트가 테라스에 준비된 2인용 식탁 옆에서 잠시 머뭇거렸다. 그런 다음 현실의 삶을 향해 나아갔다.

잉그리트 바우어에게 사랑받는 건 이런 건가?

주방 식탁, 고대 그리스 화병의 모조품 옆에 날카로운 나이프 두 자루가 놓여 있었다. 나는 나이프를 서랍에 집어넣고 사프란색 꽃병을 자세히 들여다보았다. 유골함 모양 꽃병이었다. 띠 장식에는 분수 옆에서 물을 긷기 위해 손잡이 달린 항아리를 머리에 인 일곱 명의 여자 노예들이 검은 송진으로 그려져 있었다. 누가 봐도 모조품이지만 역사적 일상을 정확하게 재현하고 있었다. 고대 그리스의 도시에서는 수로를 내기 힘들어 분수에서 물을 길어야 했다. 부유한 남자들은 여자 노예들이 집까지 길어온 물을 와인에 섞어 마셨지만, 여자들은 자기만의 집을 가질 수 없었다. 오늘 밤 나는 스페인에 있는 임시 집에 처음으로 누군가를 초대했다. 그리고 내가 잉그리트의 여동생에 대해 물었을 때 모든 게 어그러졌다.

나는 만새기 굽기를 멈추고 해변을 가로질러 간이 의무실로 걷고 있는 자신을 발견했다.

나는 점점 담대해지고 있었다.

나는 학생에게 함께 저녁을 먹자고 했다. 학생은 놀란 듯했지만 이내 기쁜 표정을 지었다.

"당신은 내 이름이 후안이라는 걸 알고 싶을 거예요." 그가 말했다.

"맞아요. 그리고 난 당신의 생일과 국적, 직업도 알아내야겠죠." 내가 대꾸했다.

그는 그날의 서류(해파리에 쏘인 열네 명의 기록)를 한데 모아 스테이플러로 박고 있었는데, 이십 분 뒤에는 같이 있을 수 있다며 초대를 고마워했다. 나는 파블로의 개가 해변에 설치된 파라솔을 파헤친 사실을 알았던가? 파블로의 형제들이 추격하자 개는 겁에 질려 바닷물로 뛰어들었다. 개는 멀리멀리 헤엄치더니 그다음 사라졌다. 파블로의 개가 어디에 닿았는지 혹은 익사했는지 아무도 알지 못했다. 만약 독일셰퍼드가 아직 살아 있다면, 간이 의무실은 해파리 침에 쏘인 것보다 더 강력하게 물린 상처를 다뤄야 할 것이다. 학생은 소리 내어 웃으며 손가락으로 갈색 머리칼을 위로 빗어 올렸다. 길고 우아한 목이 드러났다.

"파블로는 당신이 자기를 협박했다고 떠들고 다녀요."

"그랬어요. 당신이 나와 함께 먹게 될 생선의 피로."

우리의 시선이 맞닿았다. 나는 사랑받는 이가 가질 수 있는 힘을 다 끌어내 그를 바라보았다. 잉그리트에게는 이미 거절당했지만 그 사실을 배제한 눈으로 그에게 말하고 있었다.

후안이 맥주 네 병을 들고 찾아왔다. 간이 의무실 냉장고에 보관해온 맥주라고 했다. 그가 내 어머니의 안부를 물었다. 나는 어머니는 주무신다고, 이번만은 '지친 별들'로부터 숨으려 커튼을 내리지 않았다고 말했다. 우리는 테라스에 차린 2인용 테이블에 마주 앉아 만새기를 먹었다. 은색 껍질 아래 흰 살이 부드러웠다. 만새기는 껍질과 살 사이에 지방층이 있어 육즙이 많다고 후안이 말했다. 따뜻한 밤이 되자 우리는 벌거벗고 헤엄쳤다. 후안이 메두사에 쏘인 모든 곳에, 부은 자리와 물집에 키스했다. 내 몸에 그런 부위가 더는 남지 않은 게 아쉽다고 느껴질 때까지. 나는 욕망에 쏘였다. 그는 나의 연인이고, 나는 그의 정복자였다. 나는 아주 담대하다. 이렇게 말하는 게 진실일 것이다.

그녀는 괴물 발톱으로 내 심장을 찢었다.

반짝이고 화려한

로즈가 렌터카 운전석에 힘없이 앉아 있는 사이 나는 젖은 천으로 차창 먼지를 닦았다. 오전 11시인데 목에 닿는 볕이 벌써 따가웠다. 어머니는 일주일치 과일과 채소를 사러 공항 근처 일요일 장터로 갈 생각이었다. 후안이 내게 북아프리카산 청포도를 파는 좌판을 알려주었다. 잉그리트가 아이스크림을 같이 만들자고 했기에 그녀에게 가져다줄 코코넛밀크 통조림도 하나 사야 했다. 로즈는 외출이라는 변화에 평소와 달리 분개하지 않고 조용했다. 날 향한 개인적인 불만이 아니라(물론 그런 면이 아주 없는 건 아니지만) 세상을 향한 모호한 불만으로 좀 억울해하는, 화가 나 씩씩대는 게 원래 그녀의 주된 감정이었는데.

"너는 언제나 아주 멀리 있어, 소피아."

나는 멀리 있지 않다. 나는 늘 지나치게 가까이 있다. 그녀의 고통에.

메두사에 쏘인 자리가 욱신거렸지만, 나는 그 통증을 느끼는 게 새 실크 톱에 수놓인 '사랑받는'이라는 단어를 느끼는 만큼 이나 좋았다. '사랑받는'은 침의 해독제였다. 로즈가 더는 참지 못하고 자동차 시동을 켰다. 나는 '호텔 패밀리, 빈방 있음'이라 는 문구와 화살표가 그려진 부분이 밑으로 가도록 천을 던졌다. 그 화살표는 호텔에 체크인한 가족을 먼지 날리는 궤도로 이끌 어갔겠지. 폭발하기 직전, 약이 올라 속이 끓어오르는 가족들. 일부일처로 이루어진 가족, 일부다처로 이루어진 가족, 모계가 족, 부계가족, 핵가족.

우리는 어머니와 딸이다. 그런데 우리는 가족인가?

나는 자동차 문을 쾅 닫았다.

어머니는 다리에 감각이 없다면서 어떻게 운전하겠다는 말 인가? 하지만 그녀는 해냈다. 그녀는 발을 클러치에서 브레이크 로, 액셀로 옮겼다. 나는 그저 그녀가 핸들을 놓치지 않을 거라 고, 무사히 집으로 돌아가 그녀에게 '틀린 물'이란 무엇인지 알 아낼 수 있을 거라고 믿어야 했다. 시장까지는 새로 타르를 입 힌 포장도로를 직선으로 달리면 됐다. 로즈는 빠르게 차를 몰았 다. 왼쪽 팔꿈치를 창밖에 걸치고 운전을 즐기고 있었다. 그녀가 너는 왜 운전을 배울 생각을 안 하느냐고 물었을 때, 나는 내가 실기 시험에 네 번 떨어졌고 필기 시험에도 떨어졌으며, 그 뒤로 운전은 그만두기로 마음먹고 자전거를 구입한 일을 상기시켜주었다.

"하긴, 네가 운전하는 모습이 상상이 안 가긴 한다." 그녀가 말했다.

우리는 어떻게 무언가에 대해 상상하지 않는가? 만약 내가 인간의 섹슈얼리티를 상상하지 못하겠다고 말한다면? 만약 내가 아직 묘사된 적 없는 방식의 섹슈얼리티는 상상하지 못하겠다고 말한다면? 다른 문화는 상상이 안 간다고 한다면? 내가 내 아버지의 조국인 그리스는 내 상상 밖이라 한다면, 그날은 어떻게 시작되고 어떻게 끝날까? 아버지가 스스로 버린 딸을 그리워해 어느 날 우리가 화해할 수도 있음을 상상하는 게 불가능하다면?

나는 브레이크에 올려진 어머니의 발을 내려다보았다. 그녀의 발가락이 살짝 떼어지더니 정교하고 자신 있게 브레이크에 닿았다. 나는 말했다. "나는 당신이 해변 이쪽 끝에서 저쪽 끝까지 걷는 모습을 상상할 수 있는데요."

이 말에 대한 어머니의 반응은 찬송가를 읊조리는 것이었다. "그 고대의 발들은 잉글랜드의 푸른 산을 걸어 올라가네."

그러면 좋을 텐데. 어머니의 발은 대개 파업 중인데, 나는 그녀가 무엇을 협상 중이며 협상의 성사를 막는 장애물이 무엇인지 알지 못한다. 어머니 발 크기는 270 사이즈이다. 턱은 크다. 우리의 선조는 늘 싸웠고, 그 결과 턱이 돌출되게끔 발달했다. 불만은 아주 끈질기다. 내 어머니는 비축해온 원망을 앗아가려는 사람들을 쫓아내기 위해 저런 턱을 필요로 한다. 그녀의 증상에 대한 흥미는 생계를 보장하지 못하기 때문에 나는 다른 것에 흥미를 키워야 한다. 나는 박사학위를 포기했다. 박사학위는 내게 개인보다는 공공에 대한 관심사를 키우고, 내가 내 모든 시간을 들여 쓴 주제를 가르칠 자격을 따려는 데 공헌했을지 모른다. 자격증 취득은 내가 가진 문제 중 하나이다.

로즈는 방향 지시등을 켜고 우회전해 해안도로로 들어섰다.

"알메리아에서 새 친구를 사귄 것 같더구나."

나는 무시했다.

"네 아버지에 대해 이 점은 말할게. 내 아버지에 비하면 네 아버지는 아주 신사인 편이야."

나는 어머니의 어지럼증 약이라도 먹고 싶었지만 그 약은 더는 어머니의 약 목록에 포함되어 있지 않았다. 아버지는 어쩌나 신사인지 십일 년 동안 내게 연락할 힘조차 없던 게 분명하다.

어쩌면 홀리에타 고메스와 함께한 시간이 로즈에게 전남편을 바라보는 또 다른 시각을 제공했을지 모른다. 로즈에겐 선샤인 간호사를 바라보는 자신만의 관점이 있었다. 고속도로를 달리며 로즈는 훌리에타가 술꾼이 확실하다고 말했다. 물리치료 시간에 종종 훌리에타의 숨에서 알코올 냄새가 났다면서. 솔직히 그것은 윤리적인 문제였다.

로즈는 차를 지나치게 빨리 몰았다. 나는 숨을 참는 동시에 갈라진 입술을 꽉 깨물어야 했다.

"훌리에타는 영악해. 아주 똑똑해. 절대 나를 비판하지 않아, 소피아. 바로 그 점 때문에 난 그녀를 비판하는 게 영 껄끄러워. 그래도 알코올이라니 당혹스러워. 나로선 여러 선택지를 따져 봐야겠지."

훌리에타 고메스가 주관하는 로즈의 환자력 수집은 벌써 세 차례나 진행됐다. 로즈는 예전에 비하면 유연해지고, 속을 알 수 없어졌으며 어쩌면 친절해지기까지 했는데, 그럼에도 여전히 흰 고양이 호도를 미워했고 고양이를 병원에 있는 껄끄러운 직원처럼 여겼다. 호도가 그녀에게 비타민 주사를 놓는다 해도 그녀는 놀라지 않을 것이다. 고메스는 로즈에게 발바닥에 고양이 그림을 그리라고 했다. 그러면 온종일 호도를 쿵쿵 밟을 수 있을 거라면서.

나는 고메스의 말이 로즈를 걷게 할 영리한 방법이라고 생각했다.

우리는 도로변에 있는 어느 빈집 진입로에 차를 세웠다. 찢어져 버려진 옷 더미가 현관에 널려 있는 집이었다. 트렁크에서 휠체어를 들어 꺼내는데 도로 건너편에 아무렇게나 펼쳐진 시장이 보였다. 하늘에는 비행기 한 대가 고도를 낮추며 근처 공항에 착륙하려 하고 있었다. 어머니를 휠체어에 태워 그녀가 가자는 곳으로 옮기는 건 아주 힘든 작업이다. 나는 뜨거운 아스팔트를 건너, 그늘진 곳에 테이블 서너 개와 의자를 펼쳐놓은 좌판으로 휠체어를 밀고 갔다. 로즈가 내게 추로스 대기 줄에 설 것을 부탁했다. 추로스는 그녀가 아니스* 술을 조금 마실 때 즐기는 안주이다. 그녀는 심지어 "고맙다, 피아"라고 인사말까지 붙였다.

우리는 달 위를 걷는다는 착각을 일으키는 풍경 속에 있다. 달을 닮은 풍경. 모든 가이드가 이구동성으로 알메리아를 묘사하는 말이다. 거친 바람을 쐬고 태양에 그을린 곳. 강바닥은 바싹 말라 쩍쩍 갈라져 있다. 핸드백과 자줏빛 포도와 양파를 내놓은 낡을 대로 낡은 가판대 위로 푸르스름한 휘발유 연기가 피어오른다. 나는 녹슨 기둥이 받치고 선 비닐 천막 아래로 로즈

* 감초보다 약간 더 달콤한 맛이 나는 향신료. 맛이 부드러워 사탕과 과자류, 술의 풍미를 돋우는 데 사용된다.

의 휠체어를 밀고 간다. 그녀는 오른쪽 무릎에 붕대를 감고 앉아 있는 늙수그레한 남자와 벌써 말을 텄다. 그들은 지팡이 이야기를 나누는 것 같다.

추로스는 초콜릿을 묻힌 긴 것과 짧은 것 두 가지였다. 나는 긴 것을 사서 종이컵에 담긴 아니스 술과 함께 로즈에게 가져간다.

노인은 걷기용 지팡이를 허공에 흔들며 끄트머리에 달린 고무마개를 어머니에게 보여준다. 나는 그들 옆에 앉아 고무마개에 매료된 척한다.

지난밤 진짜 별 아래에서 대담한 사랑을 나눈 뒤라, 내 기분도 한껏 격앙되어 있다. 이곳에 연인과 나란히 앉아, 가까이, 점점 몸을 밀착해 서로를 어루만지면 얼마나 좋을까. 하지만 그 대신 나는 어머니와 함께 여기 있고, 어머니는 일종의 무효한 커리어다. 나는 팔팔한 청춘인데. 심지어 후안에 의해, 우리가 처음 만난 날 "꿈은 끝났어요"라고 말한 그에 의해, 새롭게 빚어진 에로틱한 꿈의 주인공이 될 수도 있는데. 그리고 나는 사랑받는 존재일 수도 있다. 물론 나를 괴롭히는 잉그리트 한정이지만.

로즈가 내 손을 살짝 두드린다. "피아, 시계를 사고 싶어."

나는 추로스 하나를 입에 밀어 넣었다. 바삭바삭하고 기름지고 설탕이 뿌려져 있었다. 스페인에 있는 동안 내 몸이 동쪽과

서쪽으로, 가로로 확장되더라도 놀라지 않아야 할 것이다.

로즈는 술이 올랐는지 숨이 후끈했다. 물은 잘 마시지 못하면서 감초가 든 시큼한 아니스는 쉽게 넘어가나 보다.

"그건 그렇고, 내 말을 믿어봐. 네가 그 복잡한 커피머신을 조작할 수 있다면 자동차 운전도 할 수 있어. 운전은 정말 식은 죽 먹기거든." 그녀가 고개를 젖히며 아니스를 한번에 비웠다. 난 그녀가 아니스로 양치질을 하는 줄 알았다.

그 순간, 내 진짜 어머니와 내 유령 어머니(영예롭고 승리감에 차 있는, 안녕하고 활기찬 여인)의 형태가 자연스럽게 바뀌었다. 이것 역시 또 하나의 독창적인 현장연구를 위한 좋은 주제(상상과 현실이 함께 뒤엉켜 엉망이 되는 방식)인데, 순간 좌판에 전시되어 있던 화려한 밀짚모자를 쓴 여자에게 정신이 팔려 깊이 생각하지 못했다. 모자에 그대로 달려 있는 가격표가 여자의 눈가에서 그네처럼 흔들거렸다. 마치 사람들의 시선을 피하고자 방해물을 둔 것처럼 보였다. 여자는 이따금 고개를 홱 젖혀 가격표가 얼굴 위에서 제멋대로 크게 흔들리게 했다.

자리에서 일어나 휠체어 뒤로 간 다음 휠체어 브레이크를 풀려는데 에스파드리유*가 벗겨지는 바람에 애를 먹었다. 그다음

---

* 끈을 발목에 감고 신는 캔버스화.

파인 곳과 개똥을 피해 어머니를 태운 휠체어를 밀며 핸드백과 지갑, 땀을 흘리듯 작은 물방울이 맺힌 치즈와 울퉁불퉁한 살라미, 살라망카산 이베리코 하몬과 줄줄이 매달린 초리조, 비닐 식탁보와 휴대전화 케이스, 스테인리스스틸 꼬챙이에 꿰여 빙빙 돌아가는 닭고기, 체리, 멍든 사과, 오렌지, 고추, 북아프리카 전통 요리 쿠스쿠스, 바구니 안에 높이 쌓인 울금, 매운 하리사 소스와 절인 레몬이 든 병, 토치, 스패너, 망치 옆을 지나갔다. 그사이 로즈는 돌돌 말린 〈런던리뷰오브북스〉로 자기 발에 내려앉은 파리를 쫓고 있었다.

나는 흙먼지가 날리는 도로에 멈춰 섰다.

어머니는 다리에 내려앉은 파리가 느껴지는구나.

파리. 그녀는 파리를 느낀다.

어머니는 무감각하지 않다. 그녀는 정확하게 감각한다.

휠체어를 다시 밀기 시작했다. 불경기로 인해 버려진, 가정집 느낌이 나지 않는 회색 콘크리트 아파트 단지를 바라볼 때도 어머니의 문학적 파리채가 공기를 가르는 획획 소리가 들려왔다.

"멈춰, 멈춰, 멈춰."

로즈가 싸구려 시계 좌판을 가리켰다. 우아한 흰색 로브를 입은 키 큰 아프리카 남자가 그녀에게 왼손을 흔들고 있었다. 그의 오른쪽 어깨에는 C자 모양으로 구부러진 헤드폰이 여러 개

걸려 있었다. 파란색 빨간색 흰색 헤드폰이었다. 로즈는 휠체어를 더 가까이 붙이라고 소리친 후 밝은 황금색 시계를 얼른 움켜잡았다. 손목 밴드는 두껍고 문자반에는 인조 다이아몬드가 동그랗게 박혀 있는 시계였다.

"난 늘 갱스터 시계를 차고 싶었어. 이게 내가 죽을 때까지 간직할 반짝이고 화려한 바로 그 물건이야."

"당신이 죽을 때까지 뭐라고요?"

"소피아, 난 고메스클리닉에서 서서히 죽어가고 있어. 약은 점점 줄고, 병원 직원들에게는 뭐라도 속 시원히 진단할 기술이 없어. 그들은 모든 게 정상이라고만 해. 네 눈엔 내가 잘 살고 있는 것처럼 보이니?" 로즈는 휠체어를 발로 쿵쿵 차댔다. "발 궤양과 관련해서는 당뇨병이 문제로 보여. 그게 그 돌팔이와 그놈의 고양이가 유일하게 진지하게 받아들이는 한 가지야."

아프리카 남자가 어머니의 손가락에서 시계를 부드럽게 풀고는 태엽 장치를 만지작거리기 시작했다. 다이아몬드가 박힌 문자반을 귀에 대고 시계를 흔들 때 께름칙한 소리를 들은 게 분명했다. 그는 흰 로브 주머니에 손을 집어넣었다가 작은 스크루드라이버를 꺼냈다. 그가 시계를 분해할 즈음, 나는 로즈가 그것을 기필코 살 작정임을 알고 있었다.

나는 그녀 앞으로 나서며 물었다. "시계 얼마죠?"

화가 난 듯 양손을 허리춤에 올렸지만 사실은 화나지 않았다. 그게 이상했다. 심장이 분노하지 않은 채로 분노를 모방하는 게. 느끼지 않는 분노를 표현하는 법은 어디서 배웠기에 목소리를 높여 비난에 가까운 음에 도달하게 된 걸까. 스스로도 믿지 않는 태도를 채택하는 건 또 어디서 배웠던가? 그리고 '사랑받는'이라는 말은 또 어떤가? 아마도 잉그리트는 느껴지지도 않는 무언가를 흉내 내며 파란색 실로 그 단어를 수놓은 다음 그런 건 하나도 중요하지 않다는 듯 굴며 내게 주었을 것이다.

남자가 시계는 고작 50유로라고 말했다.

나는 하하 웃기 시작했다. 하지만 빈정거림은 웃음과 다르다. 남자도 그것을 알고 있었다.

이제 남자는 긴 손가락으로 작고 동그란 스테인리스스틸 원판을 섬세하게 잡고 있었다. 로즈는 마치 놀라운 새 발명품이라도 본 듯 저건 배터리란다, 하고 내게 설명했다.

둘 다 배터리에 정신이 빠져 있었다. 남자는 로즈의 말에 동의하며 미소를 짓고 고개를 끄덕이고는 아주 값나가는 물건인 양 다이아몬드를 가리켰다. 로즈는 아니스 술로 뺨이 이미 붉어진 상태였다. 그녀가 원형으로 박혀 있는 다이아몬드를 하나하나 세기 시작했을 때, 남자는 그녀의 손목이 앞으로는 헐벗지 않으리라는 걸 알고 있었다. 나는 내 어머니에게서 매력과 활기를 발견했다. 내가 그녀의 이름인 로즈ROSE를 바람에 날린다면, 철자들은 이리저리 움직이다가 날개를 가졌지만 절름발이인 사랑의 신 에로스EROS로 나타날 것이다.

로즈는 손목을 내밀고, 남자는 시계를 채워주었다.

손목뼈가 얇은 어머니에게 시계는 지나치게 헐렁했다. 앞으로도 늘 그럴 것이다. 남자는 등받이 없는 의자를 끌어와 휠체어 옆에 붙이더니 그녀에게 손목을 자기 무릎에 올리라고 하고는 금줄의 연결부위를 만지작거렸다. 그녀의 팔에 난 털이 시곗줄 연결부위에 끼였다. 나는 그 작은 통증을 그녀 대신 느끼듯 몸을 움찔거렸다. 공감은 메두사에게 쏘인 것보다 훨씬 고통스러웠다.

어머니가 시간을 지키는 기계, '그녀를 배웅할' 기계의 구매의식을 치르는 사이, 나는 모르겠다는 심정으로 빗자루와 쥐덫을 내놓은 좌판으로 걸어갔다. 알루미늄포일에 분홍색 파란색 케이크 초들이 놓여 있었다. 초 세 개에 1유로였다. 은색 초는 더 비쌌는데, 케이크에 꽂는 뾰족한 은빛 촛대와 어울려 전시되어 있었다. 나는 다양한 자루걸레와 양동이, 화분과 프라이팬, 나무 스푼과 체를 물끄러미 바라보았다. 성인이 된 이래 나만의 살림을 꾸려본 적이 없었다. 나만의 가정을 꾸린다면 난 이 좌판에서 어떤 도구를 사려 할까? 분명 내겐 죽여야 할 나방과 생쥐와 또 다른 쥐, 파리 들이 있을 텐데. 나는 여자의 신체 굴곡을 과장스럽게 본떠 디자인한 분사형 방향제를 집었다. 가슴도 배도 거대하지만 두 가지를 구분할 수 없게 하는 물방울무늬 앞치마를 입고 있었다. 곡선으로 올라간 긴 속눈썹과 작고 뾰로통한 입술. 이탈리아어, 그리스어, 독일어, 덴마크어, 그리고 어디 말인지 알 수 없는 언어로 사용법이 적혀 있었다. 하지만 그녀를 설명하는 모든 언어에 '극도의 가연성'이라는 표현이 포함되어 있었다.

영어로 된 사용법도 있었다. 그녀를 잘 흔드세요. 그녀를 방의 중앙으로 향하게 한 다음 분사하세요. 물방울무늬 앞치마를 입은 것만 빼면, 그녀의 배와 가슴의 크기는 기원전 6000년경 그리스에서 만들어진 초기 다산의 여신들과 다르지 않았다. 그 여신들은 건강염려증으로 고통받았을까? 히스테리로 괴로워했을까? 그들은 담대했을까? 다리를 절었을까? 온정이라는 젖이 넘쳐났을까?

나는 방향제를 4유로에 구입했다. 많은 언어로 번역된 데다 여성(가슴 배 앞치마 속눈썹)에 대한 선명한 해석을 제시했기 때문이다. 더불어 공공장소 표지판 속 세르비시오스*를 뜻하는 기

---

* servicios, 서비스를 뜻하는 스페인어.

호로 인해 내가 느낀 혼란 때문이기도 했다. 왜 이것은 남성이고 저것은 여성인지 이해가 가지 않았다. 가장 흔한 막대기 그림 기호는 딱히 남성도 여성도 나타내지 않았다. 명료성 때문에 이 방향제가 내게 필요했던 걸까? 내가 추구하는 명료성은 어떤 것이기에?

나는 내가 후안을, 천둥 번개의 신 제우스였던 그를 정복했다고 생각한다. 그러나 후안이 간이 의무실에서 하는 일은 상처 입은 사람에게 연고를 발라주는 게 전부였기 때문에 기호는 뒤죽박죽 엉망이 되고 말았다. 후안은 어머니 같았고, 형제 같았고, 자매 같았고, 어쩌면 아버지 같았으며, 내 연인으로 거듭났다. 우리는 모두 각자의 기호 안에 숨어 있는 걸까? 나와 방향제 여인은 같은 기호에 속해 있는가? 또 다른 비행기 한 대가 금속 동체를 하늘에 무겁게 띄우며 시장 위를 날고 있었다. 커피하우스에서 만난 남자 조종사는 비행 물체는 언제나 '그녀she'로 불린다고 말했다. 그의 임무는 그녀의 균형을 유지하는 것, 그녀를 그의 손의 일부처럼 만드는 것, 가벼운 터치에도 그녀가 반응하게 만드는 것이었다. 그녀는 민감하기 때문에 세심하게 다룰 필요가 있었다. 일주일 뒤 나는 그 남자와 잤고, 그 역시 아주 가벼운 터치에도 반응한다는 걸 알게 됐다.

내가 추구한 건 명료함이 아니었다. 나는 모든 게 덜 명료하기를 원했다.

아프리카 남자와 어머니는 죽이 잘 맞아 그 자리에서 친구가 된 듯 보였다. 남자는 알메리아의 역사를 읊으며 그녀의 손목에서 시계를 풀었고, 비로소 그녀는 시곗줄에 끼여 있던 작은 솜털들을 쓸어낼 수 있었다. 그는 그 시계를 팔기 위해 오랜 시간 공들이고 있었다.

"'알메리아'는 아랍어로 '바다의 거울'이라는 뜻입니다."

로즈는 듣는 척할 뿐 마음은 다이아몬드가 박힌 시계에 완전히 쏠려 있었다. "째깍째깍하네! 내 팔은 다리와 달리 마비되지 않아서 째깍거림을 느낄 수 있어."

로즈를 배웅할 기계, 시간을 지키는 기계가 째깍째깍 움직인다.

"나는 걷는 데 문제가 있어요." 로즈가 아프리카에서 온 세일즈맨에게 말했다. 그는 장사꾼답게 고개를 흔들며 연민을 표했다. 로즈는 50유로를 허공에 화려하게 내젓고는 남자에게 우아하게 건넸다. "시간 내줘서 고마워요."

남자가 우리에게 잘 가라고 손을 흔드는 사이, 태양은 올리브와 거대한 케이퍼가 담긴 양동이 속 소금물을 데웠다. 사방에 짙은 식초 냄새가 강하게 풍겼다.

"몇 시인지 알고 싶니, 소피아?"

"오, 네, 제발 알려주세요."

"12시 45분이야. 점점 줄고 있는 내 약을 먹을 시간이지."

우리가 자동차로 돌아왔을 때 나는 로즈에게 휠체어에서 내리라고, 내가 휠체어를 접어 트렁크에 넣는 동안 옆에 서 있어 달라고 부탁했다.

"의지의 문제가 아니야, 소피아. 오늘은 못 서 있겠다고."

내가 어머니를 안아 들어 자동차에 태우는 동안 그녀는 신음과 불평과 씩씩거리는 소리를 내뱉으며 내게 쌍욕을 해댔고 그다음엔 내 단점과 불완전함과 나의 짜증 나는 습관에 대해 쏟아부었다. 그녀가 진짜 갱스터이고 내 삶을 강도질하는 것 같았다.

나는 자동차 조수석에 앉아 차 문을 닫고 차가 출발하길 기다렸다. 하지만 그녀는 아직도 충격에서 못 벗어난 듯 미동도 없이 가만히 있었다. 사람이 살지 않는 빈집이겠거니 생각해 바깥에 차를 댔던 곳은 지금 보니 지붕엔 구멍이 나고 창문이 깨졌음에도 안에 사람이 살고 있었다. 어머니와 어린 딸이 포치에서 수프를 먹고 있었다. 외바퀴 손수레와 유아차, 의자, 식탁, 자동차 옆에 나동그라진 팔이 한쪽만 달린 인형. 모든 게 망가져 있었다.

모든 의미에서 무너진 집이었다.

내 어머니는 그녀만의 작은, 무너진 가족의 가장이었다.

야생동물이 문틈으로 들어와 자식을 겁주지 못하게 막는 건 어머니 책임이었다. 우리 눈앞의 이 슬픈 집은 마치 로즈가 자기 내면에 들인 유령처럼 보였다. 런던 해크니에 있는 우리 집 문에 늑대가 들어오는 걸 막지 못한 공포처럼 보였다. 나는 학교에서 무료 급식 대상자였고, 로즈는 내가 느끼는 수치스러움을 알고 있었다. 그녀는 거의 매일 출근하기 전에 수프를 만들어 보온병에 담아 주었다. 나는 보온병에서 샌 수프가 과제물을 다 적셔 무거워진 책가방을 메고 다녔다. 보온병은 내게 고통을 안겨주었지만 내 어머니에게는 늑대가 아직 오지 않았다는 증거였다. 내가 들고 다니는 가이드북은 한때 알메리아에 번성했던 이베리아 늑대를 한 페이지에 걸쳐 소개했다. 프랑코 독재 시절에 이베리아 늑대를 퇴치하려는 특별 캠페인이 벌어진 적이 있었다. 명백하게 그중 일부가 살아남았고, 살아남은 늑대들은 이 집 문을 두드리는 수고를 하지 않았다. 늑대들은 창문을 뚫고 들어왔다.

비행기가 흰 꼬리를 남기며 하늘을 잘라냈다.

아이가 제 엄마의 얼굴에 대고 스푼을 흔들었다.

"소피아, 네가 우리 집까지 운전해봐." 로즈가 열쇠를 내 무릎에 던졌다.

"전 운전 못 해요."

"아니, 할 수 있어. 나는 아니스 술이 너무 독해서 운전을 못하겠다."

로즈가 몸을 움직이려 조수석으로 넘어오기 시작하는 바람에 나는 차 밖으로 뛰쳐나가야 했다. 자동차 앞을 빙 돌아 운전석에 앉고 열쇠를 꽂았다. 시동이 걸렸다. 나는 핸드브레이크를 조작해 후진하기 시작했다.

"완벽해." 로즈가 말했다. "완벽한 후진이야."

자동차 바퀴 밑에서 무언가가 으스러졌다.

"아이 인형이 참 불쌍하게 되었네." 어머니가 창밖을 흘깃거리며 말했다. "신경 쓰지 마. 기어 바꾸고, 방향 지시등 켜고, 안전벨트 매고. 아주 잘했어. 출발하자."

내가 시속 16킬로미터로 운전하는 사이 로즈는 몸을 숙여 사이드미러 각도를 조절했다. "더 빨리."

나는 기어를 잘못 넣었지만 곧바로 스틱 위치를 조정했고, 더 나아가 속도를 올려 새로 포장한 텅 빈 도로를 달렸다.

"소피아, 네게 운전을 맡기니 정말 안심이 된다. 딱 하나 할 말이 있긴 하지만."

"뭔데요?"

"스페인에서는 우측 주행이 맞아."

나는 소리 내어 웃고, 로즈는 그녀의 새 시계가 가리키는 시간을 말해주었다.

"지금 오르막이잖니. 그럼 기어를 바꿔야지. 저기 우릴 따라 잡으려는 자동차 보이니?"

"네, 남자 운전사네요."

"여자야." 어머니가 말했다. "저 차가 널 추월하려 하는 이유 는 운전자가 완벽한 시야를 확보하고 있기 때문이며, 반대편 차 선에서 오는 차량이 없는 걸 알기 때문이야. 그건 그렇고 지금 은 1시란다."

운전은 로즈가 말한 대로 커피머신 조작법처럼 쉬웠다.

무언가 트렁크 안에서 구르고 있었다. 내가 좌회전 우회전을 할 때마다 차 내벽을 쾅쾅 쳤다. 나는 속도를 줄였고, 자동차는 크게 덜컹거리다 멈춰 섰다.

"브레이크 잡기와 엑셀 밟기 사이에서 균형 잡는 게 아직 서 투르구나. 기어를 중립에 넣고 다시 시작해."

베를링고가 갑자기 앞으로 쏠리면서 트렁크 속 물체가 우당 탕거렸다.

"그건 중립이 아니야." 로즈가 나 대신 기어를 바꿨고, 우리는 출발했다. "내가 걱정스러운 건, 네가 운전면허가 없다는 게 아 니라 안경을 끼지 않는다는 거야. 내가 네 눈이 되어야 하다니."

엄마는 내 눈이다. 나는 엄마의 다리다.

마을 끄트머리 주차장에 도착해 핸드브레이크를 당겼다. 로즈는 자신에게 새 운전사가 생겼다고 선언했다.

내 어머니에 대한 나의 사랑은 도끼와 같다. 그 도끼는 아주 깊이 찍고 벤다.

어머니는 오일을 발라 컬을 넣은 내 뒷머리를 손끝으로 만졌다. "소피아, 넌 도대체 머리칼에 무슨 짓을 하는 거니? 널 보고 있으면 신혼여행 때, 네 아버지와 나를 케팔로니아에 있는 호텔에 데려다주다가 길을 잃은 택시 기사 생각이 나."

어머니는 내게 자동차 열쇠를 돌려달라는 몸짓을 했다.

"네 아버지는 자기 머리칼에 자부심이 어찌나 대단했던지 나도 못 건드리게 했어. 그 시절에도 부드러운 검은 곱슬머리를 어깨까지 길렀지. 결국 난 그걸 상징적인 머리로 여기기 시작했어."

나는 이 모든 것을 알고 싶지 않았다. 하지만 그녀가 고메스에게 말한 것처럼, 나는 그녀의 외동딸이었다.

운전사라는 새로운 임무를 맡은 내가 차 문을 열어주자 그녀는 집까지 걸어가겠다고 했다. 그녀는 걷는 데 아무 문제가 없는 것이다. 나는 돌아서서 조금 전 덜컹거리던 물건의 정체를 밝히려 트렁크 안을 탐색했다. 그리고 마침내 물건을 찾아냈을 때 짐작할 수 있었다. 매튜가 렌터카를 가지고 오던 날 선샤인 간호사를 만나 서류에 서명한 다음 이걸 트렁크에 숨긴 게 틀림없다고.

안에 든 것은 파란색 페인트 분사기였다.

로즈는 주차장 끄트머리에 있는 야자수에 기대서 있었다. 아주 무거운 물건을 짊어진 듯 자세가 많이 구부정했다.

거친 장난

키스. 우리는 키스를 말하진 않지만 키스는 우리가 함께 만드는 코코넛 아이스크림 속에 있다. 잉그리트가 작은 주머니칼로 바닐라 씨앗을 긁어낼 때 우리 사이에 있다. 그녀의 긴 눈꺼풀 안에, 달걀노른자와 크림 안에 숨어 있으며 잉그리트의 마음을 상징하는 바늘에 꿰인 파란색 비단실로 새겨져 있다. 나는 내가 잉그리트에게 무엇을 원하는지, 그녀는 왜 날 창피하게 만드는 걸 즐기는지, 나는 또 왜 그걸 감내하는지 다 알지 못한다.

마치 내가 과소평가되는 데 동의한 것만 같다.

잉그리트는 그들의 스페인 집 곳곳에 자리한 바구니마다 가득 쌓인 옷가지를 내게 보여주고는 그중에서 얇고 해진, 끈 달린 순백색 새틴 드레스를 꺼낸다. 가장자리에 얼룩이 묻긴 했어도 내게 잘 어울릴 거라면서. 그녀는 메두사에 쏘인 부위가 내내 아팠음을 알고 있다며 시간이 나면 이 옷을 수선해주겠다고 말한다.

쏘인 부위가 늘 아픈 건 아니지만 잉그리트를 실망시키고 싶지 않다. 아이스크림을 냉동고에 넣고 얼기를 기다리는 동안, 그녀는 손가락으로 내 머리칼 한 움큼을 비틀어 쥔다.

"엉킨 거 내가 잘라내게 해줘." 그녀가 말한다.

잉그리트가 옷 바구니에 놓인 화려하고 날카로운 가위를 집는다. 가윗날이 내 머리칼을 서걱서걱 썬다. 내가 돌아보자 그녀는 내 곱슬머리 한 움큼을 트로피 잡듯 들고 있다. 마음이 불편하지만 내 어머니에게 일어날 부작용과 금단증상을 기다리는 것보다야 훨씬 흥미로운 일이다. 설마 불편한 감정을 느끼는 것 자체가 이미 부작용일까?

"조피, 인류학자는 무덤에서 머리를 훔쳐서 수치를 재고 분류하지?"

"아니, 그건 옛날이야기야. 나는 무덤에서 머리가 나오길 기대하지 않아."

"그럼 넌 뭘 기대해?"

"아무것도."

"진심이야, 조피?"

진심이다.

"왜 아무것에도 흥미가 없을까?"

"아무것도 아닌 게 사방 천지를 덮고 있으니까."

잉그리트가 내 팔을 세게 때렸다. "넌 혼자서 너무 많은 시간을 보내. 손으로 직접 뭔가를 만들어봐."

"예를 들면?"

"다리."

만약 잉그리트가 내가 저 아래 늪지를 건널 수 있게 도와주는 다리라면, 그녀는 우리가 만날 때마다 벽돌을 조금씩 빼고 있다. 마치 에로틱한 통과의례처럼. 내가 늪지로 떨어지지 않고 어찌어찌 다리를 건넌다면, 내가 느낀 괴로움은 보상받을 수 있을까? 잉그리트의 입술은 감미롭고 부드럽고 풍성하다. 그녀는 침착하고 말수가 적지만 그녀가 선택한 단어, '사랑받는'은 어마어마한 어휘다.

매튜가 일터에서 막 돌아오고, 잉그리트는 내게 그와 함께 정원에 나가 앉으라고 명령한다. 매튜는 그늘에 있는 나무 두 그루 사이에 맨 해먹에 누워 있다.

"오늘 참 대단한 하루였어요." 그가 발바닥으로 나무를 밀자 해먹이 왼쪽에서 오른쪽으로 흔들리기 시작한다. "가장 힘든 일은 말이에요, 소피아, 사람들에게 자기 자신이 되게 하는 거예요."

매튜는 진실된 자아를 만드는 마술을 부리기라도 하듯 머리 위에 있는 이파리를 휘적거린다.

매튜는 인생 코치이다. 그는 회사 고위 간부들에게 소통을 잘 하는 법, 자신만의 브랜드를 팔고 유머와 활기를 불어넣는 법을 가르친다.

매튜는 자기 자신이 되어 있는가?

매튜는 호감이 가면서도 어딘가 구린 데가 있다. 그의 여자 친구가 날 괴롭히고, 그 역시 괴롭힘에 얽혀 있다고 비난하려는 건 아니다. 그냥 잘 모르겠다. 그는 왼팔로는 햇볕에 그을린 잉그리트의 긴 허벅지를 애무하면서 오른팔로는 홀리에타 고메스에게 외설적인 메시지를 쓰는 사람 같다.

잉그리트는 집에서 직접 만든 레모네이드와 은으로 된 집게, 방금 딴 민트 가지와 얼음 주전자를 쟁반에 담아 나른다. 매튜의 뺨에 형식적으로 입을 맞춘 다음 플라스틱 컵에 얼음을 채우고, 레모네이드를 붓고, 라임 한 조각과 민트 잎 몇 개를 더한다. 잉그리트는 정확하게 말하면 아내가 아니다. 운동선수이자 수학자이기도 한 칵테일 웨이트리스에 훨씬 가깝다. 그녀는 기하학을 공부했고, 중국에도 고객을 둔 재봉사이다. 그녀는 또한 '나쁜 언니'이지만 그 점에 대해서는 말하고 싶어하지 않는다.

매튜는 와인 수집이 취미다. 그는 와인 마스터와 와인 바이어, 소믈리에가 포도 품종과 원산지에 초점을 맞춰 진행하는 와인 수업을 너덧 차례 받았다. 그는 이곳 스페인에서 와인 전문가를 한 명 알게 되었다. 레오나르도라는 이름의 승마 코치인데 그는 코르티호cortijo, 그러니까 마구간을 갖춘 넓은 시골집을 갖고 있다. 잉그리트는 레오나르도 소유의 코르티호에서 방을 하나 빌려 바느질 작업실로 사용하고 있다. 그녀는 화요일과 수요일에는 일하고 (인생은 짧기에 딱 이틀만 일한다) 매튜는 그녀와 떨어져 있으면 그녀를 몹시 그리워한다. 매튜도 짧기는 마찬가지다.

"조피, 코르티호에 가볼래? 내 재봉틀은 인도산 골동품이야. 이베이에서 구입했는데 한 번도 고장 난 적 없어. 묵직하고 정말 아름다워."

매튜가 따분한 표정을 짓자 잉그리트는 그에 대해 말하기 시작한다. 매튜는 자신의 사랑스러운 매력을 알고 있고, 잉그리트는 그런 그를 사랑하는 듯 보인다. 그는 자신감으로 빛난다.

내가 나에 대해 아는 것은, 내가 산산이 부서지고 있으며 잉그리트가 망치라는 사실뿐이다.

매튜가 잉그리트에게 그늘에 앉으라고 주장한다. 그녀는 그의 말을 무시하고 햇볕이 내리쬐는 내 옆자리에 앉는다.

매튜가 고개를 들더니 잉그리트의 안녕이 우리 두 사람의 공통 관심사인 것처럼 내게 씩 웃어 보인다. "잉게에게 햇빛을 피하라고 말해줘요. 잉게는 피부가 파리하기 때문에 건강에 안 좋아요."

나는 곱슬머리가 흔들릴 정도로 고개를 젓는다. "선샤인은 확실히 섹시하죠."

매튜는 잔에서 민트 이파리를 하나 떠내 물어뜯기 시작한다. "소피, 그 말은 교묘한 데가 있어요. 과학계에 햇빛에 관한 몇 가지 논의가 있거든요. 햇빛은 지구를 따뜻하게 하지만 또한 우리 눈을 멀게도 한답니다."

"뭐가 먼다는 거죠?"

"일상의 책임감을 못 보게 돼요. 이는 대단히 유혹적인 부분입니다."

책임감을 주제로 이야기를 나누던 매튜가 내 어머니 일을 궁금해한다. "그래서 당신은 고메스클리닉에 큰돈을 지불했나요?"

"네."

매튜는 금발 머리를 귀 뒤로 넘기고 그럴 줄 알았다는 듯 고개를 끄덕인다. "이봐요, 소피, 내가 장담하는데 소위 '의사'라는 그 양반, 그냥 잘라내버려야 해요."

"뭐, 당신 말이 맞을 수도 있죠."

"내가 맞아요. 고메스는 위험하고 재수 없는 놈이라고요."

"당신이 어떻게 알아요?"

"요즘 로스앤젤레스에서 온 임원을 교육하고 있어요. 그 사람이 말하기를 고메스는 신용이 빵점인 돌팔이랍니다."

우리가 말하는 사이, 잉그리트는 어린 선인장 화분을 무릎에 아슬아슬하게 올려놓고 화분을 따라 조약돌을 둥그렇게 깔고 있다.

"조피는 어떻게든 어머니를 도우려 애쓸 뿐이야. 그리고 네 고객이란 작자를 어떻게 믿니."

매튜는 해먹이 흔들리는 끼익 소리에 맞춰 천천히 도리질한다. "아니, 그 사람은 못 믿을 만한 그런 사람이 아냐. 토니 제임스는 대단한 남자라고. 오늘 난 그에게 말을 하면서 골프공을 공중에 던졌다 다시 잡아채는 법을 가르쳤어. 더는 좀비처럼 굴지 않게 됐다니까. 마침내 신호등이 바뀌는 순간을 보는 것 같았어." 그는 머리 위 이파리들을 손끝으로 건드린다.

나는 담대해져야 한다. 더 큰 용기와 목적의식을 찾아내 내 생각들을 추격해야 한다. "토니 제임스는 제약회사 사람인가요?"

매튜는 빈 레모네이드 잔을 바닥에 내려놓는다. "여yuh*."

오후가 되자 매미가 울기 시작했다.

---

* 'yes'의 의미를 갖는 입말.

'여'는 독창적인 현장연구를 위한 좋은 주제이다.

'여'는 사막 농장에서 자라는 토마토와 고추를 덮는 데 사용되는 흰 비닐 아래에서 제약회사 화제에 제대로 답했다. 그리고 매튜는 '선샤인은 확실히 섹시하다'로 고메스클리닉의 대리석 벽을 덮었다. 그런데도 그는 훌리에타 고메스에게 화가 나 있는 것처럼 보인다.

나는 매튜가 잉그리트와 진실로 사랑에 빠졌다고 믿는가? 확신할 수 없다.

잠시 뒤 나는 그에게 붉은 가죽 벨트가 멋지다고 말한다.

"고마워요. 잉그리트가 사준 거라 나도 좋아해요." 매튜는 대화가 본궤도로 돌아가 마음이 놓인 목소리다.

인류학자는 궤도를 이탈해야 한다. 만약 그러지 않는다면 우리는 결코 우리가 알고 있는 것에서 뻗어나가지 못할 것이다. 우리가 연막을 피워도 아무도 거기에 물을 끼얹지 않을 것이다. 우리의 현실이 다른 현실과 어떻게 다른지 알려주지 않을 것이며, 마을과 그 마을의 거주자들이 세운 청사진의 중요성, 삶과 죽음에 대한 그들의 인식, 왜 여자들은 마을 주변부에서 살아야 하는지 아무도 말해주지 않을 것이다.

매튜는 계속 자기 궤도를 따라가고 있다. 자세를 고쳐 이젠 새로운 힘으로 해먹을 흔들면서 자신이 어떻게 고객들(대개는 석유회사 출신에 파워포인트를 활용한 프레젠테이션을 하는)을 도울 방법론을 개발했는지 설명한다. 그의 일은 고객들로 하여금 그들이 누구이며 자신이 어떤 가치를 지닌 존재인지 표현하도록 돕는 것이다. 그는 그들에게 권위 있게 서서, 자신감 있게 말하며 청중의 긴장을 풀어주기 위해 주저 없이 몇 가지 농담을 건넬 것을 가르친다. 그는 고객들에게 '꼬리가 개를 흔든다(주객전도)'나 '당신은 스타다' 같은 어구를 사용하지 말라고 했다. CEO들은 텔레프롬터를 보면서도 늘 더듬거리는데, 매튜는 그들에게 더듬거리지 않은 척하기보다는 더듬거리는 행위를 중요한 것으로 만드는 전략으로 위기에 대처하라고 가르친다. 그는 고객들이 리더로서 잠재력을 발휘하도록 돕는 일에 큰 보람을 느낀다. 고객들이 연설이 어렵다, 직원들한테 미움받고 있다 등 약점을 드러내면 매튜는 그들에게 사랑 비슷한 감정을 느낀다. 그는 고객들에게 각자가 가진 기이함을 더 개발하라고 격려한다. 어제 그는 로스앤젤레스 출신 제임스 씨에게 앞으론 회의 때마다 골프공을 가져가라고 말했다. 이제 말하는 동시에 골프공을 던지는 행위는 제임스 씨를 대표하는 몸짓이 될 것이다.

매튜는 두 팔을 해먹 양끝으로 뻗으며 자신의 비상을 표현한다. 이상한 건, 내 어머니의 환자력을 녹음할 때 말수 적은 홀리에타 고메스가 암시한 내용들이 매튜의 이야기에서도 동일하게 발견되는데, 다만 단어들이 약간씩 바뀌어 나타난다는 것이다. 마치 훌리에타가 한 일을 그가 훔쳐서 자신이 한 일에 적용한 것처럼. 매튜가 훈련시키는 회사 중역들은 그에게 바쳐진 신성한 버펄로다. 매튜는 그들이 페르소나를 만들도록 도와준다. 그들이 자기 브랜드를 위해 진정성 있게 말하도록 하는 가면 말이다. 가면 아래 얼굴은 가면과 빈틈없이 꼭 맞아야 한다. 가면에 금이 가면 고객들은 그를 불러 재조립할 수 있다.

잉그리트가 그늘 밑으로 걸어가 나무 아래 선다. 나는 그제야 그녀의 배꼽에 눈물 모양의 초록 보석 피어싱이 있는 것을 알아본다. 그녀는 손가락에 선인장 가시가 박혔다며 매튜에게 뽑아달라고 한다.

"잉게, 내 해먹에서 물러서." 매튜의 목소리는 어딘지 위협적이다.

잉그리트는 가시가 박힌 손가락을 그의 얼굴 위로 흔든다.

"매티, 입 닫아." 손끝으로 자기 입술을 가리키며 지퍼 채우는 시늉을 한다. "조피한테는 모든 게 현장연구 대상이거든. 조피는 다 기록하고 있어. 내 말 믿어. 조피는 네 상담 방법론에 관한 논문을 쓸 거고, 그러면 온 세상이 네 비밀을 다 알게 될 거야."

"거리 지켜, 잉게. 이건 내 해먹이고, 밀어줄 필요 없어." 왠지 그녀를 야단치는 소리로 들린다.

잉그리트는 그늘로 걸어 돌아와 내 무릎에 손을 얹는다. "조피가 가시를 뽑아줄 거야."

"그래서 당신 직업은 뭐죠, 소피?" 매튜는 이제 눈을 감고, 해먹이 나뭇잎 아래서 살살 흔들리게 하는 한편 잉게보다 큰 소리로 말한다.

"커피 전문점에서 커피를 만들어요."

"좋은 기술이죠. 완벽한 커피는 어떻게 만드나요?"

"고급 원두의 품질, 원두를 갈 때의 질감, 물이 커피를 통과하는 방식이 중요해요."

매튜는 우리가 중요한 문제를 토론하는 것처럼 진지하게 고개를 끄덕인다. "그래서 당신이 바라는 건 뭐죠?"

"무슨 뜻이에요?"

"아시잖아요. 일, 돈, 게임에 낄 만한 사람 되기 같은, 뭐 그런 미친 소원 말입니다. 만일 소원 목록을 적어야 하는데 보이지 않는 잉크를 사용해도 된다면, 어떤 걸 적겠습니까?"

그들 정원에서 자라는 사막 식물에 빙 둘러 꽂힌 삼각형 형태의 깨진 거울 파편 속, 시뻘게진 내 얼굴이 보인다.

"조피에겐 소원 목록에 적을 게 없어. 하나도, 아무것도 없어." 잉그리트가 가시 박힌 손가락을 내 무릎에 대고 장난스럽게 팔락인다.

나는 당혹감에 굳는다. 내가 내 삶의 중요한 부분에 대해 그렇게까지 말했던가? 내가 왜 매튜에게 내 삶을 말해야 하는가?

매튜는 손가락을 튕기고 하하 웃는다. "소피, 당신에겐 텔레프롬프터가 필요해요! 홀리에타 고메스가 하는 일도 바로 그런 거죠. 고객들이 기억을 되살리도록 유도하기. 그렇잖아요?"

나는 일어나 정원과 해변을 분리하는 역할의 낮은 바위를 타 넘는다. 스페인에서 내게 일어나는 좋은 일 중 하나는 이제 내가 무언가를 타 넘는다는 것이다.

나는 몹시 외롭다.

나는 모래를 밟으며 걷고, 파도는 빠져나간다. 말을 탄 여자가 뜨겁게 달구어진 플라야*의 모래 위를 전속력으로 달리고 있다. 말은 키가 큰 안달루시안 종이다. 갈기가 불타오르고, 발굽은 천둥을 치고, 바다는 번득거린다. 파란 벨벳 반바지를 입고 갈색 승마 부츠를 신은 여자는 아주 큰 활과 화살을 들고 있다. 근육 잡힌 팔뚝을 자랑하는 긴 땋은 머리의 여자는 허벅지로 꽉 눌러 말을 지배한다. 그녀의 숨소리가 들리고, 화살이 공기를 가르고 날아와 내 심장에 박힌다. 나는 상처받는다. 나는 욕망에 상처 입는다. 나는 사랑의 시련을 맞이할 준비가 되어 있다.

---

* playa, 해변을 뜻하는 스페인어.

해변에서 청년 넷이 배구공을 네트 위로 넘기며 놀고 있다. 공이 내 앞에 오자 나는 펄쩍 점프해 공을 탁 쳐서 돌려보낸다. 청년들이 환호성을 지르며 손을 흔든다.

거기에 후안이 있다.

잉그리트와 후안. 그는 남성을 가리키고 그녀는 여성을 가리키지만, 짙은 향의 향수가 그렇듯 구성 성분은 서로 베고 베이며 섞인다.

그리스 여자는 영어 억양으로 말하지만 머리카락은 내 아버지가 가염된 라드와 겨자에 곁들여 먹던 빵처럼 검다. 아침이면 그녀는 마을 뒤편 묘지 근처를 맴도는 닭에게 먹일 수박 껍질을 모은다. 매일 아침 수박 껍질을 봉지에 담아 닭 주인인 베데요 부인에게 가져다준다. 그녀가 쓴 챙 넓은 솜브레로가 그녀의 어깨에 그늘을 드리운다. 메두사에 쏘인 자국이 조금씩 흐려지고 있다.

인간 방패

진료실은 낯선 분위기가 흘렀다. 고메스는 짜증이 난 듯 보였다. 셔츠 소매는 접어 올리고, 흰 머리칼은 땀에 젖어 있었다.

"이게 최근 찍은 엑스레이인데 판독하기가 좀 까다롭네요. 로즈, 골밀도가 낮아지고 있긴 하지만 이 정도는 쉰 살 넘은 여성에겐 흔한 수준이에요." 그는 한숨을 내쉬고, 가는 세로 줄무늬 양복 위로 팔짱을 꼈다. "뼈는 아주 흥미로워요. 콜라겐과 미네랄로 만들어지죠. 뼈는 살아 있는 조직입니다. 쉰다섯 살이 지나면 모든 뼈는 골밀도가 낮아지며 약해집니다. 그런데 당신은 아직 골밀도 감소로 인한 고생은 하지 않았어요. 집까지 걸어가도록 하세요."

어머니의 턱에 딱 하나 박혀 있는 은색 털이 곤추섰다.

"파파스테르기아디스 부인, 계속 치료받고 싶다면 현재 복용 중인 약을 포기해야 합니다. 하나도 빠짐없이, 마지막 하나까지요. 고지혈증 약, 수면보조제, 심계항진증 약, 소화제, 편두통 약, 허리통증 약, 혈압약과 각종 진통제까지 전부요. 전부."

놀랍게도 로즈는 고메스의 눈을 똑바로 보며 그의 요구에 동의했다. "나는 당신과 함께할 준비가 되었습니다, 고메스 씨."

고메스도 그녀의 말을 미심쩍게 여기는 게 분명했다. 그가 손뼉을 치며 말했다. "좋은 소식도 있어요. 나의 새로운 사랑이 임신을 했습니다!"

처음에는 무슨 말일까 싶었는데 곧바로 흰 고양이 이야기인 걸 알아차렸다. 고메스가 내게 걸어와 팔을 내밀었다. 자기 팔에 팔짱을 끼라는 초대였다. 피부와 옷에 가려진 우리의 뼈가 맞닿고, 그는 마치 신부를 인도하듯 진료실을 나가 대리석 바닥을 가로질러 기둥 옆 작은 골방으로 나를 안내했다.

그늘진 곳에 놓인 골판지 상자가 보였다. 상자 속 양털 러그에 호도가 누워 있었다. 호도는 고메스를 보자 눈을 가늘게 뜨고 젖빛 앞발을 핥기 시작했다. 고메스가 꿇어앉아 고양이 턱을 쓰다듬자 호도는 강렬하고 낮게 갸르릉거렸고, 그 소리는 곧 클리닉의 대리석 돔 아래 있는 모든 소리를 압도했다. 나는 그제야 천장이 낮다는 걸 깨달았다. 천장 구조는 어떤 면에서 햇볕에 타들어가는 사막에 펼친 텐트와 흡사했다.

"수의사 말로 임신 6주차라고 하니까, 앞으로 삼 주가 남았군요." 고메스는 호도의 배를 가리켰다. "저기 불룩한 거 보이죠? 호도에게 이 양털 러그를 깔아줄 때 나는 무척 감상에 젖어 있었습니다. 나중에는 치워야 하지만요. 어미 고양이와 새끼 고양이는 서로를 냄새로 인식하기 때문에 호도가 누운 부드러운 깔개에는 냄새가 없어야 하거든요."

고메스는 어머니의 병보다 흰색 고양이에게 관심이 훨씬 많았다. 몇 가닥 있는 흰 머리칼이 고양이와의 친밀감을 높였을까? 나는 살찐 흰 고양이 호도를 경배하기 위해 고메스처럼 꿇어앉기를 거부했다.

"입술이 움직거리네요, 소피아 이리나." 그가 말했다. "마치 입 안에서 혀가 부글부글 끓는 것처럼."

나는 고메스가 약을 전부 빼더라도 어머니는 안전할 거라고 안심시켜주길 바랐다. 그러나 그에게 그렇게 말해달라고 요구할 만큼 담대하지 못했다.

"당신은 인류학 현장에서 일하죠. 교육받은 내용 중 마음에 떠오르는 단어 세 가지만 말해보세요."

"낡은archaic, 남은residual, 발아하기 전의pre-emergent."

"무시무시하게 강력한 단어들이군요. 이 단어들은 골똘히 생각하면 임신도 할 수 있을 것 같아요."

나는 눈썹을 치켜올리며 잉그리트가 황당할 때 짓는 표정을 흉내 냈다.

"문제가 하나 더 있어요. 당신 어머니 이름으로 빌린 차를 당신이 운전하고 있는 걸로 압니다."

"맞아요."

"당신에게 운전면허가 있다고 생각해도 될까요?" 고메스는 바지 오른쪽 주머니에서 삐삐 소리가 나는데도 알아차리지 못한 듯 보였다. "당신은 당신 어머니의 약을 관리하는 데 익숙해졌습니다. 어쩌면 그 점이 당신도 약을 끊는 중이라 여기게 만들지 않았을까요? 당신은 당신 어머니를 방패 삼아 스스로 살아갈 자기 인생을 막고 있습니다. 나는 당신들 둘 다에게서 약을 지워버렸습니다. 집중하세요! 당신은 다른 방식을 찾아야 합니다."

고메스의 옅은 파란 눈을 둘러싼 짙고 푸른 원은 내 아버지가 늘 가지고 다니던 파란 눈 모양의 장식품을 닮았다.

"소피아 이리나, 내 호출기 소리를 들으세요! 난 레지던트 시절부터 호출기를 즐겨 사용했어요. 진짜 응급 상황만 이것을 통해 내게 전달됐죠. 하지만 이제 호출기의 시대는 지났다는 것을 압니다. 선샤인 간호사는 내가 다른 기기를 이용하길 바라죠."

고메스가 고양이의 흰 털 밑 불룩한 곳을 손가락으로 따라가는 동안에도 호출기는 계속 울려댔다. 조금 뒤 그는 주머니에서 호출기를 꺼내 힐끗 보았다.

"생각대로군. 후에르칼 남동쪽에 위치한 베라에서 누군가 심장마비를 일으켰어요. 베라는 오렌지나무가 아름답게 자라는 타베르노와는 달리 나무 한 그루 자라지 않는 동네입니다. 하지만 난 심장병 전문의가 아니니 이 호출에 응답할 수 없어요."

그는 호출기를 끄고 주머니에 도로 넣었다.

그녀가 침실에 벌거벗고 서 있다. 그녀의 가슴은 풍만하고 탄력이 있다. 그리고 이제 그녀가 점프한다. 비행기처럼 두 팔을 옆으로 뻗어 펄쩍펄쩍 뛰고 있다. 겨드랑이 털은 밀지 않았다. 그녀는 뭘 하고 있는가? 팔 벌려 뛰기. 여섯 일곱 여덟. 그녀의 젖꼭지는 피부색보다 짙다. 그녀가 벽에 걸린 거울로 나를 본다. 왼쪽을 빠르게 휙 훑어본 다음 손으로 입을 덮는다. 누구도 그녀에게 블라인드를 내리라고 말해주지 않았다.

아티스트

홀리에타 고메스는 내게 스튜디오로 찾아오는 길을 길게 설명해줬다. 카르보네라스에 있는 작은 공원 근처니까 자동차는 도로변에 세우고 거기서부터 걸어오라고. 나는 요즘 늘 베를링고를 운전하고 다녔다. 운전은 쉬웠다. 기어를 중립으로 놓는 게 조금 어렵긴 해도 기어 중립이 인생에서 제일 큰 골칫거리는 아니었다. 내가 가장 두려워하는 것은 경찰 단속에 걸릴 경우, 내겐 적법한 서류가 없다는 점이었다. 이것은 파블로에게 임금을 받지 못한 멕시코인들과 사막에 자리한 용광로 같은 농장에서 일하는 불법 이주민들과 내가 공유하는 또 다른 유사성이다.

면허증 있습니까?

여.

나는 옛 식민 시대의 인류학자 스타일로 교통경찰에게 유리 구슬 열세 알과 담수진주조개 세 개를 꾹 찔러줄 것이다. 그래도 충분하지 않다면 볼리비아산 낚싯바늘 한 꾸러미를 줄 거고, 경찰이 더 욕심낸다면 베데요 부인의 암탉이 낳은 달걀 두 개를 그가 찬 리볼버 옆에 있는 카키색 주머니에 미끄러뜨릴 것이다. 뭘 하게 될지는 모르겠다. 자동차와 쓰레기통 세 개 사이에 차 한 대가 간신히 들어갈 공간이 보였다. 나는 후진을 시도하다 쓰레기통을 전부 쓰러뜨렸다.

시들어가는 레몬나무가 빙 둘러 심긴 공원의 목조 무대에서 여학생 열두 명이 댄스 수업을 받고 있었다. 모두 밝은 색상의 플라멩코 드레스를 입고, 그에 어울리는 댄스화를 신고, 머리칼은 뒤로 단단히 당겨 꼭 맞는 머리 망 안에 집어넣은 모습이었다. 나는 그들이 손끝을 튕기고 구둣발로 바닥을 찧는 모습을 지켜보았다. 그들은 낄낄대지 않으려 애썼지만 일부는 참지 못했다. 아홉 살 남짓으로 보였다. 저 아이들은 자라서 나는 취득하지 못한 운전면허와 이 지구에서 활동하는 데 필요한 다른 면허증들을 따게 될까? 여러 개의 언어를 능숙하게 말하고, 연인이 있으며 (그들 중 일부는 여자 연인을, 일부는 남자 연인을) 지진과 홍수와 기후변화에 따른 가뭄에도 살아남아 슈퍼마켓 카트에 동전을 집어넣고, 용광로 같은 노예 농장에서 키워낸 토마토와 호박을 찾아 통로를 돌아다닐까?

외벽에 자줏빛 부겐빌레아 꽃송이들이 자라나고 있는 공업용 건물이 훌리에타 고메스의 스튜디오로 드러났다. 포석이 깔린 좁은 거리 끝, 작은 창고형 집이 세 채 있었다. 나는 그녀의 이름 옆에 있는 벨을 눌렀다.

훌리에타 고메스가 금속 문을 열고 유화물감과 테레빈유 냄새가 풍기는 방으로 나를 들였다. 그녀는 청바지에 티셔츠, 운동화 차림이었지만 날렵하고 완벽하게 올려 그린 눈꼬리에, 손톱은 붉게 칠해져 있었다. 방바닥은 콘크리트였다. 벽돌을 그대로 노출한 벽에는 그림 여섯 점과 빈 리넨 캔버스 몇 개가 기대어 있었다. 가죽 소파를 빼면 나무 의자 세 개와 냉장고만 보일 뿐 다른 가구는 없었다. 내가 가정집처럼 꾸미려 시장 좌판에서 돌아본 물건 비슷한 건 정말이지 하나도 없었다. 심지어 쥐덫, 나방 덫, 생쥐나 파리 덫도 없었다. 식탁에는 유리잔과 컵, 빵 도마 두 개가 놓여 있고 선반에는 책이 빼곡했다.

훌리에타는 자기 이름을 어떻게 발음하는지 알려주었다.

"후울리에타."

그녀는 자신의 정식 이름은 고메스 페냐라고 설명했다. 아버지가 그녀를 선샤인 간호사로 부르는 건 그녀가 십 대 때 어머니를 잃은 후 한 번도 미소 짓지 않아서라고 했다.

"선샤인 간호사라는 호칭도 일의 일부죠. 환자들 기운을 북돋우거든요."

그녀는 냉장고에서 맥주를 한 병 꺼내 내게 건넨 다음 자기 몫도 한 병 꺼냈다.

나는 내 성을 제대로 발음하는 사람이 아무도 없어 종종 성을 바꾸고 싶었다고 말했다. 살면서 내 성 '파파스테르기아디스'에서 '파파' 다음은 어떻게 발음하느냐는 질문을 안 듣고 넘어간 날이 단 하루도 없었다.

"하지만 당신은 개명하지 않았잖아요. 발음과 관련된 화제가 당신의 흥미를 끌었다는 뜻이겠죠?" 훌리에타는 맥주를 입술에 대고 길게 들이켰다. "남은 시간에 내가 하는 일이에요."

여가 시간에 술을 마신다는 뜻인가?

벽 쪽으로 걸어간 훌리에타가 캔버스를 돌려 그림 하나를 내게 보여주었다. 스페인의 전통 검은 드레스를 입은 젊은 여자 초상화였다. 그림 속 여자의 눈은 무언가에 놀란 듯 툭 불거지고 동그랬다. 2유로짜리 동전만 한 눈은 파리 눈보다 크다는 점만 다를 뿐 번들거리는 게 꼭 파리 눈을 연상시켰다. 턱 밑에 부채를 든 그 여자는 훌리에타와 사뭇 닮아 있었다.

"저건 카멜레온의 눈을 가진 나예요." 진짜 훌리에타는 공포를 긴 침묵으로 감추는 나를 놀리듯 깔깔 웃었다. "카멜레온으로 태어나지 않았는데 카멜레온이 되죠."

그녀가 취했나? 하는 생각이 들었다.

"동물 좋아해요?"

내가 듣기에도 뭐 이런 한심한 질문이냐 싶었지만, 악몽 같은
그녀의 눈에 무슨 말을 해야 좋을지 생각나지 않았다.

"네, 동물과 함께 살면 좋죠. 제 아버지도 좋아하고요."

홀리에타는 어릴 적에 코커스패니얼을 키웠는데 스패니얼
종은 이쪽 스페인 지역에서는 종종 도둑맞는다고 했다. 어느 날
이른 시각에 토요타 트럭이 어슬렁거리는 걸 이웃들이 봤는데
그다음 그녀의 개가 사라졌다면서. 그녀의 어머니는 엔지니어
였다. 안달루시아의 좀 더 비옥한 땅에 있는 강에서 물을 끌어
다가 사막으로 물길을 내는 내륙형 파이프 시스템을 디자인했
다. 그녀의 어머니는 시에라네바다에서 헬리콥터 추락 사고로
죽었고, 그녀의 아버지는 그라나다에 있는 병원에서 아내의 시
신을 확인해야 했다. 홀리에타 삶에서의 두 번째 실종 사건이었
다. 때때로 뒤죽박죽인 꿈에서 토요타 트럭이 훔쳐간 건 그녀의
어머니가 되었다.

나는 홀리에타에게 '환자력'이라 부르는 것에 필요한 인터뷰
기술을 어디에서 배웠느냐고 물었다.

"오, 나는 병원에서 기록물 관리를 전담하고 있어요. 내가 영

어를 잘하기 때문이죠." 그녀는 담배를 끄듯 운동화의 발끝으로 콘크리트 바닥을 꾹 눌렀다.

아래를 내려다보니 바퀴벌레 한 마리가 짓눌려 있었다.

"그런데 왜 그걸 물리치료라고 부르죠?" 이제 나는 그녀의 자화상 속 탐색하는 눈초리로 그녀를 보고 있었다.

훌리에타는 맥주병을 든 채 갈라진 가죽 소파에 앉고는 다리를 꼬았다. "앉으세요." 그녀가 테이블 가까이 있는 나무 의자 세 개 중 하나를 몸짓으로 가리켰다.

나는 의자를 소파 옆으로 끌어당겨 앉았다. 스튜디오는 밝고 시원했다. 훌리에타와 함께 그곳에 있는 게, 맥주를 마시며 이야기하는 게 좋았다. 오랫동안 느껴보지 못한 평온함을 느꼈다. 파도와 조류에 모든 걸 승복하고 바다에 고요히 떠서 흔들리는 새가 된 것 같은 평온함. 편안했고, 내가 편안을 느낀다는 건 훌리에타가 나를 낯선 존재로 여기지 않는다는 뜻이었다. 그러므로 내겐 덜 이상한 사람인 척 굴 필요가 없었다. 카멜레온처럼 행동하지 않아도 되는 구원을 받은 셈이다.

어쩌면 나 역시 취한 건지도 몰랐다.

훌리에타는 맥주를 홀짝이고는 이 브랜드를 좋아하느냐고 내게 물었다. 이건 산미구엘 맥주인데 자기는 에스트렐라가 더 좋다고 했다.

나는 산미구엘을 좋아했다.

"물리치료는 우리 클리닉의 주된 부분이에요. 아버지에겐 당신만의 전략과 절차가 있어요. 물론 그는 당신 어머니의 증상을 진단할 실마리를 찾고 있죠. 근육과 뇌 활동의 전기적 활성을 측정했는데, 크게 걱정할 만한 이상은 나오지 않았어요. 못 보고 놓친 미묘한 질병이나 혈관 질환도 없는 것 같다고 하시고요."

"네. 하지만 난 환자력 수집에 대해 질문했어요."

"소피아, 당신 어머니의 마비를 육체적 취약성으로 착각하지 않아야 해요."

"그게 우리가 스페인에 온 이유죠. 혹시 육체적 문제가 있다면 그게 뭔지 밝혀내려고요." 나는 점점 담대해지고 있었다.

홀리에타는 나를 올려다보더니 곧바로 미소 지었다. 나도 미소 짓고 있었다. 우리는 서로의 미소를 따라 하며 카멜레온 같은 행동을 하는 것인가?

Pfm 크라운을 씌운 그녀의 치아는 눈부시게 하얬다. 완벽한 치아였다. 완벽. 왜인지는 모르겠지만, 완벽은 기이하다. 그녀의 치아를 덮고 있는 크라운이 걱정되기도 했다. 만약 저게 떨어져 나가 치아의 아랫부분, 뾰족하게 갈린 부분, 괴물 이빨 같은 그것이 드러나면 어떻게 될까?

홀리에타는 뒤통수를 소파에 기대며 운동화에 묻은 검은 얼록을 내려다보았다. "내가 하는 일 중 기록 문서 보관이 제일 재미있고 흥미로워요. 난 과학을 공부할 생각이 없었지만 아버지가 시키는 대로 따랐어요. 임상은 바르셀로나에서 마쳤어요. 정말 하루가 천년 같은 지루한 나날이었죠. 주위에선 내가 '수술 후 출혈' 분야를 전공하길 바랐어요. 재앙이죠!"

"미술대학에 가지 않은 게 그 이유예요?"

"난 재능이 없어요. 대신 클리닉을 세울 때 돌아가신 어머니의 창백한 살갗을 기려 반드시 대리석으로 지어야 한다고 제안했죠."

우리는 일종의 쌍둥이였다. 하나는 어머니가 없고, 다른 하나는 아버지가 없는 쌍둥이.

훌리에타의 스튜디오에서 그녀와 말하는 게 점점 재미있었다. 그녀는 전에 다른 곳에 살았는데 경기 침체 덕분에 정어리 포장 창고로 사용되던 이 건물의 지분을 매입할 기회가 생겼다고 했다. 나는 그녀가 엄청난 인물임을 알아차리기 시작했다. 처음 만났을 때는 너무나 단정하면서도 세련되어서 저런 여자가 과연 직업인으로서 일을 잘 해낼까 싶었다. 하지만 여기서 다시 생각하면, 내가 보고자 한 간호사 혹은 물리치료사는 어떤 모습이어야 했던 걸까? 아버지와 문제가 있는 나는 그녀도 자기 아버지와 문제가 있다는 점에 마음이 놓였다. 또 그녀는 내가 쓰고 있는 박사학위 논문 주제에도 관심을 보였다. 나는 어느새 내 논문 주제를 이야기하고 있었다. 문화적 기억과 관련된 주제였다. 나는 일이 잘 풀리고 제대로 진행되면 마치 그것이 내 어머니에겐 안 좋은 일이 일어나게끔 하는 듯해 죄책감이 든다고 말했다.

"로즈는 당신에게 죄의식은 아주 쓸데없는 거라고 말해줄 첫 번째 사람이 될 거예요." 홀리에타가 천장을 가리켰다. 기둥 사이 거미가 정교하게 지어놓은 거미줄에, 그 비단 덫에 말벌 한 마리가 막 걸려들었다.

나는 맥주를 홀짝이고는 어머니의 약이 거둬들여진 다음, 어머니와 같이 살기 위해 스페인 해변의 임시 집으로 돌아가야 했을 때 너무도 괴로웠지만 달리 갈 곳이 없었다고 말했다. 나는 늘 누군가의 집에서 살고 있다.

나는 한참 말했다.

거미는 거미줄 위 자기 자리에서 꿈쩍하지 않았고, 말벌도 움직이지 않았다.

이젠 시간이 뭔지도 모르겠다.

홀리에타 고메스는 이제 비밀 보유자가 되었다. 내 비밀도 일부 있지만 대개는 내 어머니가 스스로 밝힌 그녀의 어린 시절에 대한 비밀이었다. 로즈의 뼈가 의학적 주제라면, 찬장 안에 있는 해골*은 또 다른 주제였다. 세대에서 세대로 전송된 모든 것이 훌리에타의 오디오 아카이브에 있었다. 나는 그녀에게 왜 이 과정을 물리치료라고 부르는지 다시 질문했다. 내 어머니의 기억이 어머니의 뼈와 근육에 담겨 있기 때문이냐고.

"글쎄요, 소피아, 당신이 이 분야 전문가잖아요. 문화적 기억에 관한 논문을 쓰는 사람이니까."

대화가 한 시간이 넘어가자 혹시 이 스튜디오에 녹음기가 있지 않을까 하는 의심이 일었다. 너무 많은 걸 털어놓은 건 아닐까 싶어 긴장이 되었지만, 훌리에타도 그새 맥주를 두 병 더 마셨기에 자기 이야기를 털어놓았다. 아무래도 좋았다. 그리고 어느덧 나는 그녀를 역할모델로 생각하고 있었다. 비록 나는 그녀의 옷, 명품 신발이나 왕성한 맥주 흡입량을, 하다못해 인터뷰 기술마저도 넘어서지는 못하겠지만. 그녀는 이즈음부터 대화가 끝날 때까지 내내 잠잠했는데 그렇다고 수동적인 건 아니었다. 스튜디오 밖에서 오토바이 시동을 거는 부르릉 소리가 들렸을 때, 나는 내 인터뷰 양식의 약점을 생각하고 있었다. 내가 간간이 말을 걸면 점점 방향감각을 잃던 특별한 참고인, 내가 어느샌지 모르게 말이 많아지자 마지막에 그저 걸어 사라졌던 참

* a skeleton in the cupboard, 감추고 싶은 개인이나 집안의 비밀을 은유적으로 이르는 표현.

고인이 떠올랐다. 그런데 지금, 누군가 홀리에타의 정문에 있는 우편함에 대고 소리치고 있었다. 콘크리트 바닥을 긁는 금속성 소리와 함께 문이 열리더니 쾅 하며 닫혔다.

매튜가 와인 병을 안고 스튜디오로 들어왔다. 의자에 앉아 있는 나를 발견하자 그는 누군가에게 포크로 뺨을 긁힌 듯 고개를 휙 돌렸다. 얼굴 표정을 중립으로 정리하려 애쓰는 듯 보였다. 중립은 내가 베를링고를 운전할 때 제일 속 썩이던 기어였는데 그도 잘 해내지 못하고 있었다.

"오, 소피." 매튜가 말했다. 그리고는 소파에 앉아 있는 홀리에 타에게 고개를 갸웃했다. 머리칼에 가려 그의 눈은 보이지 않았다. "당신 어머니의 간호사에게 내 와인 창고에 있던 와인 한 병을 주러 잠시 들른 것뿐이에요."

홀리에타는 입술을 벌려 눈부시게 하얀 치아를 드러냈다. "아니, 매튜, 이건 아니죠. 노크 없이 절대 내 문으로 들어오지 말아요. 내 이름 옆에 초인종이라는 게 있어요." 그녀는 내게 눈길을 돌리며 말을 이었다. "매튜는 내가 일하고 있을 때 들어와도 되는 줄 알아요. 무슨 이유에선지 자기는 우편함에 대고 소리 지르고, 뭐든 하고 싶은 대로 해도 된다고 생각하죠. 그래서 이젠 단둘이서 예절교육 시간을 좀 가져야겠어요."

매튜의 관심은 바닥에 뭉개진 바퀴벌레에 고정되어 있었다.

"좀 까다로운 문제네요."

훌리에타가 일어나서 빨간 매니큐어를 칠한 손가락으로 그를 가리켰다. "당신은 환자로 날 찾아온 건가요, 아님 그냥 와인만 들고 온 건가요? 물리치료사를 유혹하고 싶은 마음은 그렇다 쳐도 그 아버지의 일터에 고양이가 소변을 누듯 스프레이로 소원을 흩뿌리는 건 미친 짓이죠."

훌리에타는 '미친'이란 이 단어를 매튜가 늘 사용하는 방식처럼 사용했을까? 아니면 정말 진심으로 사용했을까? 해먹에 누워 기업의 메시아라도 된 듯 양팔을 뻗었을 때, 매튜는 진짜 약간 미친 사람 같았다.

"뭐, 그래요." 매튜는 고개를 흔들어 눈가에서 머리칼을 치우고는 내게 엄지를 올려 보였다. "훌리에타는 날 고양이로 생각해요. 고메스클리닉에서는 다들 정말로 동물을 좋아하니까."

자동차로 돌아가려면 소녀들이 플라멩코 스텝을 연습하던 작은 공원을 지나야 했다. 이제 목조 무대에서는 고학년 소녀들이 서 있었다. 나는 레몬나무에 몸을 기대고 그들이 춤추는 모습을 보았다. 불꽃 색상의 드레스를 입은, 열여섯 살쯤 된 소녀들이 한 줄로 길게 서 있었다. 그들은 음악이 시작되는데도 아주 고요하게 가만히 있다가 갑자기 허리를 젖히며 팔을 들어올렸다. 유혹과 고통의 춤이었다.

전사 잉그리트

우리는 연인이 되었다. 잉그리트는 벌거벗고 있다. 그녀의 금발이 무겁다. 얼굴은 미세한 땀의 안개로 덮여 있다. 손목에는 금팔찌 두 개가 둘러져 있다. 우리 머리 위에선 선풍기가 덜커덕덜커덕 돌고 있다. 우리는 코르티호의 뒷방에 있다. 카보데가타 자연공원의 심장부에 위치한 산호세리조트 옆, 마구간이 딸린 시골집 말이다. 긴 테이블에 잉그리트의 인도산 재봉틀 세 대가 나란히 놓여 있고, 그 옆으로 돌돌 말린 원단과 그녀가 유럽과 아시아를 위해 새로 수선한 의상들이 보인다. 성당의 열주와 비슷한 아치형 입구는 샤워실로 이어진다. 이곳은 명색이 작업실인데도 침대가 공간 대부분을 차지하고 있다. 아주 거대한, 전사들을 위한 침대다. 시트는 부드럽고 촘촘한 면이다. 잉그리트는 시트의 색이 단순한 흰색이 아니며 노란색이 조금도 안 섞인 진한 하양이라고, 베를린에서 구입해 스페인으로 가져온 거라고 말한다.

돌로 된 벽난로가 말끔하게 청소되어 있는 한편 벽난로 바로 옆엔 불쏘시개 바구니가 놓여 있다. 바짝 마른 통나무 장작 위에 손도끼가 아슬아슬하게 놓여 있다. 겨울철이면 누군가 이 도끼로 나선형을 그리며 시간의 원을 부수고 불을 지피겠지만 지금 바깥 온도는 섭씨 40도다.

나는 좋아한다.
—그녀가 촘촘하게 수놓인 벨트를 푸는 방식을
—그녀가 자신의 몸을 좋아하는 방식을
—붉은 흙먼지에 덮인 그녀의 맨발을
—그녀의 배꼽에 있는 호수 같은 보석 피어싱과, 내가 보석 가까이에 머리를 기댈 때 현재가 과거보다 더 신비로워지는 방식과, 그녀가 마치 바람에 뒤척이는 나뭇잎처럼 자세를 바꾸는 방식을

휑한 창문 너머로 여섯 개의 초록 팔에 뾰족하고 무거운 열매를 달고 서 있는 키 큰 선인장이 얼핏 보인다. 선인장은 내가 계

단에 서서 그곳에 없는 누군가에게 손을 흔들던 어느 시간을 떠오르게 하는데, 하지만 이 기억은 점점 흐릿하게 멀어진다. 나는 지금 그곳이 아닌 다른 곳, 아마도 다른 나라로, 아우토반처럼 길고 단단한 몸을 가진 잉그리트가 지배하는 곳으로 갈 것이기 때문이다.

나는 좋아한다.
—그녀의 힘을
—그녀가 내 몸을 좋아하는 방식을
—그녀가 남자친구의 세련된 와인 창고에서 훔친 와인을
—그녀의 힘이 나를 겁주는 방식을, 비록 난 늘 겁에 질려 있긴 하지만
—침대 옆 테이블에 놓인 무화과 빵을
—그녀가 내 이름을 영어로 말하는 방식을

잉그리트의 몸은 여성적인 굴곡을 지녔지만 가끔 그녀는 매튜처럼 말한다. 그녀는 "이 방 크기 미쳤지" "이 장작은 삼나무야, 냄새 죽이지?" 같은 말을 하더니 "임무 변경"이라는 특이한 표현을 사용했다.
나는 무슨 뜻이냐고 묻고, 잉그리트는 대답하고, 나는 참 기

이하다고 생각한다. 전쟁 용어이기 때문이다. 마치 그녀가 전투 중이고, 그러다 예상 밖의 일이 발생해 본연의 임무가 변경된 것처럼 들렸다. 나는 다시 마거릿 미드와 그이의 남편들과 나머지에 대해 생각했다. 여기서 '나머지'는 마거릿의 여성 연인이었으며, 마찬가지로 인류학자였다*. 벽에 그 인용구를 쓴 날에도 이런 생각을 한 것 같다.

마거릿 미드와 달리 나는 인간의 섹슈얼리티를 연구하기 위해 사모아나 타히티로 갈 필요가 없었다. 영아 때부터 성인이 될 때까지 나는 오직 나 자신만 알아왔지만 내 섹슈얼리티는 여전히 내게 수수께끼다. 잉그리트의 몸은 벌거벗은 알전구다. 그녀는 내 입에 손을 얹고 있지만 그녀의 입도 벌려져 있다. 잉그리트를 만나기 전에 그녀 얼굴을 본 적이 있는데, 한 번은 호텔 로르카에서, 그다음은 낮이 느리게 가던 날 거울에 비친 모습에서였다. 그리고 지금 그녀가 고양이처럼 등을 위를 향해 올리고, 우리는 자세를 바꾼다.

잉그리트와의 만남은 우리 두 사람 중 누구도 메모할 필요 없는 스케줄이다. 해야 할 임무다. 아무튼 그 임무는 거기, 추락하기 전에 이미 든 멍처럼 거기 있다.

---

*   루스 베네딕트를 말함.

조금 뒤 우리는 샤워실로 들어갔다. 벽부터 천장까지 부싯돌 색깔의 사각형 타일로 마감되어 있었다. 물줄기는 열대 폭우처럼 세찼지만 얼음장처럼 차가워서 물이 가슴 위로 떨어질 때 우리는 몸을 떨었다.

샤워실을 나올 때, 우리는 뭔가 잘못됐음을 알았다. 위험한 느낌이었다. 눈에 보이지 않지만 그것은 거기 있었다. 소리는 없지만 우리 팔에서 털을 일으켰다. 다음 순간 우리는 벽난로 근처 불쏘시개 바구니에서 스르르 기어나가는 그것을 보았다. 내리치는 번개처럼 색이 파란 그것은 돌바닥을 가로질러 창가 먼 구석까지 길을 내고 있었다.

"뱀이야." 잉그리트의 목소리는 침착하지만 평소보다 살짝 높았다. 흰 타월을 몸에 두른 그녀의 젖은 머리칼에서 물이 뚝뚝 떨어졌다. 그녀가 이번에는 스페인어로 다시 말했다. "세르피엔테serpiente."

잉그리트는 통나무에 놓여 있는 작은 손도끼 쪽으로 걸었다. 뱀은 벽 끄트머리에서 꼼짝 않고 있었다. 잉그리트는 골프채를 쥐듯 도끼를 잡고는 돌바닥에 젖은 발자국을 남기며 천천히 살금살금 다가갔다. 도끼를 손가락 몇 마디만큼 올렸다가 뱀 머리에 힘차게 내리쳤다. 두 동강이 난 뱀은 몸통을 꾸불꾸불 말아 올리더니 두 부분으로 나뉘어 계속 몸부림쳤다.

나는 몸을 떠는 와중에도 소리를 질러서도, 잉그리트에게 내 두려움을 보여서도 안 된다는 것을 알았다. 그녀는 도끼를 이용해 뱀을 뒤집었다. 뱀의 아랫배는 흰색이었다. 녀석은 아직도 똬리를 틀고 있었다. 잉그리트가 내 쪽으로 몸을 돌렸다. 도끼를 든 손, 토가* 같은 타월을 두른 몸, 근육 잡힌 어깨, 복싱 수업으로 다져진 다부지면서도 마른 팔. 그녀가 독일어로 말했다. "아이네 쉬랑게**."

나는 그녀에게 뱀한테서 떨어지라고 말했지만 그녀는 내가 자기 쪽으로 오기를 바랐다. 가장 가는 바늘에도 실을 꿸 수 있는 그녀의 손가락은 여전히 도끼를 감싸고 있었다. 겁이 났지만 겁은 그녀를 처음 만난 날부터 이미 나 있었다. 두 동강 나 바닥에 널브러진 뱀을 보고도 죽었는지 확신할 수 없었다. 나는 매튜의 와인 병을 향해 걸어가 와인을 들이켰다. 이제 내 입술은 자줏빛으로 변하고 혀는 거친 쇳소리를 냈다. 짓이긴 자두와 월계수 잎을 들이켜는 것 같은 기분을 만끽하며 그녀에게 걸어가 키스했다. 왼팔로 그녀의 허리를 감싸며 오른팔로는 그녀의 손에서 도끼를 치웠다.

우리는 방에 뱀 사체 같은 건 없다는 듯 속옷을 입고, 원피스

* 고대 로마의 남성이 시민의 표적으로 입었던 낙낙하고 긴 겉옷.
** eine schlange, 뱀 한 마리라는 뜻의 독일어.

를 걸치고, 반지를 끼고, 어울리는 귀고리를 달고, 머리를 빗었
다. 그다음 수백 타래의 실로 짠 순백색의 부드러운 시트, 재봉
틀과 원단, 두툼한 벽과 나무 들보, 무화과 빵, 향기로운 와인이
든 병과 토막 난 파란색 뱀, 돌바닥에 찍힌 우리의 젖은 발자국
과 아직 물이 뚝뚝 떨어지는 샤워실을 남겨두고 방을 나갔다.

잉그리트와 자동차로 걸어가다가 몸에 꼭 끼는 베이지색 승
마바지 차림으로 문에 기대서 있는 남자를 보았다. 키가 작고
피부가 거무스름했다.

"코르티호를 빌려준 승마 코치 레오나르도야." 잉그리트가 말
했다.

남자는 담배를 피우며 그녀를 보다가 내게로 시선을 옮겼다.

나는 눈을 가린 머리카락을 뒤로 넘겼다. 그의 눈빛이 나에게
무언가 건넨다고 느꼈다. 마치 선술집에서 더러운 지폐 뭉치를
슬쩍 쥐여주며 마약 거래를 하는 것처럼. 남자는 나를 위협하고
있었다.

그는 눈으로 내게 이렇게 말하고 있었다. 지금 내 눈앞에 있
는 당신 별것 아니야. 당신의 오만한 자아는 한번 제대로 꺾여
봐야 해, 난 시선만으로 당신을 겁주고 위축되게 만들 수 있어.
그의 시선은 그의 아바타였다.

그는 나를 약하게 만들고 있었다.

나는 내 시선으로 그의 머리를 잘라내기 위해 그의 시선을, 그러니까 그의 마음을 쓰러뜨려야 했다. 좀 더 문학적으로는, 방금 잉그리트가 뱀 머리를 잘라낸 것처럼 해야 했다. 그래서 나 역시 그를 응시하며 그의 시선을 되받아쳤다.

레오나르도는 엄지와 집게손가락으로 잡은 담배를 허공에 든 채 얼어붙었다.

잉그리트가 갑자기 달려가 레오나르도의 입술에 입을 맞추었다. 그 입맞춤이 그를 깨운 듯 보였다. 그는 짝! 소리 나게 잉그리트와 하이파이브를 했고, 그녀는 육상선수처럼 그를 향해 몸을 기울였다. 하이파이브가 아직 끝나지 않았기에 그의 손은 계속 그녀의 손에 붙들려 있었다.

잉그리트가 특별한 목적을 가지고 일종의 배신행위에 뛰어드는 것처럼 보였다. 맞아, 난 저 여자와 한편이 될 수도 있지만, 난 그녀와 다르고, 난 당신 편이야, 하는 광경.

두 사람은 스페인어로 대화했고, 가까운 마구간에선 말들이 발굽을 굴렀다.

잉그리트가 내게 원하는 게 이런 것이란 말인가. 내 삶은 질투할 만한 게 못 되는데. 나 자신조차 원하지 않는 삶인데. 내겐 영광이랄 게 전혀 없음에도 (어머니는 아프고 직업은 막다른 길에 놓여 있다) 잉그리트는 나를 원하고 내 관심을 바라고 있다.

잉그리트는 레오나르도에게 뱀을 물리친 이야기를 세세히 들려주고 있었다. 그는 다 물어뜯은 손톱으로 그녀의 오른팔 이두박근을 눌렀다. 마치 이렇게 말하는 것 같았다. **세상에 당신 정말 강하구나. 혼자 힘으로 뱀도 물리치고.**

그의 갈색 가죽 승마 부츠는 무릎까지 올라왔다.

잉그리트는 황홀경에 빠진 얼굴이었다. "레오나르도가 자기 부츠를 내게 주겠대."

"그럼요." 레오나르도가 말했다. "나의 가장 멋진 안달루시아 말을 타려면 이 부츠가 필요할 테니까요. 말 이름은 레이인데 녀석은 말 중의 왕이에요. 그리고 녀석에겐 아름다운 갈기도 있죠. 당신처럼 아름다운."

잉그리트는 깔깔 웃고는 머리칼을 꼬며 그에게 몸을 기댔다.

나는 레오나르도를 돌아보고 차분한 목소리로 말했다. "잉그리트는 활과 화살을 들고 안달루시아 말을 타고 달릴 거예요."

잉그리트는 머리칼 끄트머리로 손등을 쳤다. "오, 정말, 조피? 내가 누구를 쏘는데?"

"날 쏘겠지. 넌 네 욕망의 화살로 내 심장을 쏠 거야. 사실 그 일은 이미 일어났어."

잉그리트는 순간 놀란 표정이었다가 얼른 내 입에 두 손을 얹었다. "조피는 반은 그리스 사람이에요." 마치 이 말로 모든 게 설명된다는 듯 레오나르도에게 말했다.

레오나르도가 그녀를 가볍게 쿡 치며 친근감을 전시한다. 그는 틈만 나면 그녀 집에 부츠를 갖고 들러서 부츠를 반짝반짝 윤이 나게 닦는 방법을 보여주려 할 것이다.

"고마워요, 레오나르도." 잉그리트의 눈은 커지고 뺨은 붉어진다. "조피가 날 집까지 태워줄 거예요. 임시 면허가 있거든요."

절뚝거리는

사흘 내내 잠을 못 잤다. 열기. 모기. 기름진 바닷속 메두사. 벌거숭이 산. 내가 풀어주었지만 아마 바닷물에 빠져 죽었을 독일셰퍼드. 해변 집 문을 끊임없이 두들기는 노크 소리. 나는 문을 잠그고 노크 소리에 대답하지 않지만, 어제는 달랐다. 후안이 찾아왔기 때문이다. 그는 쉬는 날이라며 나를 모페드에 태워 칼라산페드로로 데려가겠다고 했다. 칼라산페드로는 민물 샘이 있는 유일한 해변인데, 그는 우리가 여정의 절반까지 가면 나머지는 자기 친구가 우리를 보트로 태워갈 거라고 했다. 나는 후안에게 어머니 기분이 우울 상태로 접어들었다고 말했다. 나는 그녀의 다리인데 그녀는 다리를 절룩거린다. 어찌해야 좋을지 모르겠다. 나는 다시 절룩거리기 시작했다. 자동차 열쇠를 잃어버렸고, 머리빗은 어디 뒀는지 도저히 모르겠다.

뱀 사건과 나를 찍어 누르려던 레오나르도 생각이 머릿속에서 다른 생각과 계속 충돌해댔다.

잉그리트의 손에서 도끼를 빼앗을 때 나는 겁이 났다. 그렇지만 앞으로 일어날 일을 알고 싶지 않을 정도로 겁에 사로잡힌 건 아니었다.

레오나르도는 잉그리트의 새로운 방패가 되었다.

어머니가 계속 내게 말을 하지만 나는 듣지 않고, 그러자 그녀는 목소리를 높였다. "물으나마나 넌 햇빛 속에서 또 다른 행복한 날을 보냈겠지."

나는 아무 일도 안 했다고, 전혀 안 했다고 말했다.

"아무 일도 하지 않다니 너무 멋지구나. 무無는 참 대단한 특권이지. 나는 내 약을 빼앗겼고, 앞으로 무슨 일이 일어나길 기다리고 있어."

어머니는 손목에 찬 갱스터 시계를 보았다. 그것은 여전히 똑딱거리고 있었다. 완벽한 시간을 정확하게 알려줬다. 그녀는 시계가 똑딱거리는 동안 뭔가를 기다리고 있었다. 약 전부를 끊는다는 건 그녀에겐 무척 힘든 일이었다. 새로운 통증을 기다리는 건 그녀 삶에 큰 모험이 되었다. 기다리는 동안 그녀는 부드러운 흰 빵을 잘게 찢어 손바닥으로 굴려 공처럼 만든 다음 종일 빨았다. 빵으로 만든 알갱이들은 알약과 비슷해 다소 위안이 되었다. 그녀는 기다리고 있었다. 등장하지 않을지 모르는 어떤 일을 매일 기다렸다. 중학생 때 배운 시 한 수가 마음속에 떠올랐다.

계단을 올라갈 때
그곳에 없는 남자를 만났네
그는 오늘 다시 그곳에 없고
나는 그가 멀리멀리 있기를 바라고 바라네*

"당신이 무엇을 기다리든 그건 아마 도착하지 않을 거예요." 내가 말했다. "어제도 없었고, 오늘도 없죠." 나는 어머니에게 빵 말고 좀 더 제대로 된 먹을거리를 먹겠느냐고 물었다.

"아니, 난 그저 빈속엔 약을 먹어선 안 되니까 먹을 뿐이야."

나는 이 말을 숙고한 다음 그녀에게서 눈을 돌려 내 노트북의 부서진 화면보호기를 물끄러미 바라보았다.

"내가 널 지루하게 하지, 소피아. 음, 나도 지루하긴 마찬가지

---

* 미국의 교육자이자 시인 윌리엄 휴스 먼스의 시 〈안티고니시Antigonish〉의 첫 연. 이 시는 〈그곳에 없던 작은 남자The Little Man Who Wasn't There〉라는 제목의 노래로 만들어지기도 했다.

야. 오늘 밤 어떻게 날 즐겁게 해줄 거니?"

"아뇨. 당신은 날 즐겁게 해요." 나는 점점 담대해지고 있었다.

어머니 입술은 심지어 평소보다 더 단단히 뾰로통했다. "너는 아무 도움도 못 받아 고통스러워하는 사람을 일종의 광대로 생각하지?"

"아뇨, 그렇게 생각하지 않아요."

내 화면보호기에서 별자리가 붕 떠오르더니 뭐라 정의 못 할 뿌연 안개가 되어 눈앞을 스쳐갔다. 그중 하나는 송아지처럼 보였다. 송아지는 이 은하에서 푸른 초지를 찾아낼 수 있을까? 송아지는 별을 잡아먹어야 할 것이다.

로즈가 내 어깨를 찔렀다. "내 만성 퇴행성 질환에 대해 의사한테 말했어. 그는 만성통증에 대해선 아는 게 별로 없다고 털어놓더라. 자기가 이렇게 대답하면 현대의 환자들은 놀랄지도 모르겠다고 말하면서. 아무렴, 난 놀랐지. 그럼 우리가 그에게 지불한 돈은 뭐지? 고메스는 내 통증이 아직 비밀을 폭로하지 않았다고 말했어. 내가 아는 거라고는 내 통증이 하루하루 커진다는 것뿐이야."

"다리가 아프세요?"

"아니, 내 다리는 감각이 없어."

"그렇다면 매일 커진다는 그 통증은 뭐죠?"

로즈는 눈을 감았다. 그리고 눈을 떴다. "소피아, 넌 날 도울 수 있어. 날 위해 파르마시아*에 가 진통제를 살 수 있어. 여기 스페인에서는 처방전도 필요 없다고."

내가 거절하자 로즈는 내가 점점 뚱뚱해진다고 말했다. 그녀는 차를, 요크셔 차 한 잔을 달라고 했다. 요크셔 고원을 그리워하는 것인데, 그곳은 그녀가 스무 해 동안 가지 못한 곳이었다. 나는 '엘비스는 살아 있다'라는 문구가 가로로 적힌 머그잔에 차를 담아 가져다주었다. 로즈는 내게서 머그잔을 받아 꼭 쥐고는 마치 요구하지 않은 걸 억지로 마셔야 하는, 학대받는 사람의 표정을 지었다. '엘비스는 살아 있다'라는 문구가 그녀의 입술을 찡그리게 만든 걸까? 엘비스가 사실상 죽었다는 것을 상기시키면 그녀는 기운이 날까? 불만, 슬픔, 애도. 로즈는 대체로 불만의 집에 살고 있다. 이곳이 장차 내가 살아야 하는 곳일까? 정말 그런 걸까? 로즈가 불만의 집에 이미 내 이름을 올려놓은 걸까? 만약 내게 그곳 아닌 다른 데서 사는 게 허용되지 않는다면 난 어떻게 해야 할까? 나는 대기자 목록에서, 태초로 거슬러 올라가는, 버려진 딸들의 이름이 적힌 긴 목록에서 내 이름을 지워야 한다.

---

* farmacia, 약국을 뜻하는 스페인어.

로즈는 자기 의자에 앉아 있었다. 그녀의 뒷모습을 보기가 끔찍했다. 취약한 모습이었다. 한 사람의 진짜 모습은 뒤에서 더 잘 보인다. 핀으로 고정한 머리는 그녀의 목을 그대로 드러냈다. 머리숱이 점점 줄고 있었다. 뻗친 곱슬머리 몇 가닥이 목에 달라붙어 있지만, 사막의 열기 속에서도 어깨에 카디건이 단정하게 걸쳐져 있다. 저 카디건은 로즈가 자신의 어머니에게서 물려받아 알메리아로 가져온 의식 같은 게 아닐까 하는 생각이 들었다. 카디건은 아주 뭉클했다. 내 어머니를 향한 내 사랑은 도끼와 같다. 그것은 아주 깊이 찍고 벤다.

"너 괜찮니?"

내가 기억하는 한 이 질문은 아주 오래전부터 내 것이었다. 내가 그녀에게 던져온 질문. 나는 소리 내어 묻지 않을 때도 늘 머릿속으로 어머니는, 그녀는 괜찮은가? 하고 물었다. 로즈의 어조는 짜증스러웠고, 살짝 당황한 기색이 묻어 있었다. 그래서인지 그동안 그녀가 내게 묻지 않는 건 내 대답을 듣고 싶지 않아서가 아닐까 하는 생각이 들었다. 질문과 대답은 복잡한 암호이며 친족 구조도 그렇다.

F=아버지. M=어머니. SS=동성. OS=이성. 나는 G(형제자매)도 C(자녀)도 H(남편)도 없고, 대부 대모(대부 대모는 책임과 의무를 선택할 수 있기 때문에 대안 가족으로 분류된다)도 없다.

나는 괜찮지 않다. 전혀. 꽤 오랫동안 괜찮지 않았다.

나는 그녀에게 내가 얼마나 좌절했는지 말하지 않았다. 더는 회복할 자신도 없는 것이, 거대한 삶을 바라면서도 바라던 일에 도전할 만큼 담대하지 못했던 것이 얼마나 수치스러운지도 말하지 않았다. 별자리에 나도 그녀처럼 영락한 인생으로 끝날 거라고 쓰여 있을까 봐, 그 두려움 때문에 그녀가 제 다리로 세상과 소통하는 일에 대한 답을 찾으려 애쓰고 있지만, 그녀의 척추가 잘못되었을까 봐 또는 그녀에게 중대한 질병이 있을까 봐 죽도록 겁난다는 이야길 하지 않았다. '중대한'은 그날 밤 거기 스페인 남부에서 내 마음에 자리 잡은 단어였다. 오후 7시였다. 어스름의 시간, 긴 해의 시간이 끝나고 초저녁이 시작되는 박명의 시간, 부서진 외로운 별과 젖빛 은하수로 이루어진 깨진 우주에 눈을 붙박고 내 입술에서 흘러나오는 비탄의 소리를 듣는 시간. 나는 터져나오는 슬픔을 들었다. 길을 잃은 사실과 실종된 우주선에 관해, 헬멧을 쓴 채 무언가 잘못되었음을 느끼고 어쩌다 지구와 교신이 끊어졌는지 말했지만 아무도 듣지 못했다.

로즈가 다리를 끌며 걷다 슬리퍼를 신은 왼쪽 발목이 삐끗했다. 그 광경을 보니 내가 노래하는 대상이 누구인지, M인지 F인지 H인지 G인지, 가상의 대부 대모인지, 그도 아니면 잉그리트 바우어인지 정말 모르겠는 심정이었다. 광장의 어느 카페에서 오징어 튀김 냄새가 올라왔지만 나는 잉글랜드를, 토스트를, 우유를 넣은 차를, 비구름을 그리워하고 있었다. 정통 런던내기(런던은 내가 태어난 곳이기에)다운 내 목소리가 들렸고, 그다음 나는 방을 나갔다. 어머니는 "소피아 소피아 소피아" 하며 내 이름을 부르다 결국 고함을 쳤는데, 분노에 찬 고함은 아니었다. 난 그때 유령 같은 어머니가 중국에서 만들어진 부서진 별에서 일어나 **내일은 또 다른 날이야, 넌 안전하게 상륙할 거다, 그럴 거야** 하고 말해주길 바랐던 것 같다.

나는 주방으로 걸어 들어갔다. 식탁에 물 항아리를 머리에 인 여자 노예들이 그려진 고대 그리스 화병 모사품이 있었다. 나는 화병을 잡아 바닥에 던졌다. 그것이 바닥에 부딪혀 산산조각 나는 순간, 메두사의 침이 독을 퍼뜨리며 내 몸을 가장 특이한 방식으로 붕 띄웠다.

고개를 들자 어머니가 모사품 파편 사이에 서 있었다. 정말로 서 있었다. 그녀는 키가 컸다. 카디건을 어깨에 가볍게 걸친 모습이었다. 평생을 일하고, 운전면허도 땄지만 고대 그리스에서 그녀는 시민도 외국인도 아니었을 것이다. 그녀를 단지 임신을 위한 그릇으로 보았던 그 문명, 한때 꽃피웠던 문명의 폐허에서 그녀는 어떤 권리도 갖지 못했을 것이다. 그 그릇을 바닥에 던지고 짓이긴 건 딸인 나였다. 한동안 어머니는 깨진 그릇을 다시 붙이려 애썼다. 어머니가 내 아버질 위해서 짭조름한 염소 치즈 만드는 법을 독학한 게 기억난다. 기억난다. 그녀가 우유를 데우고, 요구르트를 첨가하고, 레닛*을 휘젓고, 응고된 우유를 자르고, 모슬린과 소금물과 관련된 무언가를 하고, 치즈를 들어 올려 단지에 저장하던 모습이. 기억난다. 그녀가 아버지를 위해 양고기를 굽고 구운 고기 위에 각종 허브를 올렸는데, 요크셔에서는 들어본 적 없던 허브였던 게. 생생하게 기억난다. 아버지가 떠나고 허브와 치즈로는 가계를 꾸릴 수 없어진 어머니가 주방을 떠나 다른 일을 해야만 했던 게. 그녀가 오븐을 끄고 외투를 입고 현관을 열었을 때 거기, 매트에 늑대 한 마리가 우리를 기다리고 있었고, 그녀가 늑대를 쫓아내고 일자리를 찾아낸 일. 아직 그녀 입가에 주름이 없고 매일매일 도서 색인을 만들려 도서관에 앉아 있을 때, 속눈썹을 올리지는 않았지만 머리칼은 언제나 완벽하게 핀 하나로 단정하게 모아 정리하던 모습이.

"소피아, 도대체 왜 그러니?"

내가 말하기 시작했을 때 광장에선 어린이 공연을 하는 이가 불꽃놀이를 펼쳐 보이고 있었다. 아이들의 웃음소리가 들리는

---

* 우유로 치즈를 만들 때 사용하는 응고 효소.

걸 보아 그는 외발자전거를 타며 입에서 불을 내뿜고 있을 것이다. 나는 부서진 모사품 화병 조각을 보며 이건 아테네에 있는 아버지에게 날아가라는 신호라고 생각했다.

신고할 품목 없음

아테네국제공항에 마중 나온 아버지는 혼자가 아니었다. 나는 슈트 케이스만 달랑 든 채로 혼자였지만 그는 새 아내와 동행했다. 그녀는 얼마 전에 태어난 그들의 새 아기를 팔에 안고 있었다. 나는 아버지에게 손을 흔들었고, 우리 사이엔 대리석 바닥을 구르는 슈트 케이스의 바퀴 소리만이 들렸다. 십일 년을 서로 보지 못했지만 우리는 단박에 서로를 알아보았다. 내가 가까워지자 그제야 아버지는 내 쪽으로 몇 걸음 다가와 슈트 케이스를 받고는 내 뺨에 키스했다. "환영한다." 햇볕에 그을린 얼굴은 편안해 보였다. 내 기억 속 아버지의 머리는 분명 은회색이었는데 시간 역행이라도 일어난 듯 도로 검어진 상태였다. 파란색 셔츠는 정성스레 다림질되어 팔꿈치와 옷깃에 날카롭게 줄

이 서 있었다.

"안녕하세요, 크리스토스."

"아빠라고 불러라."

내가 과연 그 호칭을 사용할 수 있을지 자신이 없다. 하지만 글로 적어보면 모양 정도는 알게 될 것이다.

우리가 그의 새 가족에게 다가가는 사이, 아버지는 비행기 여행에 대해 물었다. 낮잠은 잤니, 항공사에서 간식은 줬니, 창가 자리였니, 비행기 화장실은 깨끗했니. 그다음 우리는 그의 새 아내와 어린 딸 옆에 섰다.

"알렉산드라와 네 여동생 이밴절린이다. 이밴절린은 '전령'이라는 뜻이다. 천사를 뜻하기도 하지."

알렉산드라는 짧게 친 검은 생머리에 안경을 끼고 있었다. 화장기 없이 수수하지만 젊음이 드러났다. 젖이 흘러나와 파란 데님 셔츠(리바이 스트라우스가 만든) 가슴께가 젖어 있었다. 약간 누르께한 얼굴은 피곤해 보였다. 앞니를 가로질러 치아 교정기가 걸려 있었다. 안경 렌즈 뒤 눈동자가 나를 빼꼼 보았다. 마음을 열 줄 아는 다감한 인상. 조심하는 빛이 약간 비치긴 해도 환영하는 빛이 더 컸다. 나는 이밴절린을 보았는데, 아기도 검은 머리에 숱이 아주 많았다. 내 여동생이 눈을 떴다. 지붕을 적시는 빗물처럼 반드르르 윤기가 나는 갈색 눈동자였다.

228

내 아버지와 그의 새 아내가 이밴절린을 내려다볼 때 나는 그들 눈에서 진실된 사랑을 볼 수 있었다. 어떤 부끄러움도 없이 벌거벗은 사랑을.

그들은 가족이었다. 그들은 예순아홉 살 남자와 스물아홉 살 여자가 함께하는 게 얼마든지 정당하고 가능하다는 것을 보여주려는 듯했다. 대개 그들은 잘못된 모습으로, 그러니까 아버지와 딸과 손녀딸 관계로 보이지만 오해가 계속되어도 그들 사이 애정은 올바른 것이었다. 내 아버지 크리스토스 파파스테르기아디스는 새로운 두 여자에게 애정을 쏟고 있었다. 그는 또 다른 삶을 일궜고, 나는 그를 불행하게 만든 옛 삶의 일부였다. 나는 용기를 내기 위해 스페인에서 구입한 주홍빛 플라맹코 꽃 머리핀 세 개를 머리에 꽂고 있었다.

아버지는 차를 가져올 테니 공항 밖에 있는 픽업 지점에서 기다리라고 말한 다음 내게 몇 가지 정보를 알려주었다. 공항 출구에서 나가면 곧바로 X95번 버스 정류장이 있는 것. 차비는 5유로이고, 이다음에 아테네에 갈 때 그 버스만 타면 중심지인 신타그마 광장에 닿는다는 것. 아빠는 정 많은 할아버지처럼 이밴절린의 머리 위에서 열쇠를 소리 나게 흔들고는 유리문을 통해 사라졌다.

나는 매점에서 아이스커피를 살 생각이었기에 알렉산드라에게 아이스커피를 좋아하느냐고 물었다. 그녀는 됐다고, 카페인이 젖에 들어가면 이밴절린을 흥분시킬 거라고 했다. 그러면서 생긋 웃는데, 치아 교정기 때문인지 나보다 훨씬 어려 보였다. 나는 그녀가 출산할 때도 저 교정기를 끼고 있었을까 궁금했지만, 그녀는 내게 직업이 뭐냐고 묻고 있었다. 나는 (빨대로 프라푸치노를 빨면서) 인류학 학위로 무엇을 해야 할지 아직 결정하지 못했다고 말했다.

"음, 파르테논을 꼭 한번 둘러보세요. 고대 그리스의 살아남은 건물 중 가장 중요한 건물이거든요, 알죠?"

아주 잘 알죠, 네.

내가 마음속으로만 대답하고 입 밖으로 말하지 않았기 때문에 그녀가 다시 물었다.

"파르테논." 그녀가 되풀이했다.

"들어봤어요, 네."

"파르테논." 그녀가 다시 말했다.

"신전이죠." 내가 말했다.

알렉산드라는 발가락 부위에 보풀보풀한 흰색 펠트 구름이 달린 회색 펠트 슬리퍼를 신고 있었다. 그녀가 발을 움직이면 구름에 달린 단추 눈 두 개가 눈알을 굴렸다. 구름에도 눈이 있나? 폭풍우 구름을 표현할 때 가끔 바람을 암시하려 볼을 부풀리긴 해도 대개는 눈알을 굴리는 모양까진 그리지 않는데. 그렇다면 슬리퍼에 접착된 흰색 펠트는 구름이 아니다. 그것은 양이었다.

알렉산드라는 내가 자기 발을 물끄러미 내려다보는 걸 알아채고 하하 웃었다. "아주 편해요. 70유로도 안 주고 샀어요. 사실은 실내용 슬리퍼인데 바닥이 튼튼한 고무 밑창이라 바깥에서도 신고 다녀요."

내 아버지의 새 신부는 치아 교정기를 끼고 동물 신발을 신는다. 방긋거리는 그녀의 얼굴을 보며 혹시 무당벌레 모양 귀고리나 웃는 얼굴이 그려진 반지라도 끼고 있을까 싶어 슬쩍 훑었는데, 그저 목에 갈색 점 두 개와 입술 바로 위에 있는 점만 하나 찾아냈다. 나는 내 어머니의 세련미를 새삼 실감했다. 질병이라는 칸막이 뒤에 자신을 완벽하게 꾸밀 줄 아는 화려한 여인이 도사리고 있었다.

승용차가 도착했다. 알렉산드라와 이밴절린은 아버지 도움을 받아 뒷좌석에 탔다. 나는 "아빠"라고 큰 소리로 말했는데, 속으로도 몇 차례 불러본 이 단어의 어감이 꽤 마음에 들었다. 알렉산드라가 아기를 안고 있는 사이, 그는 그녀의 안전벨트를 잠시 손봐주었다. 작은 흰색 시트를 펼쳐 그녀의 무릎을 덮어주고는 잠깐 눈을 붙이라고 영어로 말했다. 그다음 내게는 앞좌석에 타라는 몸짓을 했다. 내 슈트 케이스를 트렁크에 실은 다음 아버지는 아테네로 향하는 고속도로로 진입했다. 그는 룸미러로 제 가족의 안녕을 확인하며 자기가 바로 여기 있다고 안심시키기 위해 알렉산드라를 향해 내내 미소를 지어 보이고 있었다.

"지금 어디서 사니, 소피아?"

나는 주중에는 커피하우스 창고에서 자고 주말에는 로즈의 집에서 잔다고 말했다.

"스페인에서는 잘 쉬고 있니? 오후에 낮잠을 자니?"

아버지는 '낮잠' '선잠' '휴식' 같은 단어를 자주 사용했다. 나는 잠을 많이 못 잔다고 설명했다. 밤이면 대부분 눈 뜨고 누워, 마치지 못한 박사학위 생각을 많이 했다. 그것 말고도 내겐 다른 의무도 있는데, 의무란 대부분 어머니와 관련된 일이고, 어머니는 환자다. 나는 이제 운전을 할 수 있다고 그에게 말했다. 그는 축하한다고 말했고, 나는 운전면허를 따지 못했던 이유를 설명한 다음 런던으로 돌아가는 대로 면허를 딸 거라고 말했다. 이밴절린이 코맹맹이 소리로 찡얼거리자 아버지는 알렉산드라에게 그리스어로 뭐라 말하고 그녀는 그리스어로 대답하는데 한마디도 알아듣지 못했다. 아버지는 이곳은 경제위기로 의약품 부족을 겪고 있어 특히 이밴절린의 건강에 신경 쓰고 있다고 설명했다. 조금 뒤 알렉산드라가 내게 왜 그리스어를 하지 않느냐고 물었다. 아버지가 나 대신 영어로 대답했다.

"음, 소피아는 듣는 귀가 탁월하진 않아. 그런데도 소피아는 수요일과 토요일에 가는 그리스어 학교에 다니지 않았는데, 저 애 어머니가 영국 학교에서만 떨어진 분량plate도 소피아에겐 차고 넘칠 거라 생각했기 때문이지."

사실 영국 학교에 다닐 때 내 식판plate에는 아무것도 없었다. 나는 보온병에 수프를 담았고, 가끔은 렌틸콩이 들어간 그리스 수프였다.

"알렉산드라는 이탈리아어가 유창하단다. 사실 그녀는 그리스인보다 이탈리아인에 더 가깝지." 아버지가 경적을 두 번 울렸다.

갑자기 높고 어린애 같은 목소리로 "시, 파를로 이탈리아노*" 하고 말하는 속삭임이 들렸고, 그 소리에 난 화들짝 놀랐고, 펄쩍 뛰는 내 행동 때문에 아버지는 운전대를 홱 꺾었다.

내가 알렉산드라를 돌아보자 그녀는 손으로 입을 가리고 낄낄 웃고 있었다. "그럼 이탈리아에서 태어났어요?" 왜 그렇게 새된 목소리를 냈는지 모르겠다. 아마도 알렉산드라가 구토 냄새와 젖 냄새가 배어 있는 차 안에서 내게 유일한 국외자 지위 딱

---

* "네, 나는 이탈리아어를 할 줄 알아요"라는 뜻의 이탈리아어.

지를 붙인 것 같아 갑자기 비위가 상했던 것이리라.

"나도 확실히는 몰라요." 알렉산드라는 자신이 태어난 곳이 수수께끼라는 듯 고개를 가로저었다. 정체성은 언제나 장담하기 힘들다.

나는 꽃 머리핀을 뽑아 곱슬머리를 어깨 위로 풀어 내렸다. 내 입술은 여전히 갈라지고 있었다. 유럽의 경제 상황처럼. 모든 곳에 있는 금융기관처럼.

그날 밤 아버지가 이밴절린을 침대에 눕히고 재울 때 그리스 노래를 불러주는 소리가 들려왔다. 내 여동생은 제 아버지의 언어를 알아듣는 귀를 가질 테지. 알파에서 오메가까지, 고대와 현대 그리스어의 알파벳 스물네 자를 배울 테지.

A	B	Γ	Δ	E	Z
Alpha	Beta	Gamma	Delta	Epsilon	Zeta
(알파)	(베타)	(감마)	(델타)	(엡실론)	(제타)
H	Θ	I	K	Λ	M
Eta	Theta	Iota	Kappa	Lambda	Mu
(에타)	(세타)	(이오타)	(카파)	(람다)	(뮤)
N	Ξ	O	Π	P	Σ
Nu	Xi	Omicron	Pi	Rho	Sigma
(뉴)	(크씨)	(오미크론)	(피)	(로우)	(시그마)

T	Υ	Φ	X	Ψ	Ω
Tau	Upsilon	Phi	Chi	Psi	Omega
(타우)	(입실론)	(피이)	(히)	(프시)	(오메가)

참사랑은 이밴절린의 첫 언어가 될 것이다. 아기는 일찍부터 '아빠'라고 말하는 법과, '아빠'의 참뜻을 배울 것이다. 내 귀는 증상과 부작용의 언어를 더 잘 알아듣는다. 내 어머니의 언어이기 때문이다. 아마도 이것이 나의 모국어일 것이다.

콜로나키에서도 나무가 우거진 동네에 자리한 그들의 아파트 벽은 도널드 덕 포스터 액자로 덮여 있었다. 아파트 외벽에는 'OXI OXI OXI' 그라피티가 그려져 있었다. 알렉산드라가 'OXI'는 '아니요'를 뜻하는 그리스어라고 설명해주었다. 나는 "oχι가 아니요인 건 나도 알아요, 그런데 벽에 웬 오리가 저렇게 많아요?" 하고 물었다. 오리들은 합판에 디지털 인쇄되어 고리를 단 채로 우편으로 도착했을 것이다. 알렉산드라는 오리 그림을 보면 기분이 좋아진다고, 어릴 적에 만화를 일절 보지 못한 탓이라고 말했다. 그녀는 손가락으로 도널드 덕을 가리켰다. 선원 옷차림의 도널드, 슈퍼맨 옷을 입은 도널드, 악어한테서 달아나는 도널드, 자줏빛 마법사 모자를 쓴 도널드, 서커스 무대에서 큰 고리를 점프해 통과하는 도널드.

알렉산드라가 미소 지으며 말했다. "도널드는 어린아이예요. 모험을 좋아하죠."

도널드 덕은 어린아이인가, 호르몬이 분비되는 십 대인가, 아니면 미성숙한 성인인가? 그도 아니면 바로 나처럼 동시에 이 모든 것인가? 도널드는 훌쩍훌쩍 울어봤을까? 비는 도널드의 기분에 어떤 영향을 끼칠까? 도널드는 언제 좋다고 말하고 언제 싫다고 말할까?

내 어머니는 영국 화가 로렌스 스티븐 라우리의 복제화 일곱 점을 벽에 걸어놓았다. 그녀는 라우리가 포착한 산업화된 북서 잉글랜드의 비 내리는 날의 일상을 무척 좋아했다. 라우리의 어머니는 병들고 우울증이 있었고, 그래서 그는 어머니를 돌보다가 어머니가 잠든 밤에야 그림을 그렸다. 어머니와 난 라우리의 삶 중 그 부분에 대해선 절대 말하지 않는다.

알렉산드라는 자신이 내게 방을 안내하는 동안 저녁상을 차려달라고 아버지에게 부탁한다.

"제일 좋은 접시는 쓰지 말아요."

그녀가 당부했고, 그는 이미 그럴 생각이었다. 만일 내 어머니와 라우리의 어머니가 접시라면, 최상품 접시는 아니지만 그렇다고 제일 나쁜 접시도 아닌 그런 접시라면, 그들은 접시 밑에 '고통에서 만들어짐'이라는 인장을 찍었을 것이다.

그리고 접시는 그들의 불행한 자녀에게 상속될 가보로 선반에 전시될 것이다.

내 여동생 이밴절린. 그녀는 무엇을 상속받을까?

선박 사업체.

"소피아." 아버지가 말한다. "네 꽃 머리핀은 네 방 협탁에 두었다. 알렉산드라가 네 방이 어딘지 보여줄 거야."

창문이 없는 방이다. 숨이 막힌다. 거친 캔버스로 만든 캠핑용 간이 침대가 보인다. 침실이라기보다는 커피하우스 위에 있는 내 방이 그렇듯 창고라 불러야 맞는다. 알렉산드라는 이밴절린이 깰까 "쉿" 하면서 아주 조심조심 문을 닫다가, 마침내 문이 내는 마지막 긴 끼익 소리를 정복한 후 슬리퍼 신은 까치발로 복도를 걸어갔다. 나는 캠핑용 침대에 누웠다. 십이 초가 흘렀다. 베개 위치를 바꾸려고 몸을 좀 움직였는데 침대가 갑자기 삐걱하며 기울어지더니 주홍빛 꽃 머리핀이 가지런히 놓여 있던 협탁을 쳤다. 이밴절린이 잠에서 깨 울기 시작했다. 나는 협탁을 가슴에 얹은 채로 한동안 바닥에 가만히 누워 있었다. 그다음 비행기 여행을 마친 다리를 스트레칭하려 자전거 페달 밟기 동작을 했다. 문이 열리며 아버지가 들어왔다.

"안 돼요, 아빠." 내가 말했다. "안 돼요. 노크 없이 방에 들어오지 마세요."

"다쳤니, 소피아?"

나는 무너진 가구와 함께 말없이 누워 자전거 타기 동작을 계속할 뿐이었다.

식탁에는 그들의 살림 중 최고품은 아닌 접시 세 개와 물병이 놓여 있었다. 아버지는 '겸손한 자는 먹고 배부를 것이며'로 시작되는 기도문을 암송하고 기도문의 나머지는 그리스어로 외웠다. 기도를 끝낸 아버지는 알렉산드라가 그의 접시에 파스타를 담는 내내 말없이 앉아 있었다. 알렉산드라가 이건 멸치와 건포도가 들어간 이탈리아 어느 지방의 요리라고 내게 말했다. 단맛과 짠맛을 다 담은 음식이 좋아 직접 만들었다고 했다. 아버지는 기도를 마친 뒤부터 한마디도 하지 않았기에 그녀가 대신 말해야 했다. 그녀는 내게 스페인 어디에서 머물고 있는지, 투우를 본 적이 있는지, 스페인 음식을 좋아하는지 묻고 날씨에 대해서도 물었지만, 아테네가 처한 혼돈에 대해선 한마디 언급이 없고 내 어머니에 대해서도 묻지 않았다. 로즈가 코끼리가 되어 이 방에 있어도 도널드 덕은 그녀를 밖으로 내쫓지 못하리라는 걸 나는 알고 있다. 도널드 덕이 로즈의 등에 올라타거나 그녀의 머리에 돌을 투척할 수도 있겠지만, 그의 주홍색 물갈퀴 발로 제압하기에 그녀는 너무 거대한 짐승이다.

아버지가 갑자기 말했다. "나는 내 부끄러움을 우리 주님 앞에 드러냈고, 주님은 그 모든 자애로 스스로 내 앞에 나타나셨다." 아버지는 자기 접시를 보고 있지만, 나는 그가 내게 말하고 있다고 생각했다.

플롯

상황이 더 나빠졌다. 알렉산드라는 그리 유명하지 않은 경제 학자로 밝혀졌다. 이 점은 도움도 되었는데, 나는 아버지가 내 곁을 떠남으로써 내게 진 부채를 돌려받기 위해 아테네에 왔기 때문이다. 아버지야 내 여동생 이밴절린에게 늦된 부성애를 다 쏟음으로써 자신을 용서했을 테지만.

내가 추레하고 골치 아픈 채권자임을 아버지 역시 알고 있을 거라 생각한다. 나는 정신을 차리고, 턱을 단단히 당기고, 재킷과 치마 정장을 차려입고선 그를 섬광등 조명이 번득이고 통역사가 중재하려 애쓰는 답답한 방으로 안내해야 한다. 하지만 내 몸은 뜨거운 사막의 밤에서 생긴 키스와 애무로 아직 두근대고 있었다. 아버지는 날 치워버리면 삶이 훨씬 쉬워지겠지만 그는 몇 가지 이유로 내가 알렉산드라를 승인해주길 원하고 있다. 알렉산드라는 그에게 가장 소중한 담보물이다. 그는 알렉산드라를 아주 자랑스러워하는데 왜 그런지 알겠다. 그녀는 아기와 남편에 주의를 기울인다. 이게 그를 점잖고 침착하게 만든다.

하지만 아버지의 부채는 먼 길을 거슬러 올라가는 아주 오래된 것이다. 그의 첫 채무 불이행의 결과 중 하나로 내 삶은 내 어머니에게 담보 잡혀 있다.

나는 여기 메두사의 고향에 있다. 메두사는 독과 분노로 내 몸에 상처를 남겼다. 나는 거대하고 푹신한 파란 소파에 알렉산드라와 같이 앉아 있다. 그녀는 번들거리는 치아 교정기를 손으로 조정한다. 창문은 다 닫히고 에어컨이 켜져 있다. 아기는 엄마 가슴에 안겨 잠자고, 청소기는 바닥을 닦고, 알렉산드라는 설탕이 박힌 노란 사탕을 빨고 있다.

채권자가 되었다는 것이 나에게 행복감을 주는가? 채권자는 채무자보다 더 행복한가?

솔직히 말하면 나는 채권 채무 같은 일에 어떤 규칙이 있는지, 여기서 내가 무얼 얻으려 하는지 잘 모른다. 완전한 무지.

돈은 무엇인가?

돈은 교환의 매개다. 옥, 황소, 쌀, 달걀, 구슬, 못, 돼지, 호박은 값을 지불하고 채권과 채무를 기록하는 데 사용되었다. 그리고 자식도 그런 교환 매개였다. 나는 알렉산드라와 이밴절린과 맞바뀌졌지만 그 사실을 모르는 척해야 한다.

모르는 척, 잊은 척하기는 내 특기다. 내가 내 눈을 잡아 뽑는 다면 아버진 기뻐하겠지만, 기억은 바코드처럼 새겨졌고 나는 인간 스캐너다.

알렉산드라의 입술에 설탕이 묻어 있다. "소피아, 내가 보기에 당신은 긴축 정책에 반대하는군요. 난 보수주의자로서 개혁이라는 약을 더 선호해요. 우리가 유로존에 계속 남고 싶다면 우리는 우리의 이 개혁이라는 약을 끊어서는 안 돼요. 당신의 아버지는 예금 대부분을 꺼내 영국의 한 은행에 넣었어요. 앞으로 어떤 일이 일어날지 모르니까요."

알렉산드라가 내 앞에서 설교를 펼치려나 싶어 나는 그녀의 말을 끊고 그럴 자격이 있는지 확인한다. 그녀의 자격 여부를 노골적으로 따진다.

그다음 그녀가 로마에서 공부하고 아테네에서 대학을 다닌 사실이 밝혀진다. 내 아버지를 만나기 전 알렉산드라는 어느 중요한 기관의 전직 수장이었던 경제학자의 연구조수였고, 다음엔 세계은행 경제정책장관의 연구조수였고, 그다음엔 덜 중요하지만 여전히 영향력이 막대한 어느 기관 부대표의 연구조수였다.

알렉산드라는 탁자에 있는 유리 볼에서 사탕을 꺼내 내게 권한다. "그리스가 의무를 다하지 않고 부채를 갚지 못하면, 우리의 채권자들은 원조를 거둘 거예요." 그녀는 경제위기를 전염성이 있고 악영향을 주는 심각한 질병이라고 말했다. 국가부채는 유럽 전역에 퍼진 유행병이자 전염성이 강해 백신이 필요한 질병이었다. 이 감염병의 행태를 살피는 게 그녀의 임무였다.

사탕이나 빨며 그녀의 말을 듣는 게 고통스럽다.

태양이 밖에서 빛나고 있는데.

선샤인은 확실히 섹시하다.

알렉산드라는 이밴절린을 임신하기 전에는 브뤼셀의 한 은행에서 일했다고 했다. 금요일에는 사무실이 문을 닫아 내 '파파*'가 있는 집으로 날아올 수 있었다고.

그녀가 이번에는 초록색 사탕 포장을 벗기더니 입에 넣는다. "소피아, 우리 모두 이 악몽에서 깨어나 약을 먹어야 해요."

나는 어머니의 약 목록에서 알약을 삭제한 고메스가 생각났다. 하지만 계모에게 이 문제를 의논하진 않았다.

알렉산드라가 작은 갈색 눈으로 나를 걱정스럽게 흘끔거린다. "나는 몇 년 동안 재무장관들로 하여금 시장은 모두 통제되

---

*   papa, 아빠를 뜻하는 영어 단어. 주로 어린아이들이 쓴다.

고 있으며 유로는 살아남을 거라고 주장하게 하는 일을 해왔어요." 그녀는 내 아기 여동생의 등을 문지른다. 가끔 초록색 사탕 때문에 초록색으로 변한 혀를 내밀기도 한다. 왜 저러는지 모르겠다. 아마 치아 교정기와 관련이 있겠지.

알렉산드라는 나보다 네 살이 많으며 유로화의 생존을 위해 노력하고 있다.

그녀의 턱에 반점이 두 개 있다. 어쩌면 내 아버지는 그녀의 나이를 속이고 있으며, 이밴절린은 십 대 임신의 결과일지도 모른다. 문득 알렉산드라가 일 년 가까이 크리스토스 파파스테르 기아디스 말고는 그 누구와도 대화하지 않았다는 느낌이 들기 시작한다.

"소피아, 우리가 유로존에서 어설프게 탈퇴하는 게 미국에 아무런 영향을 주지 않을 거라고 생각해서는 안 돼요."

사실 나는 잉그리트를 생각하고 있다. 잉그리트가 갈라진 내 입술에 꿀을 발라준 그날 밤과, 만취한 것 같던 그 기분을. 자정이 지난 깊은 밤에 후안과 해변에 누워 있던 기분과, 탄산수 여섯 병을 사러 편의점에 갔을 때 할인 코너에 놓여 있던, 재클린 케네디 선글라스가 사은품으로 딸린 여름 특별호 잡지를 사고 싶어 안달한 마음에 대해 생각하고 있다. 여기서 꼭 말해둘 건 사은품이었던 그 날벌레 눈알 같은 선글라스는 흰 테에 재클

244

린 케네디의 상징 문양이 세세하게 새겨져 오리지널에 거의 흡사했으며, 나는 그 포장지를 뜯어 카피 선글라스를 쓰고서 잉그리트와 후안을 양옆에 끼고, 나만의 욕정의 카멜롯* 성에서 선인장류 사이를 어슬렁거리고 싶었다는 점이다. 내 실크 톱에 수놓인 '사랑받는'은 유로라는 단어보다 내 삶을 더 많이 바꿨다. '사랑받는'은 무대 한가운데에 꽂히는 스포트라이트 같았다. 커튼 뒤에 서서 원형으로 꽂히는 이 빛줄기를 흘끗거리면서도, 나는 내가 무대의 주인공이 될 수 있다는 생각은 한 번도 하지 않았다.

나는 얼마만큼의 욕망을 갖도록 허락되었을까.

알렉산드라의 왼쪽 눈은 오른쪽 눈보다 확실히 작다.

"미합중국에 대해 하는 말이에요, 소피아."

나는 늘 미국에 가고 싶었다. 덴버 출신인 댄은 커피하우스에서 가장 친한 친구였다. 나는 커피콩을 갈고 케이크에 라벨을 붙일 때 가까이에서 느껴지던 그의 큰 에너지를 좋아했다. 플랫화이트를 만드는 중간중간 함께했던 팔 벌려 뛰기 동작과, 건강보험이 없다는 말을 하고 또 하던 말소리가 그립기까지 했다. 우리가 마지막으로 함께 팔 벌려 뛰기를 했을 때 그는 얼른 큰

* 아서왕 전설에서 나오는 아서왕과 원탁의 기사들의 본거지.

돈을 만지려면 사우디아라비아에서 일하는 수밖에 없을까 궁금해하면서도, 사우디아라비아 여자들에게는 운전이 허용되지 않는다는 사실을 받아들이려면 항우울제를 복용해야 할 거라 했다. 돌이켜보니 그가 내게 수작을 걸었던 게 아닌가 싶다.

그리고 나는 바리스타가 내린 커피를 몹시 갈망한다.

이곳 아테네의 빈방에 비하면 커피하우스 위 창고 방은 꽤 널찍한 수준이다. 잉크 얼룩이 묻은 내 침대에서 잠자는 이는 이제 댄이다. 그는 내가 마커 펜으로 벽에 끼적인 마거릿 미드의 인용구를 매일 아침 노려볼까?

어쩌면 커피하우스는 눈앞에 내내 펼쳐진 현장연구였는지도 모른다.

알렉산드라는 유럽이 붕괴될 거라는 두려움에 주식시장이 어떻게 반응할지 계속해서 장황하게 말하고 있다. 조금 뒤 그녀는 내 어머니가 날 보고 싶어하느냐고 묻는다.

"그러시지 않기를 바라요."

내 대답에 그녀는 슬픈 표정을 짓는다.

"당신 어머니는 당신을 그리워하나요, 알렉산드라?"

"그러시길 바라요."

"브뤼셀에 있는 은행에는 당신 사무실이 따로 있나요?"

"네. 그리고 회사에서 지원해주는 구내식당이 세 곳 있어요.

좋은 조건으로 출산휴가도 받았고요."

"당신은 파업할 수 있나요?"

"미리 서면 통지를 해야겠죠. 혹시 반자본주의자인가요?"

알렉산드라에겐 남편의 장녀가 매사에 삐딱한 반골일 필요
가 있다는 걸 알기에 굳이 대답하지 않는다. 알렉산드라는 남편
과 자식과 함께 큰 배에 올랐고, 나는 다른 방향으로 향하는 작
은 돛단배에 타고 있다.

알렉산드라가 자신은 가장이기 때문에 5퍼센트의 가족수당
이 나온다고 말한다.

그녀는 한 가정의 가장이다. 나는 집 한 채 없이 어머니 집에
살고 있다.

"당신 어머니는 당신 아버지를 아직 사랑하나요?"

"내 아버지는 자기한테 이득이 되는 일만 할 사람이죠." 내가
대꾸한다.

알렉산드라는 미친 사람 보듯 나를 본다. 그러고는 깔깔 웃는
다. "자기한테 이득이 안 될 일을 뭣하러 하겠어요?"

다람쥐 한 마리가 발코니에 드리운 나무에서 폴짝 내려오더
니 잠긴 창문 밖에서 안을 들여다본다. 무엇을 보고 있을까? 삼
대 가족처럼 보이는 우리의 모습일 거라고 나는 짐작한다.

내 아버지가 자기한테 이득이 안 될 일을 뭣하러 하겠는가?

알렉산드라는 아주 가볍게 말했지만, 그녀의 질문은 그들의 안락한 소파의 잔잔한 파란 주름 사이로 불어오는 바람 같았다. 나무에 있던 다람쥐까지 창가로 데려다놓은 바람. 나는 내게 이득이 안 될 일을 하고 있는가? 나는 손깍지를 껴 뒤통수를 받치고, 부드러운 파란색 면에 등을 기대며 다리를 쭉 뻗는다. 나는 반바지에 잉그리트가 준 노란색 실크 톱을 입고 있다. 알렉산드라는 내 왼쪽 가슴께에 새겨진 파란 단어를 읽어내려 애쓴다. 두 눈 중 작은 쪽 눈은 가느다래지고 입술은 철자를 소리 없이 읽느라 달싹거린다. 얼굴을 찌푸리는 것을 보니 단어 뜻을 모르겠는데, 너무 수줍은 나머지 번역해달라고 부탁하지 못하는 듯하다.

알렉산드라가 손뼉을 치고 다람쥐는 달아난다.

그녀는 직업이 있고, 재산이 있고, 헌신적인 남편이 있고, 자식이 있다. 그녀는 부자 이웃이 사는 동네에 자리한 이 고급 아파트의 절반은 자기 것이며 남편의 선박 사업에 주주임을 밝히는 서류에 서명했을 것이다. 그녀는 신을 믿는다. 이 사실은 나에게 어떤 영향을 끼치는가? 나는 변두리의 헛간과 다름없는 곳에서 막연하고 임시적인 삶을 살고 있다. 내가 마을 한가운데에 이층집을 짓지 못하는 이유는 무엇인가?

신도 내 아버지도 내 삶의 플롯에 개입할 수 없다.

나는 전형적인 이야기에 맞선다.

스스로에게 이 말을 하기 무섭게 과연 그런가 하는 의심이 밀려온다. 내 아버지는 내 화면보호기 속 성운에 확실하게 자리 잡은 별이다. 그는 부서지긴 했어도 기능하고 있다. 내게는 내 아버지를 대체할 플랜B가 없다. 다음 순간 내 어머니의 파란 눈, 작고 강렬한 파란 눈이 보인다. 망가진 육체 속에서 날 향해 빛나고 있는 눈. 부서진 은하에서 가장 밝은 별. 내 어머니는 자기에게 아무런 이득이 안 될 일을 해왔고, 난 그녀의 희생에 속박되어 있으며 그로 인해 모욕감을 느낀다. 만약 그녀가 이렇게 말했다면 어땠을까? 소피아, 나는 새 출발을 했어. 넌 이제 다섯 살이 됐으니 난 홍콩으로 떠날 거야. 안녕, 잘 있으렴. 나는 시장 가판대에 놓인 음식을 맛보고 싶어. 먼저 장어로 만든 생선 완자 수프부터 시작할 테야. 다음에 만나면 여행가로서 겪은 이야기로 널 황홀하게 해줄게. 내가 주위에 좋은 병원이 있고, 감당할 만한 생활비를 벌 수 있고, 내 기술을 필요로 하는 곳에서 이득을 취하며 사는 동안 넌 요크셔에서 네 할머니와 살게 될 거야. 겨울을 나는 몇 달 동안 외투 단추 꼭꼭 채우고, 고원에는 봄에도 눈이 떨어지니 조심하렴.

다섯 살, 그때도 나는 중국에서 만들어진 내 화면보호기의 별보다 나이가 많았다.

소피아, 당신 아버지가 자기한테 이득이 안 될 일을 뭣하러 하겠어요?

알렉산드라는 아직도 내 대답을 기다린다. 내 갓난 여동생은 이제 젖을 빨고 있다. 알렉산드라는 몸을 움찔하고는 딸의 코를 살짝 토닥이고, 아기는 젖꼭지에서 입을 뗀다. 알렉산드라는 아기가 젖을 잘못 빨아서 젖꼭지가 갈라졌다고 말한다. 순간적으로 엄마에게서 떨어진 이밴절린이 칭얼대고 울지만 알렉산드라는 아기가 울게 내버려두고 몸을 조금 움직여 편안한 자세를 잡는다. 알렉산드라는 자신에게 이득이 안 될 일도 하는 사람이 되기엔 온정의 젖이 충분하지 못하다. 그리고 내 아버지도 그런 사람이다. 그들은 완벽한 짝이다. 그들은 자신들의 세계를 내 세계보다 확실하게 만들어줄 신을 믿는다.

나도 신 같은 걸 믿을 수 있다면 좋으련만. 중세 때 '노리치의 줄리언'으로 불리던 수녀에 대해 읽은 적이 있는데, 줄리언은 신의 모성에 대해 썼다. 그녀는 신을 진정한 어머니이자 아버지라고 믿었다. 흥미로운 믿음이지만 내 어머니와 아버지한테 대입하기는 거의 불가능한 말이다.

"내 아버지가 자기에게 이득이 안 될 일을 뭣하러 하겠어요?"

이번에는 내가 큰 소리로 알렉산드라에게 되묻는다. 이곳은 회색 지대. 나는 회색 지대에서 길을 잃어 고개를 끄덕이는 동시에 가로젓고 있다. 내 머리는 긍정을 나타내려 턱을 아래위로 끄덕이다가도, 부정을 암시하려 고개를 왼쪽에서 오른쪽으로 흔든다. 두 동작을 다 하고 있다. 알렉산드라가 생긋 웃는다. 그 미소를 보자 치아에 가로놓인 쇠붙이가 거기서 멈추지 않고 온 몸을 관통해 있을 것만 같다. 그녀는 문자 그대로 강철 여인이지만 다음 순간, 강철 여인은 푹신한 파란색 소파에서 내게 몸을 밀착하며 낮은 목소리로 말한다.

"나이 많은 남자와 함께 사는 거 쉽지 않아요. 우리 나이 차가 사십 년이에요, 알겠지만."

알고 있다. 믿기 힘들다. 동시에 알렉산드라가 나를 자기의 가장 친한 친구로 생각하는 건가 하는 생각이 든다.

나는 그녀의 신뢰를 익사시키려 사탕을 잡고 부러 요란스럽게 포장을 벗긴다.

"사실 예순아홉은 노년의 초입이죠." 알렉산드라는 혀를 다시 빼고 치아 교정기를 조정한다. "그는 툭하면 오줌이 마렵다고 하는데, 요즘은 귀도 조금 어두워지고 늘 피곤해해요. 기억력이 제일 큰 문제예요. 공항에 당신을 마중 나갔을 때에도 자동차를 어디에 주차했는지 잊어버렸다고요. 당신이 떠날 때는 X95번 버스를 타고 공항에 가면 참 좋겠어요. 우리가 같이 걸을 때 그는 내 걸음을 따라오지 못해요. 그는 새 고관절이 필요해요. 치아는 이제 네 군데가 새것이에요. 잠자리에 들기 전 그는 1층에서 의치를 빼 용액에 집어넣어요."

그 순간 아버지가 걸어 들어온다.

"안녕, 아가씨들. 두 사람 사이가 좋아 보여 좋네."

그 밖의 다른 것들

아테네에서 이틀째 날, 나는 아버지에게 공원을 같이 걷자고 제안했다. 출근길에 늘 지나는 곳이었기 때문이다. 잠 못 이루는 채권자에게서 자신을 보호하기 위해 인간 방패 삼아온 새 아내와 새 아기 없이 처음으로 우리 둘만 같이 있는 시간이었다.

내 삶에서 아버지의 부재가 돈으로 해결될 일이 아니라는 건 둘 다 알고 있었지만 협상하는 척하는 건 재미있었다. 그 점에서 나는 지하철 근처 벽에 적힌 낙서에 동의했다. '그다음은?'

나는 굽 낮은 검은 스웨이드 샌들을 신고 건들건들 공원을 걷고, 아버지는 그가 믿는 신조차 완전히 해결해주지 못할 작은 죄의식을 안고 비틀비틀 공원을 걸었다. 우리는 침묵 속에서 비틀거렸다.

아버지의 선박 사업 동료를 마주친 건 구원이었다. 그 남자도 출근길이었다. 두 사람은 선박에 붙는 세금 인상안과 그들이 비상시를 위해 숨겨둔 거액의 현금에 대해 이야기했다.

아버지는 나를 이전 결혼에서 낳은 딸, 자신이 영국에 남기고 떠나온 과거의 유물로 소개할 의무가 있었다. 나는 굽 낮은 샌들을 신은 것 말고도 반바지에 황금색 스팽글이 달린 짧은 톱을 입고 있었다. 배를 드러내고 머리칼은 틀어 올려 플라멩코 꽃머리핀 세 개를 꽂은 상태였다. 런던에서 온, 가슴이 완전히 발달한 성인 자녀가 자기 동료에게 성적 관심을 드러내는 광경이 아버지에겐 분명 충격이었을 것이다.

"소피아예요." 나는 아버지 동료의 손을 잡았다.

"난 조지란다." 그는 내 손을 붙들었다.

"여기 며칠 머무르게 됐어요." 나는 조지가 내 손을 계속 잡게 두었다.

"직장으로 돌아가야 할 테니 어쩔 수 없겠지." 조지가 내 손을 풀어주었다.

"소피아는 웨이트리스야, 지금은." 내 아버지가 그리스어로 말했다.

나는 다른 것이기도 하다.

나는 대학을 우등으로 졸업했으며 석사학위가 있다.

나는 변화하는 섹슈얼리티로 맥동하는 사람이다.

나는 굽 낮은 스웨이드 샌들을 신고, 햇볕에 그을린 다리로 섹시함을 뿜어낸다.

나는 도시인이고 교육받았으며 이제는 신을 믿지 않는다.

나는 내 아버지의 관점이 용납하는 여성성을 닮지 않았다. 확실하지는 않지만, 나는 아버지가 나를 가족의 명예를 소중히 여길 줄 모르는 사람으로 생각할 거라고 짐작한다. 자세한 건 모른다. 내게 의무와 복종이 무엇인지 설명해야 했지만 오랫동안 연락조차 없었으니.

"소피아가 비록 스페인에서 가져온 플라멩코 꽃을 머리에 달고 있긴 해도." 아버지 표정이 우울했다. "이 아이는 영국에서 태어났고 그리스어는 전혀 못 해."

"저는 열네 살 때 아버지를 마지막으로 뵀어요." 내가 조지에게 설명했다.

"저 애 어머니에게는 건강염려증이 있어." 형제에게 말하는 듯한 어조로 아버지가 조지에게 말했다.

"저는 다섯 살 때부터 어머니를 돌봐왔어요." 자매에게 말하는 듯한 어조로 내가 조지에게 말했다.

아버지가 내 이야기를 많이 하기 시작했다. 비록 대부분 알아듣진 못했지만, 아버지가 나를 채권자로만 보지 않는 건 분명했다. 그는 귀찮게 사무실까지 들어올 것 없다면서 회전 유리문 바깥에서 내게 작별 인사를 했다.

나는 인류학 박물관에서 종일을 보낸 다음, 아크로폴리스까지 걸어가 신전 그늘 안에서 잠들었다.

꿈에서 어쩌면 지금은 아스팔트 도로와 현대 건축물 아래 묻혀버린 고대의 강, 고대 아테네 전체를 관통해 아크로폴리스 북쪽으로 흐른 에리다누스 강*을 보았는지도 모르겠다. 머리에 항아리를 아슬아슬하게 인 여자 노예들이 물을 채우던 분수까지 강물이 흐르는 소리가 들렸다.

그날 밤, 알렉산드라는 푹신한 파란 소파에 앉아 아기에게 다시 젖을 물리며 내 아버지에게 큰 소리로 제인 오스틴 소설을 읽어주었다. 영어 연습을 하고 있던 건데 대체로 그녀의 영어는 완벽했고, 그는 그때그때 발음을 고쳐주었다. 알렉산드라는 제인 오스틴의 《맨스필드 파크》를 읽고 있었다. "인간의 자질을 통틀어 제일 훌륭하다고 칭할 것이 하나 있다면, 그것은 기억이라고 생각합니다."

아버지가 고개를 끄덕였다.

* 그리스 신화에 나오는 강의 신이자 강의 이름.

"기이억." 그는 과장된 영어 억양으로 말했다.

"기억." 알렉산드라가 반복했다.

아버지는 오렌지 사탕과 노란 사탕을 입에 쑤셔넣고는 나를 보았다. 그녀가 얼마나 똑똑한지 보렴. 결혼 상대로 나를 선택한 것만 빼면 그녀는 심지어 나보다도 똑똑해. 물론 난 불평하는 게 아니다.

내가 포기한 박사학위 주제가 '기억'임을 아버지에게 말해준다는 걸 잊었다.

그들은 새로운 기억을 만들어가는 안정된 가족이었다.

아니, 어쩌면 그들은 그들의 신에게 정박된 불안정한 가족일지 모른다. 그들은 매주 일요일 교회에 갔다. "나의 주 하나님은 내 앞에 스스로 모습을 드러내셨다." 아버지는 적어도 한 번 이상 이렇게 말했다. 나는 그가 압도적인 신을 경험했다는 걸 알 수 있었다. 우리가 함께 거리로 나가면 여러 신자가 이밴절린에게 입을 맞췄다. 사제는 검은 로브를 입고 선글라스를 끼고 있었다. 내 손을 그러잡는 사제의 손은 다정했다. 설령 아버지의 아내가 두 사람의 나이 차를 은근히 불평했더라도, 이 장면은 아버지의 또 다른 삶에서 중요한 장면이었다. 아버지는 옛 삶에서 걸어 나가며 옛 삶이 있었던 사실까지 잊어야 한다는 걸 알고 있었다. 나는 그의 앞길을 막는 유일한 장애물이었다.

베인 상처

매일 아침 나는 알렉산드라와 푹신한 파란 소파에 앉아 이야기한다.

우리는 내게 남은 얼마 안 되는 유로로 나의 새 가족을 위해 내가 직접 구입한 달콤한 체리를 먹고 있다. 체리는 고대 그리스에서도 자랐다. 오비디우스는 산 정상에서 체리를 따는 장면을 언급한다. 잉그리트가 메두사에게 쏘인 부위를 달래라며 준실크 톱에 체리 즙이 튀었다.

"무슨 뜻이죠, 소피아?"

"무슨 뜻이라뇨, 뭐가요?"

"당신 윗옷에 있는 글자요."

나는 '사랑받는'을 어떻게 설명해야 좋을지 생각한다.

"몹시 사랑을 받고 있다는 뜻이에요." 내가 말한다. "진실된 사랑, 위대한 사랑."

그녀는 혼란스러운 표정이다. "그 단어가 아닌 거 같은데."

그녀는 내겐 몹시 사랑받는 존재가 안 어울린다고 생각하는 걸까, 나는 의심한다.

"그보다 더 과격한 단어예요." 그녀가 계속 말한다.

"네, 그건 강렬한 감정이니까요." 내가 대꾸한다. "우리가 누군가를 사랑받는 사람이라 부른다면 그건 아주 강한 감정이죠."

지난밤 또 잉그리트 꿈을 꾸었다.

우리는 해변에 누워 있고, 나는 잉그리트의 가슴에 손을 얹고 있다. 깊이 잠들어 있다 잉그리트가 외치는 소리에 잠에서 깬다. "이걸 봐!" 그녀가 가리키는 건 내 손자국이다. 온통 갈색인 그녀의 살갗에 내 손이 남긴 하얀 타투. 잉그리트는 내 괴물 앞발이 남긴 자국을 영원히 남겨 적들을 겁주겠다고 말한다.

알렉산드라가 내게 다진 양고기 500그램을 받아 요리사에게 가져다줄 수 있느냐고 묻는다. 그녀는 그날 저녁으로 무사카를 만들 생각이란다. "그리스 전통 요리랍니다, 소피아."

기억은 안 나지만, 나는 내 어머니도 이 요리를 만들곤 했다고 생각한다.

정육점 안, 흔들리는 긴 줄에 매달린 알전구 조명을 받으며 가판대에 진열된 양 머리 근처에서 멈춰 섰다. 알렉산드라의 슬리퍼에 달려 있는 새끼 양보다 나이가 많은 양이었다. 도살된 양이었다. 피가 빼내진 다음, 간은 냉장고 속 은색 쟁반에 쌓여 있었다. 내장은 밧줄처럼 돌돌 말려 고리에 걸려 있었다. 이 양들은 고기를 탐식하는 자들에 의해 죽음을 견딜 수 있게 하는 어떤 공식적인 의식도 없이 명이 끊겼다. 하지만 초기 인류에게 사냥은 정신적 충격을 남기는 위험한 활동이었다. 그들은 동물과 가까이 살았기에 동물이 내지르는 비명을 듣고, 떨어지는 피를 보는 게 괴롭고 힘들었다. 그래서 살생을 용이하게 해줄 의식과 의례를 만들었다. 여자와 아이들은 계속 살아 있기 위해 끝없는 유혈을 마주해야 했다.

주머니 속에서 휴대전화가 진동하기 시작했다. 스페인에 있는 매튜한테서 온 메시지였다.

고메스는 멈춰야 합니다.

당신 어머니는 어제 고메스클리닉에서 수분을 공급받아야 했습니다.

그 돌팔이에겐 북 하나만 필요할 뿐입니다.

매튜는 어쩌다, 어떤 이유로, 내 어머니의 치료에 관여하게 되었을까?

매튜의 전화는 울리는 북소리처럼 느껴졌는데, 그가 전하려 애쓰는 메시지가 뭔지는 모르겠다. 휴대전화도 헬리콥터도 GPS도 없던 때, 북소리로 전하는 메시지는 사람들의 생명을 구했었다. 원형의 나무틀 위에 펼쳐진 동물의 가죽을 두들기는 소리가 없었다면 사람들은 굶어 죽고 불타 죽고 부족 간의 전쟁으로 절멸했을 것이다.

나는 양 머리 가까이 있는 스툴에 걸터앉아 고메스에게 전화를 걸었다. 고메스는 로즈는 건강하다는 말로 나를 안심시켰다. 병원 직원들이 매일 돌아가며 그녀를 돌본다고 했다. 로즈는 이제 약을 끊고 '활력과 사기는 높아졌는데' 다만 물 마시기를 거부해 탈수 증상을 보였다고 했다. 나는 로즈에게 맞는 물을 찾기란 불가능한 일이다, 남부 스페인의 여름 기후를 고려할 때 그 점이 문제였을 거라고 설명했다.

"마찬가지로." 양 대가리에 둥글게 팬 눈구멍으로 기어드는 파리들을 보며 내가 말했다. "만일 물이 언제나 틀리다면 로즈에겐 희망이 있습니다. 언젠가 그 물은 맞는 물이 될 테니, 그녀는 또다시 틀리다고 할 만한 다른 물을 찾아내야 하겠죠."

"그럴 수도 있겠죠." 고메스가 대답했다. "하지만 나는 물 문제만큼이나 걷기 문제에 더는 임상적 관심이 없음을 밝혀야겠습니다."

자정이 지났지만 이 방에는 창문도 에어컨도 없어 잠을 잘 수가 없다. 갈색 빵과 체다 치즈가 그립다. 심지어 내 어머니 정원에서 자라는 배나무를 타 넘으며 오르던 가을날의 연무까지 눈에 선하다. 나는 시원한 바람을 쐬려 발코니로 나갔다. 나는 비로소 내게 이득이 될 만한 일을 하기 시작했다. 그러니 베개와 시트를 들고 탁 트인 실외로 나가 자자고 생각했다. 알렉산드라와 내 아버지가 바깥 자리를 선점하고 있었다. 가는 줄무늬 덱체어를 하나씩 차지하고 나란히 앉은 두 사람은 해변에 자리 잡은 노부부처럼 보였다. 그녀는 잠옷 차림이고, 그는 라운지웨어 차림이었다. 나는 복도에 그대로 발이 묶였다. 두 사람을 방해하고 싶지 않았지만, 열기가 갇힌 빈방으로 돌아가기도 죽을 만큼 싫었다.

늘 그랬듯이 내겐 갈 곳도, 호텔에 체크인할 돈도 없다. 싸구려 여관조차도 창문 비슷한 게 달려 있고 기본적인 에어컨 정도는 구비하고 있을 텐데.

나는 머리를 벽에 기댄 채, 제 신부와 함께 달빛에 먹을 감는 크리스토스를 찬찬히 바라보았다.

일종의 의식이 펼쳐지고 있었다.

알렉산드라가 무릎에 놓인 상자에서 시가를 꺼내 그에게 내밀었다. 그는 손가락으로 시가를 집고, 그녀는 라이터를 켜 그쪽으로 몸을 수그렸다. 그가 한 모금 빨고 내뿜기까지 기다린 그녀는 짙은 밤하늘 아래 시가의 끄트머리가 벌건 빛을 낸 다음에야 라이터를 상자에 도로 집어넣었다. 아마 헌신의 행위이리라. 저 멀리 언덕에서 파르테논이 은은하게 빛나고 있었다.

하늘을 향해 곡선으로 올라가는 이 신성한 신전은 전쟁의 여신 아테나에게 헌정되었다. 기원전 5세기, 숭배자들이 여신을 찬미하려 모여든 장면은 어땠을까? 늙은 남자와 젊은 여자, 어쩌면 소녀에 가까운 여자가 깊은 밤 별 아래 나란히 앉아 있었을까? 그들은 제물로 바쳐진 고기를 나눠 먹었을까? 소녀들은 열네 살이 되면 강제 결혼을 했는데 남편이 삼십 대인 경우도 있었다. 여자들은 섹스와 출산을 위한 존재, 실을 잣고 천을 짜고 장례식 때 애도하는 존재였다. 친족이 죽으면 모든 애도 행위는 여자, 소녀 들의 몫이었다. 그들은 더 높은 목소리로 통곡하고 옷을 찢으면서 더 많은 효과를 냈다. 남자들이 멀찌감치 물러서 있는 동안 여자들은 남자들을 위해 슬픔을 표현해야 했다.

지금 내 문제는, 누군가 불을 붙여준 시가를 피우고 싶다는 것이다. 연기를 푹푹 내뿜고 싶다. 화산처럼. 괴물처럼. 화를 내며 씩씩대고 싶다. 장례식에서 새된 목소리로 아주 높고 길게 울어야 하는 소녀는 되고 싶지 않다.

뱀 한 마리. 별 하나. 시가 한 대.

잉그리트가 수를 놓을 때 마음에 떠오른 몇 가지 이미지와 단어였다. 나는 침실로 도로 들어갔다. 캠프 침대에 놓인 실크 톱이 눈에 들어왔다. 거의 매일같이 입고 다닌 옷이었다. 옷에선 코코넛 아이스크림과 땀, 지중해 바다 냄새가 났다. 욕실에서 옷부터 빤 다음 찬물 샤워를 하자고 결심했다. 이밴절린이 옆방에서 옹알거렸다. 그 방 창문은 활짝 열려 있어 바람이 아기의 부드러운 검은 머리칼을 파르르 흔들었다.

비눗물을 가득 채운 욕조에 몸을 구부리고 두 손으로 젖은 실크를 쥐었다. 옷을 눈 가까이 들어 올렸다. 그리고 더 가까이.

노란 실크에 수놓인 파란 글자. 나는 이제껏 그것을 잘못 읽고 있었다.

'사랑받는'이 아니었다.

나는 거기 없는 단어를 창조한 것이었다.

'머리 잘린Beheaded.'

그 글자는 '머리 잘린'이었다.

사랑받는 것이 소원이었건만 현실은 그렇지 않았다.

욕실 바닥, 서늘한 타일에 납작하게 눕는다. 잉그리트는 재봉

사이다. 바늘은 그녀의 마음이다. '머리 잘린'은 그녀가 나를 생각할 때 떠올린 단어이고, 그녀는 자신의 생각을 거둬들이지 않았다. 그녀는 검열되지 않은 단어, 실로 새긴 그 단어를 내게 주었다.

'사랑받는'은 환각이었다.

하얀 타일에 누워 있는 동안 뱀 사건과, 나를 찍어누르던 레오나르도 생각이 다른 불안한 생각과 계속 충돌했다. 수도꼭지는 밤새 똑똑 물방울을 떨어뜨리고, 내 눈도 밤새 크게 뜨여 있었다.

역사

여동생이 내 쪽으로 얼굴을 돌리고 반드르르한 갈색 눈을 뜬다. 아기는 푹신한 파란 소파에 앉은 제 아버지 무릎에 길게 누워 있다. 알렉산드라가 아기의 고개를 살짝 들어 내 아버지의 어깨에 기대게 한다. 아버지가 한 손으로 아기의 턱을 감싸며 입술에 대자 나는 그가 클라크 게이블이 주연한 옛날 영화 장면을 그대로 따라 하려 한다는 생각만 들었다. 이밴절린은 이 방에 있는 모두에게 사랑받고 있다. 나에게까지. '사랑받는'이란 단어는 하나의 상처다. 상처는 아픈 것이다. 아프다는 점에서 '사랑받는'은 '머리 잘린'과 다르지 않다.

머리가 아프다. 어머니가 자기 머릿속에서 문이 쾅 닫힌다고 묘사한 그런 통증이다. 두 손을 이마에 얹고 손가락으로 눈가를 따라 조금씩 옮기다 눈꺼풀을 꾹 누른다. 모든 게 검고 붉고 파래진다.

"눈에 뭐라도 들어갔니, 소피아?"

"네. 파리인지 뭔지 들어갔나 봐요. 잠깐 둘이서만 이야기할 수 있을까요, 아빠?"

어린아이나 신고 다닐 유치한 신발을 반만 걸친 알렉산드라가 내게 생긋 웃어 보인다. 그녀의 치아 교정기가 그들의 거실 공간에 범람하는 햇살에 반사되어 번득거린다. 그래, 자고로 거실은 이래야지. 거실living room, 살아가는 공간이니. 나 역시 그들의 공간에서 지나치게 열심히 살아가고 있다. 알렉산드라는 이제 내 아버지 어깨에 팔을 두르고 그의 머리칼에 손가락을 묻는다. 아버지는 나와 단둘이 이야기하기 위해 어린 나이에도 불구하고 모성을 지닌 아내를 스스로 떼어내야만 한다.

우리는 내가 묵는 방으로 걸어가고, 아버지가 방문을 닫는다. 그에게 무슨 말을 하고 싶은 건지 모르겠지만 내게 도움이 필요하다는 말과 관련이 있음은 분명하다. 어디서부터 운을 떼야 할까. 우리 사이의 세월은 침묵 속에서 아주 많이 흘러버렸는데. 어디서 시작해야 맞을까. 어떻게 대화를 시작해야 하지. 우리는 과거 현재 그리고 미래라는 시간을 넘나들어야 하지만, 과거 현재 미래 전부에서 길을 잃어버렸다.

우리는 창고 방 안에 함께 서 있는 동시에 타임워프*에 갇혀 있다. 창문이 없는 방이니 바람이 들어올 리 없건만 바람이 일며 우리를 질풍 속에 가둔다. 바람이 점차 세진다. 역사의 순간이다. 내 몸은 공중으로 들려 올라가고, 머리칼은 나부끼고, 두 팔은 아버지를 향해 가고 있다. 이 힘은 내 아버지도 들어 올린다. 그의 등이 벽에 세차게 부딪히고 그는 두 팔을 힘없이 떨어뜨린다.

그는 역사를 속이기를, 질풍을 속이기를 바란다.

우리는 서로 한 걸음 떨어진 자리에서 그저 죽도록 묵묵히 서 있을 뿐이다.

나는 아버지에게 어머니가 걱정스러운데 더는 대처할, 감당할 자신이 없다고 말하고 싶다.

그 순간, 어쩌면 아버지가 기꺼이 도우려 나설지도 모른다는 생각이 들기 시작했다.

'도우려 나서다.' 이게 무슨 뜻인지는 모르겠다. 나는 경제적 지원을 부탁할 수 있을 것이다. 아버지에게 내 말을 경청하라고 요구한 다음, 우리가 지금 어떤 시간을 살고 있는지 시간의 경과를 업데이트할 수 있을 것이다. 그렇게 하려면 시간이 걸릴

* 현재의 시간에서 과거나 미래가 뒤섞여 나타나는 것을 말함.

268

테고, 그게 아마 내가 시간을 내달라고 요청한 이유일 것이다. 그런데 내 말을 경청하는 게 아버지한테 이득이 될까?

"무슨 일이냐, 소피아. 하고 싶은 말이 뭐야?"

"미국에서 박사학위를 마칠까 생각 중이에요."

그는 이미 저만치 있다. 눈을 꾹 감고, 얼굴이 점점 굳는다.

"공부를 하려면 돈이 필요하겠죠. 나는 또 로즈를 영국에 혼자 두고 가야 할 테고요. 뭘 어떻게 해야 좋을지 모르겠어요."

아버지는 두 손을 회색 바지 주머니에 찔러 넣었다.

"네가 하고 싶은 대로 하렴." 그가 말했다. "유학생을 위한 보조금 제도가 있잖니. 네 어머니 문제라면, 그녀가 지금 살아가는 모습은 그녀가 자초한 거야. 그건 내가 신경 쓸 일이 아니다."

"저는 조언을 구하고 있어요."

그는 닫힌 문 쪽으로 뒷걸음질했다.

"저는 뭘 해야 하나요, 아빠?"

"제발, 소피아. 알렉산드라는 잠을 자야 해. 네 동생이 그녀를 산 채로 먹고 있기 때문이지. 나도 쉬어야 하고."

크리스토스. 알렉산드라. 이밴절린.

그들 모두 낮잠이 반드시 필요하다.

모든 그리스 신화는 불행한 가족에 관한 이야기다. 손님방에 있는 캠핑용 침대에서 잠자는 나는 그들 가족의 일부이다. 이밴절린은 '좋은 소식을 전하는 전령'을 뜻한다. 내가 전하는 소식은 무엇인가? 내가 내 아버지의 첫 부인을 돌보고 있다는 것.

아버지는 자기 가족에게 합세하기 위해 푹신한 파란 소파로 돌아가고, 나도 돌아간다. 씩씩거리면서. 마음을 가라앉히려 벽을 노려보지만 벽은 깨끗하게 빈 공간이 아니다. 크게 웃는 오리로 꽉 차 있다. 아버지는 아내와 딸이 있는 소파에 허리를 숙여 앉으며 은밀하게 나를 엿본다. 내가 그의 관점으로 그의 새로운, 행복한 가족을 봐주길 바라는 것이다.

우리의 고요한 휴식을 봐라!

소리 지르지 않고 말하는 우리의 대화 방식을 잘 들어라!

우리 모두 제 분수를 알고 그것을 지키는 방식을 봐라!

우리에게 필요한 일을 내 아내가 얼마나 잘 운영하는지 봐라!

나는 아버지의 관점으로 그의 가족을 바라보라는 요구를 받고 있다. 아버지는 내가 다른 관점으로 보지 않기를 원한다.

나는 내 아버지의 관점으로 사물과 사건을 보지 않는다.

'관점'은 나의 주제가 되어간다.

내 힘은 내 머릿속에 있지만, 그것이 나의 가장 큰 매력이 되어서는 안 된다. 나는 아버지를 불편하게 한다. 내 새 여동생은 그를 덜 불편하게 할까? 내 여동생과 나 사이엔 우리만의 비밀 게임이 있다. 내가 귓불을 문질러주면 여동생은 매번 눈을 감는다. 내가 작은 발바닥을 간질이면, 눈을 뜨고 제 관점으로 나를 말끄러미 쳐다본다. 내 아버지는 가족의 눈을 감기는 데 늘 신경이 곤두서 있다. '눈 감을 시간이다'는 그가 좋아하는 문장이다.

  푹신한 파란 소파에서 낮잠이 든 그들을 남겨두고 나는 아크로폴리스로 향했다. 조금 뒤, 열기에 도저히 계속 걸을 자신이 없어 복숭아를 하나 사서 그늘 아래 벤치에 앉았다. 오토바이를 탄 경찰이 살갗이 검은 중년 남자를 추격하고 있었다. 남자는 하루 일을 끝내면 돈으로 바꿀 쇠붙이를 가득 실은 슈퍼마켓 카트를 밀고 있었다. 추격은 영화 속 추격 장면처럼 긴박하진 않았다. 남자가 천천히 걷다가 가끔 걸음을 멈추고 자기 주위를 맴도는 오토바이를 마냥 바라보기만 해서인데, 그래도 추격은 추격이었다. 마지막에 남자는 카트를 내팽개치고 사라졌다. 셔츠 호주머니에 볼펜 두 자루가 튀어나와 있지 않았을 뿐 중학교 때 날 가르친 선생과 많이 닮은 남자였다.
  내가 콜로나키에 있는 아파트로 돌아왔을 때, 알렉산드라와 크리스토스가 테이블에 앉아 토마토 소스를 묻힌 흰콩을 먹고 있었다. 알렉산드라는 통조림 제품에 내 아버지가 딜을 조금 넣어 만든 요리라고 설명했다. 아버지는 딜을 편애한단다. 그에 대해 아는 게 없었는데, 딜을 좋아하시는군. 이 사실을 알게 되어 나는 기뻤다. 이것은 하나의 기억이 될 것이다. 훗날 나는 그래, 아버진 딜을 좋아하셨지, 특히 흰콩 위에 올린 딜을…… 하고 말할 것이다.

알렉산드라가 테이블에 놓인 소포를 가리키며 말했다. "당신 어머니가 보낸 거예요."

수신자는 크리스토스 파파스테르기아디스로 적혀 있었다.

크리스토스는 몹시 초조한 게 분명했다. 소포 따윈 없다는 듯 스푼으로 콩을 퍼 입으로 옮기는 척하는 게 너무도 빨랐다.

"열어보세요, 아빠. 설마 잘린 머리나 뭐 그런 게 들어 있진 않겠죠."

나는 이 말을 뱉자마자 이 말이 믿기지 않았다. 어쩌면 다이빙 학교의 개는 익사하지 않았고, 로즈는 개의 머리를 잘라 아테네로 등기우편을 보냈을지도 모른다.

아버지는 나이프를 들어 여기저기 스탬프가 찍히고 끈적거리는 테이프에 감싸인 갈색 종이 사이로 미끄러뜨렸다.

"네모난 물건 같은데." 그가 말했다. "상자군."

상자에는 요크셔 계곡의 풍경 사진이 있었다. 구불구불한 초록 언덕과 낮은 돌담, 빨간 현관문이 달린 석조 오두막. 그는 상자를 뒤집어 들판에서 풀을 뜯는 양 세 마리와 옆에 선 트랙터를 그린 일러스트를 한참 바라보았다.

"티백. 요크셔 차 티백 상자구나." 그리고 메모가 있었다. 그가 큰 소리로 읽었다. "이 긴축의 시절, 알메리아에 있는 임시 거처에서 콜로나키에 있는 가족에 연대하며. 이스트런던의 가족으로부터."

크리스토스는 알렉산드라를 흘긋거렸다.

"이 사람은 차를 좋아하지 않아요." 알렉산드라가 말했다.

아버지의 입술에는 토마토 소스와 딜이 묻어 있었다.

알렉산드라가 냅킨을 그에게 내밀었다. 식탁 유리병에는 삼각형으로 곱게 접힌 냅킨이 담겨 있었다.

"난 식탁에 냅킨이 떨어지지 않도록 늘 신경 쓴답니다. 당신 아버지가 냅킨으로 꽃 만들기를 좋아하기 때문이죠. 종이꽃 만들기가 머리 쓰는 걸 돕는다는군요."

전혀 몰랐던 사실이다.

"그래서." 냅킨으로 입을 닦으며 아버지가 말했다. "어젯밤 네가 한 말 말인데, 그리스식 커피 마시는 곳으로 널 데려가마."

알렉산드라는 짧게 친 검은 머리에 안경을 걸쳐놓고 요크셔 차 티백 상자를 읽었다.

"소피아, 요크셔는 어디 있죠?"

"요크셔는 잉글랜드 북부에 있어요. 내 어머니가 태어나신 곳이죠. 어머니의 결혼 전 성은 부스였어요. 로즈 캐서린 부스."

이 말을 하는 순간 알렉산드라는 속하지 않는 어떤 곳에 나는 속해 있다는 기분을 강하게 느꼈다. 내 어머니와 어머니의 요크셔 가족에게.

아버지는 냅킨을 식탁에 던지며 말했다. "요크셔는 쓰디쓴 맥주로 유명하지."

마지막 날, 아버지가 약속대로 그리스식 커피 가게로 나를 데려갔다. 로즈버드라는 카페였다. 장미 꽃봉오리를 뜻하는 가게 이름이 혹시 첫 아내와의 무의식적 유대감을 드러내는 건 아닐까 궁금했다. 무엇보다 그는 그저 꽃봉오리인 그녀와 결혼하지 않았던가. 하지만 행여 그가 그녀의 가시에 대해 이야기할까 두려워 물을 마음이 생기지 않는다. '로즈' 같은 이름은 그런 일을 부추긴다. 그렇다고 아버지가 어머니의 삶을 망친, 눈에 보이지 않는 벌레였다고 말하는 것 또한 진실은 아닐 것이다. 나도 잘 알고 있다. 우리는 나란히 앉아 작은 컵에 담겨 나온 달고 찐득거리는 커피를 마셨다.

"네가 네 여동생을 만나서 매우 기쁘다." 아버지가 말했다.

우리는 테이블을 돌며 구걸하는 늙은 여자를 보고 있었다. 여자는 흰색 플라스틱 컵을 두 손으로 받들고 있었다. 스커트에

블라우스 차림이었는데, 구멍 난 곳은 꿰매고 옷을 다림질해 입음으로써 제 존엄을 지킨 여자였다. 그리고 그녀는 내 어머니처럼 카디건을 걸치고 있었다. 사람들은 그녀의 컵에 동전 몇 개를 떨어뜨렸다.

"저도 기뻐요."

나는 아버지의 얼굴에 웃음기라곤 없음을 알아차렸다. "행복하게도 아기는 우리 주님에게 마음을 열었단다."

"그 애는 자신만의 관점을 가지게 될 거예요, 아빠."

아버지는 가까이서 카드놀이를 하는 남자들에게 손을 흔들었다. 잠시 후, 그는 내가 아테네행 항공권을 사느라 돈을 쓴 게 자기한테 얼마나 큰 의미인지 말했다. 그리고 물론 알메리아에서 그라나다 공항까지 가는 차에 쓴 비용도.

"네가 내일 떠나기 전에 용돈을 주고 싶구나."

왜 떠나기 전날 밤에야 용돈을 주려 할까? 그의 속을 알지 못했지만 뭉클했다. 열네 살 이후로 내게 용돈(그의 표현대로라면)을 준 적 없는 이의 입에서 용돈이란 말이 나오니 그 말이 너무나 유치하게 들렸다. 아버지는 지갑을 꺼내 식탁에 올리곤 엄지로 해진 갈색 가죽지갑을 쿡 찔러보았다. 지갑이 반응하지 않자 놀란 듯 보였다. 그의 손가락 두 개가 지갑 속을 헤집기 시작했다.

"아." 그가 말했다. "은행에 가는 걸 깜빡했네." 그는 손가락을 다시 지갑에 집어넣어 한참 헤집다가 결국 10유로짜리 지폐 한 장을 꺼냈다. 그는 지폐를 눈가로 들어 올렸다. 그러고는 식탁에 올려두었다. 손바닥으로 부드럽게 누른 다음 여봐란듯이 내게 건넸다.

나는 커피를 마저 마셨다. 걸인 여자가 우리 쪽에 왔을 때 10유로 지폐를 플라스틱 컵에 넣었다. 여자는 그리스어로 뭐라 중얼거리더니 절룩거리며 다가와 내 손에 입을 맞추었다. 아테네에서 누군가 어떤 식으로든 내게 애정을 보인 최초의 경험이었다. 나는 내가 태어나 처음으로 맞닥뜨린 남자가 자신의 딸에게 불리할 일도 자신에게 유리하다면 할 수 있다는 사실을 받아들이기 힘들었다. 하지만 그 깨달음으로 나는 자유로워졌다.

크리스토스 파파스테르기아디스는 기도하는 듯 보였다. 눈은 반쯤 감고 입술을 달싹이는 동시에 손가락을 냅킨 위에서 빙빙 돌렸다. 그러다 스테인리스스틸 상자에서 얇은 휴지 한 장을 꺼내 접기 시작했다. 절반으로 접고 그걸 또 접어 네모 모양으로 만들었다가 원 모양으로 만들었다가 하다보니 기적이라도 일어난 듯 세 겹의 두툼한 꽃 한 송이가 생겼다.

그는 이 종이꽃을 은혜를 구하며 신에게 바치는 제물, 혹은 소원을 비는 분수에 던지는 공물처럼 받들고 있었다.

내가 종이꽃을 가리키자 그는 이게 왜 아직 여기 있지? 하고 놀란 것처럼 애매한 표정을 지었다.

나는 담대한 사람이 되었다. "저 주려고 만든 거잖아요."

아버지가 결국 나를 보았다. "맞아, 널 위해 만들었지, 소피아. 넌 머리에 꽃 꽂기를 좋아하니까."

그가 내게 종이꽃을 건넸을 때, 나는 생각해줘서 고맙다고 말했다. 그러나 생각은 그가 의도한 게 아니었다. 그는 무엇보다 내게 뭐라도 줄 수 있어 행복하고, 내가 그걸 돌려주지 않아 더 행복해했다.

내게는 내 아버지를 대체할 플랜B가 없다. 아버지 같은 남자를 남편으로 원하는지 확신이 없기 때문이다. 이렇듯 뒤섞이며 얽히는 것이 여러 가족에서 발견되는 양상인 점은 알고 있지만. 가족이라는 구조 안에서 아내는 남편의 어머니가 될 수 있다. 아들은 어머니의 남편, 어머니의 어머니가 될 수 있다. 딸은 어머니도 아버지도 될 수 있는 어머니의 자매, 어머니의 어머니가 될 수 있다. 어쩌면 이것이 우리가 각자의 기호 안에 숨어 있는 이유일 것이다. 내 아버지가 내 앞에 한 번도 나타나지 않은 건 내 불운이다. 나는 비록 한때 사람들이 쉽게 알아듣는 성을 가지면 좋겠다는 유혹을 느꼈지만 내 성을 부스로 바꾸지는 않았다. 내 아버지는 내게 자신의 성을 주었고, 나는 그걸 포기하지 않았다. 대신 나는 그와 관계된 중요한 사실을 발견했다. 내 아버지의 성은 쉽게 발음되거나 받아쓸 수 없는, 거대한 이름의 세상으로 나를 이끌어주었다는 사실을.

우리가 걸어서 콜로나키로 돌아갈 때 내 마음에 어른거리는 건 로즈버드에서 기도하던 아버지의 모습이었다. 문득 알렉산드라가 걱정되기 시작했다. 나와 단둘이서 이야기하다 어색하고 불편해질 때면 점점 멍해지던 아버지, 마치 머릿속에 전화기가 들어 있는 것처럼 아주 큰 소리로 신에게 기도하던 아버지. 나는 단절을 가리키는 그 모습들에 놀란 상태였다.

우리가 집에 도착해보니 알렉산드라는 푹신한 파란 소파에서 자는 척하고 있었다. 크리스토스는 까치발로 그녀에게 다가가 발가락에 양이 달린 슬리퍼를 부드럽게 벗겨낸 다음 바닥에 고이 내려놓았다. 그는 큰 조명을 끄고 램프 스위치를 켜며 손가락을 입술에 댔다. 쉿.

"깨우지 마."

알렉산드라는 완전히 깨어 있었다.

아버지는 담요 하나, 시트 하나, 쿠션 하나를 들고 언제든 알렉산드라 옆에 누울 준비가 되어 있었다. 그는 기회가 있을 때마다 그녀를 재우려 애썼고, 그녀는 가정의 마취과 의사 역할을 맡은 남편에게 잘 맞춰주고 있었다.

알렉산드라는 확실히 깨어 있었다. 우리는 우리 각자의 관점으로 서로를 바라보고 있었다.

이튿날 아침, 짐을 꾸린 다음 머무는 동안 제공받은 캠핑용 침대를 접었다. 아버지는 이미 출근한 뒤였다. 그는 작별 인사를 위해 나를 깨우는 일 같은 건 하지 않았다. 알렉산드라가 잠옷 차림으로 발코니에 서 있는 게 보였다. 길이 든 다람쥐가 가까운 나무에서 나뭇가지 사이로 뛰어다니는 모습에 몰두한 것 같았다. 그녀는 이밴절린도 다람쥐를 보도록 몸에서 조금 떨어뜨렸다.

그녀는 내가 건넨 작별 인사에 펄쩍 뛰었다. 내가 그녀를 놀래킨 모양이었다.

"오, 소피아, 당신이군요."

누가 또 있다고 저럴까? 만일 내가 아니라 아버지였다면 알렉산드라는 하품을 한 뒤 이제 푹신한 파란 소파에서 잠깐 눈을 붙이겠다고 선언하지 않았을까?

내가 방을 내주어 고마웠다고 말하자, 그녀는 이제 아침마다 이야기를 나눌 이가 없어져 아쉽다며 내가 떠나는 게 슬프다고 말했다.

알렉산드라는 소매와 목에 레이스가 달린 희고 긴 면 잠옷을 입고 있었다. 잠옷 단추는 이밴절린에게 젖 물리기 편하게 풀려 있었다. 짧은 머리는 기름이 져 빗질도 하지 않은 듯했다.

문득 그녀가 친구와 같이 있는 모습을 한 번도 못 본 걸 깨달았다.

"형제나 자매가 있나요, 알렉산드라?"

그녀는 다시 다람쥐를 보았다.

"내가 아는 한은 없어요."

알렉산드라는 자신이 입양되었다고 말했다. 자란 곳은 이탈리아인데 그녀의 부모(생물학적 부모가 아닌)는 나이가 많아 손녀를 보려 로마에서 아테네까지 오기가 힘들다고 했다. 이탈리아도 긴축 정책을 펼치고 있어 부모님이 받는 연금이 걱정된다는 말도 했다. 일을 하던 당시에는 정기적으로 돈을 부쳤는데 지금은 내 아버지에게 다른 계획과 생각이 있어서 돈을 부치기가 쉽지 않다고, 그렇지만 결국 잘 해결될 거라 생각한다고 말했다.

알렉산드라는 이밴절린을 자기 쪽으로 돌려 안고선 통통한 뺨에 입을 맞추었다.

고아였던 젊은 어머니가 사랑받는 자식을 가슴에 꼭 안는 광경을 목도하는 것은 거의 성스러운 경험이었다.

알렉산드라는 남편이자 아버지인 이를 동경했기에 크리스토스에게 손쉬운 먹잇감이었을 것이다. 도널드 덕 포스터와 양 슬리퍼, 사탕, 내 아버지 어깨에 기대어 잠든 척하기. 그것들은 자기 힘으로 다른 어린 시절을 만들겠다는 시도였을지 모른다. 버림받지 않는 어린 시절을 만들겠다는.

내 여동생은 젖꼭지를 꼭 잡고, 작은 발가락을 허공에 버둥거리며 젖을 빨고 있었다. 멍하니 크게 뜬 눈은 어머니 젖가슴에서 나오는, 잠을 유발하는 젖 말고는 모든 걸 망각한 게 분명했다.

알렉산드라가 눈을 깜빡거렸다. "물 한 잔 가져다줄래요? 손이 자유롭지 못해서요."

나는 냉장고에서 물병을 꺼내 한 잔 가득 따른 다음, 얼음과 레몬 한 조각을 넣고 알렉산드라의 즐거움을 위해 딸기 하나도 집어 넣었다.

알렉산드라는 몹시 고단해 보였다.

나는 그녀의 창백한 볼에 입을 맞추며 말했다. "이렇게나 다정하고 인내심 있는 어머니라니, 내 여동생은 정말 행운아예요."

그녀는 무언가 하고 싶은 말이 있는데 생각을 계속 삼키는 듯 보였다.

"뭔데요, 알렉산드라?"

나는 점점 담대해지고 있었다.

"혹시 내가 당신한테 그리스어를 가르쳐도 된다면, 난 아기가 잠든 동안 할 일이 생겨서 기쁠 거예요."

"어떻게 할 건데요?"

알렉산드라는 다시 다람쥐를 보고는 다람쥐가 이렇게까지 가까이 올 만큼 믿음이 있다는 점을 짚었다. "음, 당신이 스페인에 있는 동안 알파벳을 공부해 익숙해지면 난 당신에게 그리스어로 이메일을 보내고, 당신은 그리스어로 답장하는 거죠. 우리는 그런 식으로 대화를 나눌 수 있어요."

"네, 그렇게 해보죠."

나는 다시 감사를 표했고, 그다음엔 그리스어로 그녀가 로마에 있는 부모님께 재정 지원을 하는 데 부담을 느끼지 말아야 한다고 말했다.

거의 모르는 언어로 이리저리 끼워 맞춘 문장이었는데, 상대가 경제학자인 점을 염두에 두니 문장이 더 꼬이고 복잡해졌다.

알렉산드라는 빙긋 웃고는 그리스어로 대답했다. "내가 '자유로워져야 한다'고 말한 거죠?"

"네."

"나는 어느 때보다 자유로운걸요."

그 어느 때보다 자유롭다는 게 어떤 건지 묻고 싶었지만 내게는 알아들을 귀가 없다. 그리고 여하튼 내가 그리스어를 나를 버린 아버지와 동격으로 여기지 않기까지는 시간이 걸릴 것이다. 나는 내 여동생의 갈색 발바닥 양쪽에 입을 쪽 맞추고 손에도 입을 맞추었다.

공항행 X95번 버스를 타러 슈트 케이스를 정류장으로 밀고 가는 길, 문득 그 어느 때보다도 내가 나 같다는 느낌이 들었다.

홀로.

슈트 케이스 안 옷가지 맨 위에 놓인 건 아버지의 복잡한 생각에서 피어난 꽃이었다. 사서였던 내 어머니가 평생 색인 작업을 한 책처럼 종이로 만들어진 꽃. 어머니는 10억 개가 넘는 단어를 분류했지만, 자신에게 유리한 적 없던 이 세상의 폭풍이 그녀의 소망을 쓸어가버린 일을 표현해낼 말을 찾지 못했다.

그리스 여자가 스페인으로 돌아오고 있다. 메두사들에게로. 땀에 젖은 밤들로. 먼지 낀 골목들로. 알메리아의 거대한 열기 속으로. 내게로. 나는 그녀를 초대해 내 올리브나무를 심게 할 것이다. 그녀는 구멍을 하나 팔 것이다. 그다음 나는 바람이 나무의 모양을 결정하지 못하도록 나무를 긴 대나무 기둥에 묶을 것이다. 바람의 괴팍한 변덕이 나무의 모양을 만들게 해서는 안 된다.

약

어머니가 스페인어로 물을 반복해 외친다. "아과 아과 아과 아과agua!"

그 소리가 마치 고통을 뜻하는 단어 '아고니 아고니 아고니 agony'처럼 들렸다.

록스타 재니스 조플린, 그런데 재능은 없는 재니스 조플린과 한 방에 있는 기분이 이럴까. 나는 물 한 잔을 날라서는 손가락에 물을 찍어 그녀의 입술에 적셔주었다.

"네 아버지는 어떻든?"

"행복해요."

"널 보고 반가워하든?"

"모르겠어요."

"그가 네게 살갑게 대하지 않았다면 미안하구나."

"그건 당신이 미안해할 수 있는 일이 아니에요."

"재미있는 표현이네."

"미안해해야 할 사람은 그 자신이죠."

"네 심정 이해한다."

"아니요, 그것도 할 수 없어요. 제 심정이 어떤지 알 리 없잖아요."

"넌 참 유별나, 소피아."

내가 떠나 있는 동안 어머니는 무릎에 물이 차 고생했다고 말했다. 매튜가 친절하게도 알메리아에 있는 종합병원까지 차로 데려다주었다면서. 인대가 살짝 삐끗했지만 간단한 치료였고, 의사는 완전히 새로운 약을 처방했다. 그녀는 항우울제에 구토 증세를 느끼면서도 이 약이 콜레스테롤과 혈압과 어지럼증과 역류성 식도염을 위한 새로운 처방이 되어줄 거라고 말했다. 의사는 또한 부작용에 대비해 당뇨병 치료제, 통풍 치료제, 소염제, 수면 보조제, 근육 이완제와 변비약까지 처방해주었다.

나는 알메리아의 종합병원 의사가 처방한 새로운 약을 고메스가 어떻게 받아들였는지 물었다.

"고메스는 내게 운전을 금지했어."

"운전을 즐겼잖아요."

"마사지를 더 즐기지. 네 야무진 손끝을 말이야. 네가 네 손을 잘라 내 곁에 남겨둔다면, 네가 종일 해변에 나가 있어도 괜찮을 텐데."

나는 파블로의 개가 울부짖는 소리를 기다리다가 내가 개를 풀어준 사실을 떠올렸다.

큰 바다동물

"너는 나한테 영감을 주는 사람이자 괴물이야!"

잉그리트와 나는 바위에 누워 있다. 머리 위, 절벽이 깎여 생긴 동굴 때문에 그늘이 드리워 있다. 우리는 거무스레한 해초를 몇 움큼씩 넣고 수건으로 말아 베개를 만들었다. 나는 눈꺼풀에 파란 반짝이를 뿌렸고, 잉그리트가 빈티지 가게의 할인 상자에서 구출해낸 흰색 새틴 홀터넥 원피스를 입고 있다. 잉그리트는 원피스 가장자리에 얼룩이 묻어 있어 상품화하기에는 품이 너무 많이 들 것 같다고 했다. 이번에 그녀는 목둘레에 기하학무늬의 파란색 원과 초록색 선을 수놓았다. 그녀는 이것이 추상적인 디자인이 아니라고 말한다. 내가 방해하기 전에 그녀가 사냥하려 한 도마뱀을 정확하게 재현했기 때문이란다.

나는 엉덩이에 보드랍게 닿는, 허벅지 사이로 파도처럼 미끄러지는 새틴의 질감이 마음에 든다. 머리칼 끄트머리가 갈라지는데도 일주일 가까이 빗질하지 않았다. 오늘 아침, 잉그리트는 내 머리카락과 정강이, 발과 갈라진 입술에 코코넛오일을 발라주었다.

"가까이 와, 조피."

나는 그녀에게 몸을 붙인다. 잉그리트의 입술이 해초 베개를 벤 귀에 닿았다.

"넌 파란 행성이야. 작은 동물처럼 겁에 질린 까만 눈을 가진 파란 행성."

나는 '사랑받는'을 오독한 내 실수를 받아들이기로 했다. 잉그리트가 바늘을 들 때 무엇을 생각하든 그녀의 생각을 검열하는 건 내 일이 아니다. 설령 그 생각이 날 아프게 할지라도.

"조피, 밤에 시트로넬라 오일을 태우는 이유가 뭐야?"

"그걸 어떻게 알았어?"

"네 몸에서 냄새가 나니까."

"모기가 그 냄새를 싫어하거든." 내가 말한다. "내 기분을 차분하게 해주고."

"마음이 불안하단 뜻이야, 조피?"

"응, 그런 거 같아."

"이래서 내가 널 좋아해."

잉그리트는 팔을 찰싹찰싹 때린다. 이곳 해변에는 말파리가 있기 때문이다. 그녀는 웬만해선 이 해변을 피하는데 이번만큼은 날 위해 예외를 만들었다. 그녀가 내게 잉마르 이야길 들려준다. 잉마르는 파블로의 이상한 개가 물에 빠져 죽은 후로 사업이 번창한단다.

"마음 아파하지 마, 조피. 넌 그 개에게 죽을 자유를 준 거야."

"아냐, 그게 아냐." (그녀의 귀에 속삭인다.)

"너는 그 개한테 은혜를 베풀었어. 개는 목줄에 매여 있을 때 이미 죽은 거야. 그건 살아 있는 거라고 말할 수 없어."

"개는 죽지 않았었어. 개는 자기 삶을 바꾸고 싶어했어."

"동물들은 상상력이 없어, 조피." (그녀가 내 배에 손을 얹는다.)

"어쩌면 개는 익사하지 않았는지도 몰라."

"개를 어디서 보기라도 한 거야?"

"아니."

"최근에 개가 울부짖는 소리를 들은 적 있어?"

"아니."

"잉마르 이야기나 더 해줄까?"

"그래."

잉그리트는 연한 파란색 테두리 장식이 달린 비키니를 입은 채 모로 누워 나를 바라본다. 이따금 배꼽을 관통한 보석을 만지작거린다.

"준비됐어, 조피?"

"그래."

"네가 아테네에 있을 때, 특수 오토바이를 탄 해양경찰이 우리 지역 해변에 왔었어. 그들은 수질 검사를 한 뒤 휘발유가 유출되었다고 결론을 내렸어. 그래서 모두에게 물에서 나오라고 명령했지. 잉마르는 소란 때문에 고객들이 심란해하자 화가 났어. 그는 반바지 차림으로 텐트를 뛰쳐나가 해양경찰에게 당신들 잘못이다, 당신들 기계는 정확하지 않다, 바다는 맑고 깨끗하다고 말했어. 해경들은 짜증을 내며 그에게 물맛을 보라고 했어. 그래서 잉마르는 빈 물병으로 물을 퍼 단번에 꿀꺽꿀꺽 삼켰고, 네, 휘발유가 들어 있네요, 하고 동의했어. 잉마르는 이제 자기는 병이 나 일도 못 한다면서 경찰들이 자기에게 강제로 물맛을 보게 했다며 고소하겠다고 야단이야."

"파블로의 개 시체 때문일 거야."

"당연하지, 조피! 바로 그거라니까! 익사한 개가 물을 오염시킨 거야."

뜨거운 햇볕이 잉그리트의 금빛 긴 몸을 사정없이 때린다.

"그래서 넌 나한테서 도망쳐 네 아버질 찾아간 거야?"

"난 네게서 도망치지 않았어."

"네 갓난쟁이 여동생 이야기를 들려줘."

나는 이밴절린의 부드럽고 검은 머리칼과 올리브색 살결과 구멍이 뚫린 귀를 묘사했다.

"여동생이 널 닮았니?"

"음, 우리는 눈이 똑같아. 하지만 여동생은 세 가지 언어를 말하게 될 거야. 그리스어, 이탈리아어, 영어."

잉그리트는 다시 등을 대고 누워 하늘을 우러러봤다. "내가 왜 나쁜 언니인지 말해줄까?"

"응."

잉그리트가 밀짚모자로 얼굴을 덮은 채 말하기 시작해 나는 말소리를 듣고자 옆으로 누워 팔베개를 한다. 덤덤하고 밋밋한 목소리를 들으려 귀를 쫑긋한다.

사고가 있었다. 잉그리트는 다섯 살이고 여동생이 세 살이었다. 정원에서 여동생을 그네에 태워 밀어주던 잉그리트가 자기 힘을 모르고 그네를 아주 세게 밀었다. 여동생은 그네에서 떨어졌다. 불운한 사고였다. 여동생은 팔이 부러지고 갈비뼈 세 개에 금이 갔다. 잉그리트가 말을 멈춘다.

"너는 겨우 다섯 살이었어. 어린아이였다고." 내가 말한다.

"하지만 난 그 애를 아주 높이 올라가게 밀고 있었어. 그 애는 비명을 질러댔지. 내려오고 싶어했는데, 나는 계속 밀었어."

나는 바위에서 깃털을 집어 손끝으로 가장자리를 훑었다.

"다른 일이 일어났어." 잉그리트가 말한다.

잉그리트와 함께 있을 때면 늘 가슴에서부터 일어나는 이 느낌. 나는 공포를 느낀다.

"동생은 머리부터 거꾸로 떨어졌어. 사람들이 그 애 머리를 엑스레이로 찍었더니 머리가 깨져 뇌에 손상을 입었다고 했어."

잉그리트가 이야기하는 동안 내가 숨을 꾹 참고 있었음을 깨닫는다. 내 손가락은 깃털을 잡아 뜯고 있다.

잉그리트가 일어서자 그녀의 모자가 바닥에 떨어진다. 그녀는 해변에 올 때 가져온 낚시 그물을 챙겨 자갈밭을 건넌다. 해변에서 살짝 돌면 숨어 있는 작은 만으로 향한다. 혼자 있고 싶은 마음을 알 것만 같아서 그녀의 모자를 집어 그녀의 해초 베개에 올려놓는다.

누군가 내 이름을 부른다.

동굴의 그늘진 자리 어느 한 곳에서 홀리에타 고메스가 손을 흔들고 있다. 머리칼이 젖은 걸 보니 막 수영을 한 모양이다. 그녀가 물병을 기울여 얼마 남지 않은 물을 마신다. 물병을 내 쪽으로 흔드는 모습이 자기 쪽으로 오라고 부르는 듯 보인다.

나는 다리에 걸리적대지 않게 흰색 새틴 원피스 자락을 비키니 안에 집어넣고는 돌밭을 뒤뚱뒤뚱 걸어가 훌리에타 옆에 앉는다.

"오늘 비번이에요." 훌리에타가 말한다.

내 눈은 얕은 물 위로 솟은 바위에 비참하게 기대어 있는 잉그리트에게 박혀 있다. 잉그리트는 이따금 낚시 그물로 메두사를 건져 올린다.

훌리에타의 치아는 햇빛을 받아 더욱 환하게 빛나고, 속눈썹은 길고 비단실 같다.

훌리에타가 물병을 내밀지만 나는 고개를 젓는다. 그러다 마음을 바꾼다. 물이 시원해서 속이 좀 가라앉는다. 하지만 내 마음속에는 잉그리트 여동생 이야기를 들었을 때 느낀 공포가 밤이면 나무에서 몸을 떠는 보이지 않는 곤충처럼 아직 살아 있다.

"당신은 팝스타를 닮았어요, 소피아." 훌리에타가 말한다. "기타를 메고 밴드만 갖추면 딱 맞겠어요. 드럼은 우리 아버지가 맡고 말이죠."

훌리에타가 하도 큰 소리로 웃기에 나도 억지 미소 비슷한 걸 지었지만, 내 주의는 얕은 만에 있는 잉그리트에게 쏠려 있다. 나를 등지고 있는 그녀에게. 버림받은 외톨이처럼 혼자인 그녀에게.

훌리에타는 병원의 구급대원 한 명이 오토바이로 여기까지 태워다줬다고, 하루가 저물 때쯤 다시 태우러 올 거라고 말한다. 그녀의 아버지는 딸을 과잉보호한 나머지 훌리에타가 오토바이 헬멧을 챙겨 쓰는지 매번 확인하라고 병원 직원들에게 지시했다. 그게 그녀를 화나게 했다.

훌리에타는 몸짓으로 자기 물병을 가리킨다. "난 보드카가 더 좋아요. 보드카는 내 아버지를 화나게 하니까요. 그는 모든 약물을 싫어하죠. 그는 아직도 내 어머니의 죽음을 애도하고 있어요. 그래서 기억과 추억이 주는 고통을 해결할 약이 세상에 있다는 생각만으로 불쾌해하죠."

잉그리트는 아직도 노란 그물로 해파리를 건져 모래 위로 던지고 있다.

"저건 메두사예요." 마치 아주 중요한 사실인 것처럼 내가 말한다.

"네." 훌리에타가 대꾸한다. "메두사에게 쏘였을 때 그 자리에 오줌을 싸면 통증이 가라앉는다는 건 근거 없는 미신이에요."

나는 훌리에타의 동굴에서 펄쩍 뛰어내려 해초 베개가 있는 자리로 돌아간다. 그날 아침 일찍 나는 독일인 잉그리트가 좋아하는 살라미를 찾으려 마을 외곽의 슈퍼마켓으로 차를 몰았었다. 양상추도, 오렌지도, 포도도 샀다. 잉그리트가 바위 위로 다시 돌아와서는 그늘 하나 없는 이 빌어먹을 해변은 자기한테 너무 뜨겁다고 말한다. 그녀는 홀리에타가 일광욕을 하고 있는 동굴 쪽을 힐끗하더니 집에 가겠다고 말한다.

"가지 마, 잉그리트." 내 목소리는 무섭도록 애걸하고 있다.

뇌 손상을 입은 잉그리트의 여동생 이야기에 아직 충격이 가시지 않았다. 잉그리트에게 네 잘못이 아니었다고 다시 말해주고 싶다. 넌 어린아이였고 실수했을 뿐이라고 말해주고 싶은데, '머리 잘린'이라는 단어가 계속 말을 가로막는다.

잉그리트는 나를 밀치며 지나가 자기 물건을 꾸리기 시작한다. "난 일하고 싶어, 조피. 내겐 바느질 일이 필요해. 지금은 그저 맞는 실을 찾아내 일을 시작하고 싶을 뿐이야."

가까운 곳에서 여섯 살짜리 소년이 거대한 붉은 토마토를 복숭아처럼 크게 베어 물고 있다. 토마토 과즙이 터져 나와 소년의 가슴에 묻는다. 소년은 또 한입 베어 물고는 잉그리트의 은색 글래디에이터 샌들 끈을 정강이까지 둘러주는 내 모습을 지켜본다.

"너는 정말 아름다워, 잉그리트."

그녀가 깔깔 웃는다. 사실은 비웃는 것이다.

"나는 너처럼 하루 종일 빈둥거릴 팔자가 못 돼. 할 일이 있으니까."

잉그리트의 휴대전화가 울리기 시작한다. 전화한 이가 매튜임을 알고 있다. 그가 그녀를 통제하고 있으며 그녀의 위치를 계속 계산하고 있음을, 그녀가 지금 나와 함께 있는 것 역시 알고 있음을 안다.

"나 해변에 나와 있어, 매티. 바다가 들려?"

나는 손을 뻗어 그녀에게서 휴대전화를 낚아챈다.

잉그리트는 돌려달라고 소리치지만 나는 바다 쪽으로 달리고, 그녀는 나를 뒤쫓아 달리다가 은색 샌들 끈에 발이 걸려 비틀거리자 샌들을 벗어 모래에 내동댕이친다. 그녀는 나를 따라잡아 내 새틴 원피스 옷자락을 잡아당기고, 나는 원피스가 찢기는 소리를 들으며 휴대전화를 바다에 던진다.

휴대전화는 우리 둘이 지켜보는 가운데 침착하게 몸 크기를 크고 작게 변화시키며 휴대전화 주위를 맴도는 메두사와 함께 바닷물에 삼 초 동안 떠 있다가 이내 가라앉는다.

찢긴 내 새틴 원피스 자락에 바닷물이 철썩댄다.

잉그리트는 눈가에 묻은 모래를 훔친다.

"너 나한테 집착하는 거야." 그녀가 말한다.

그렇다. 나는 나를 혼란스럽게 하는 그녀의 힘에 집착하고 있다. 그녀가 나를 존중하지 않는 걸 알면서도, 내가 이제껏 알아온 모든 확실성에서 나를 들어 다른 데로 옮기려는 그녀의 힘에 집착한다. 나는 나만큼이나 그녀의 아름다움을 숭배하는 남자들이 그녀를 어떻게 섬기는지, 마치 외과수술을 하듯 찢기고 뜯긴 곳을 바늘로 수선하는 일을 그녀가 얼마나 좋아하는지에 이끌리고 있다.

잉그리트가 바닷물을 첨벙첨벙 밟으며 다가와서는 온 힘을 다해 내 머리칼을 그러잡는다.

"가서 내 휴대전화 건져와, 이 큰 짐승아."

잉그리트가 미적지근하고 탁한 바닷물 속으로 내 머리를 밀어 넣는다. 내가 몸부림치자 이번에는 무릎으로 내 어깨를 짓누르며 다시 물로 밀어 넣는다. 그네를 타던 여동생을 밀었을 때처럼 나를 민다. 대상이 나라는 점만 다를 뿐, 밀고 또 밀던 어린 시절의 사고를 반복하는 것 같다. 이제 다른 누군가가 물속으로 들어온다. 팔 하나가, 그다음에는 팔 두 개가 내 허리를 감싸더니 잉그리트에게 눌린 내 몸을 위로 올리려 애쓴다. 파도가 머리를 덮으며 나를 때려눕힌다. 내가 겨우 균형을 잡고 수면 위로 나왔을 때, 내 옆에서 훌리에타가 젖은 긴 머리칼에서 물기를 짜내며 바닷물을 밟고 있었다. 우리 둘 다 한 여자의 비명을 듣는다. 높고 악쓰는 그 소리가 바위 옆 작은 만에서 흘러나온다. 잉그리트가 오른발을 잡고 왼발로만 팔짝팔짝 뛰고 있다. 그 물로 잡아 모래에 던졌던 메두사를 밟은 것이다.

그 장면을 보니 마치 내 분노의 독소가 잉그리트의 다리로 옮겨간 듯 화가 좀 누그러진다.

훌리에타가 나를 보며 하하 웃는다. "소피아, 당신의 경계는 모래로 만들어졌군요."

"네." 내가 말한다. "나도 알아요."

갈매기 한 마리가 우리와 함께 파도를 따라 넘실대고 있다.

나는 바위로 돌아가 내 수건을 챙기기 시작한다. 나는 잉그리트 혼자서 해변을 떠나게 하고 싶지 않다. 그러기는커녕 이제 더더욱 강하게 그녀에게 붙들려 있다. 기억은 내 주제다. 잉그리트는 내 경계가 모래로 만들어진 걸 알고 있다. 그래서 과거에서 온 정신적 외상의 기억을 되풀이해 나와 함께 극을 끝마치려 한 것이다.

"조피, 넌 제멋대로인 혼돈이야. 넌 빚쟁이이고 네 해변 아파트는 엉망진창이고 지저분하지. 그런 네가 이젠 내 휴대전화를 바다에 처넣기까지 했어. 난 어떻게 해야 할지 모르겠어. 난 일거리를 잃을 거야."

"네 고객들은 물고기를 붙잡고 하소연해야겠지."

나는 바닷물에 젖은 새틴 원피스를 벗고 허벅지를 말리기 시작한다. 작은 소년은 아직도 큰 토마토를 먹고 있다. 소년이 일이 초 나를 쳐다보다 갑자기 달리기 시작한다.

"아이를 겁준 거야, 조피. 네 얼굴이 파랗기 때문이지. 아이섀

도가 뺨으로 흘러내렸거든. 바다 괴물이 따로 없어." 잉그리트
는 살라미를 찾아내 껍질을 찢고 있다. "난 등에와 해파리와 함
께 이 해변에 더 있고 싶지 않아." 그녀는 살라미를 입에 넣고
동굴 쪽을 올려다보았다. "그리고 아무튼, 난 네 친구들이 싫어."

홀리에타가 내게 손을 흔들고, 나도 그녀에게 손을 흔든다.

잉그리트는 메두사에 쏘여 부은 발을 자세히 들여다본다. 그
녀의 은색 샌들이 만의 끄트머리 얕은 물에 둥둥 떠 있는데도
쏘인 자리에만 정신이 팔려 있다.

"우리 집에 오면 넌 내가 일하는 동안 올리브나무를 심으면
돼. 그다음 날씨가 좀 시원해지면 산책하러 나가자."

초대다. 연인들이 함께 만드는 계획처럼 들리는 초대.

잉그리트는 바위에 쭈그리고 앉아 쏘인 발에 오줌을 눈다.

"그거 근거 없는 미신이야." 내가 말했다.

"미신이 뭔데?"

너무도 거대한 질문이다. 나는 진실로 근거 없는 믿음에 집착
한다.

우리가 잉그리트의 여름 별장에 도착했을 때, 그녀가 맨 먼저
한 일은 실타래 찾기였다. 그다음 그녀는 바구니를 기울여 빈티
지 가게 옷을 바닥에 쏟았다. 그녀의 손가락에 잡힌 바늘은 무

기 같았고, 그녀는 천을 공격하듯 바느질했다.

"조피, 정말 게을러빠졌구나! 넌 올리브나무를 심으려 여기 왔어. 그럼 먼저 나무를 심을 구멍을 파야지."

나는 나무를 어떻게 심는지 모른다. 나는 아주 많은 걸 모르는데, 비밀을 어떻게 지키는지는 알고 있다. 나는 매튜와 잉그리트가 스페인에서 함께 꾸린 집을 돌아보며 마음속으로 매튜와 홀리에타를 그리고 있다. 매튜와 잉그리트가 함께 만든 것 중 그들의 친족 관계를 보여주는 전시품이 있었다. 존경하는 가족들의 사진이 코르크 게시판에 압정으로 꽂혀 있었다. 매튜 부모님 사진, 잉그리트 아버지 사진, 그리고 매튜의 두 형제로 보이는 사진과 잉그리트의 남자 형제 혹은 사촌 형제의 사진. 여동생 사진은 없었다. 그녀는 바늘로 옷을 꿰다 말고 그곳에 없는 누군가를 찾는 나를 보았다.

"그녀는 행복할 수 있을까, 조피, 마음이 없어도?"

"누구 말이야?"

"누군지 알잖아."

"한나 말이야?"

잉그리트는 깜짝 놀라는 표정이었다. 내게 파란 실로 '머리 잘린'이라고 수놓은 실크 톱을 준 그날 밤, 자기 입으로 여동생 이름을 언급한 일을 잊은 모양이다. 그녀야 잊고 싶었겠지만 그녀의 바늘은 그녀를 대신해 기억하고 있었다. 나는 바보가 아니다. 그리고 내 연구 대상과 점점 깊이 얽혀버렸기에 공정한 연구자도 아니다.

"그녀의 마음은 아직도 이파리 같을까, 조피?"

"이파리는 절대 고요하지 않아."

"그녀가 기억하고 있을까?"

"마음은 절대 고요하지 않아."

"가끔 난 나 자신을 날려버리고 싶어." 잉그리트가 속삭였다.

나는 그녀 발치에 꿇어앉아 허리를 감싸 안았다.

그녀는 손을 뻗어 내 머리칼 한 가닥을 입술 사이로 가져갔다. "조피, 아직도 내가 좋아?"

누군가 창문을 두들기고 있었다.

"네가 그렇다고 말하기 전까지 모든 게 깜깜해."

나는 말하지 않았다. 한마디도.

"아직도 어두워, 조피. 온 세상이 캄캄해." 내 머리 위로 톡톡 두들기는 소리가 났고, 그녀는 소리 나는 쪽을 흘겨보았다. "레오나르도야." 갑자기 빛이 돌아온 것처럼 그녀가 말했다.

레오나르도를 다시 보는 게 이토록 반가울 줄은 몰랐다. 그의 출현은 내가 잉그리트의 질문에 대답하지 않아도 되도록 구해주었다. 잉그리트는 다리를 살짝 절룩거리며 내 옆을 지나 앞문으로 갔다. 쏘인 왼발이 여전히 쓰릴 텐데도 아예 잊은 듯 보였다. 그녀는 쏘인 쪽이 나일 때만 흥미를 느꼈다. 그녀는 레오나르도의 등장에 반색하며 그가 갈색 승마용 가죽 부츠를 안고 있는 것을 보고는 "브라보!" 하고 소리쳤다. 레오나르도는 내게 짧게 고개를 까딱했다. **그래, 여기 있을 줄 알았지. 참 운도 없지. 내가 이곳에 올 때마다 항상 여기 있네.**

잉그리트가 맨발을 부츠에 넣는 사이 바람이 창문을 들썩였다. 그녀는 우리가 지켜보는 가운데 엄지를 가죽 부츠 안에 집어넣고 힘겹게 부츠를 잡아당겼다. 부츠는 무릎 바로 아래까지 올라왔다. 레오나르도가 가죽 가방을 뒤적거려 헬멧을 꺼내는 사이, 그녀는 허리를 펴고 가슴을 앞으로 내밀고 고개를 높이 들었다. 그녀는 비열한 승리자처럼 보였다. 남자와 싸우는 여전사. 그녀의 적은 누구인가? 적의 이름을 적은 목록에 나도 올라 있나? 그녀는 무엇을 위해 싸우는가?

레오나르도가 욕정으로 가득 찬 노예처럼 앞으로 나섰다. "당신은 내 말을 탈 때 이 헬멧이 필요할 거예요."

레오나르도는 헬멧을 잉그리트의 머리에 부드럽게 씌우고, 두 갈래로 땋은 긴 머리 타래를 헬멧에 넣어준 다음 턱 아래 잠금 버클을 서툴게 조작했다. 그녀는 내내 말없이 곧은 자세로 서 있었다. 그러고는 그의 뺨에 형식적으로 입을 맞추었다.

"보답으로 당신에게 올리브나무 한 그루를 주고 싶어요." 잉그리트가 말했다.

그녀는 새 부츠를 신고 헬멧을 쓴 모습으로 성큼성큼 정원으로 나갔다가 작은 묘목 하나를 들고 돌아왔다.

"네 그루는 내가 이미 심었고, 두 그루는 조피가 심을 거니까 일곱 번째 나무는 당신 거예요."

레오나르도는 칭찬을 건네야 할 때임을 알아차렸다.

"아주 건강한 나무군요." 그가 침울하게 말했다.

잉그리트는 냉장고를 열어 맥주 두 병을 꺼냈다. 한 병은 내게 주고 두 손을 뒷주머니에 넣어 오프너를 꺼낸 다음 레오나르도에게 줄 다른 맥주병을 땄다. 그가 차가운 병을 입가로 가져가 한참 꿀꺽꿀꺽 마시는 동안 나는 따지 않은 내 맥주병을 들고 나무처럼 어정쩡하게 서 있었다. 잉그리트는 유리 천장을 깨고 레오나르도의 마음을 확실히 얻어냈다. 나는 오프너를 달라고 부탁했다. 그녀는 내게서 맥주병을 받아 단숨에 병뚜껑을 땄다. 나는 잉그리트 바우어를 이해하기 시작했다. 그녀는 늘 나를 한계까지 밀어붙였다. 그녀는 모래로 만들어진 나의 경계를 간단히 넘을 수 있으리라 생각했다. 나는 그녀가 그렇게 생각하도록 내버려두었다. 설령 내게 전혀 이득이 안 될지라도 그다음 무슨 일이 일어날지 궁금해 암묵적으로 동의한 것이었다. 이런 나는 자기 파괴적인 사람인가, 한심할 정도로 소극적인 사람인가, 무모한 사람인가, 실험적인 사람인가, 아니면 엄격한 문화 인류학자인가, 아니면 그저 사랑에 빠진 사람인가?

잉그리트 바우어에게는 내 마음을 깊이 건드리는 무언가가 있었다. 부츠와 헬멧과 관계된 무언가. 부츠와 헬멧은 그녀가 스스로 나쁜 언니라고 이야기한 데에서부터 전속력으로 달아날 기회를 제공했지만, 나는 그녀가 여전히 그 이야기에 갇혀 있다고 생각했다. 잉그리트는 그 이야기를 아직 끝맺지 못한 것 같았다. 나는 내 맥주병을 그녀에게 건넸다. 그녀는 맥주병을 받고는 힘에 대한 갈증으로, 부츠와 헬멧에 대한 사랑으로, 멍청한 레오나르도 앞에서 병을 입에 대고 단번에 마셨다. 레오나르도는 야생마를 길들일 때처럼 큰 소리로 "워워!" 하고는 똑같이 병을 입에 대고 꿀꺽꿀꺽 마셨다. 잉그리트가 내 쪽으로 돌아서 가늘게 뜬 초록 눈을, 그녀의 말에 따르면 낮보다 어둠 속에서 더 잘 본다는 초록 눈을 이글거리며 말했다. "레오나르도는 내게 안달루시안종 말을 타는 법을 가르쳐줄 거야."

한 가지는 확실했다. 내가 이 방에서 가장 중요한 사람이라는 사실. 잉그리트가 레오나르도와 벌이는 수작질은 날 향한 욕망을 숨기려는 짓이라는 것.

그녀에게는 관음증이 있었다.

스스로의 욕망에 대한 관음증이었다.

나는 잉그리트 바우어가 문자 그대로 내 머리를 자르고 싶은 게 아님을 이제야 이해했다. 그녀는 나에 대한 자신의 욕망을 댕강 베어내길 바랐다. 괴물처럼 느껴지는 자신의 욕망을.

그녀는 자기 자신에게서 발견되는 괴물의 모습을 나에게 덧씌웠다.

그녀는 오랫동안 내 가까이에서 소름 끼치도록 가만히, 아무 소리도 내지 않고 비밀스럽게 나를 관찰하며 날 기다려왔다. 나는 여름 내내 머릿속에서 그녀의 목소리를 듣고, 그녀가 숨는 것을 지켜보고, 그녀의 숨소리를 들었다. 욕망의 불꽃이 숨 쉬는 소리를.

"조피, 레오나르도와 난 승마 수업 스케줄을 짜고 싶어."

나는 가방을 들어 어깨에 걸쳤다. 은색 해초 이파리들이 공중에 떠다녔다.

절단

"파파스테르기아디스 부인의 신발을 벗겨주렴."

고메스는 진료실에 앉아 손목시계를 응시했다. 오전 7시였다. 고메스는 이렇게나 이른 시각에 어머니를 진료해야 하는 게 짜증스러워 보였다. 홀리에타 고메스가 로즈의 신발을 벗겨 내게 건넸다. 어머니는 얼굴을 찌푸리고 입꼬리를 내리고 튀어나온 턱을 치켜들었다.

"내가 말했잖아요, 고메스 씨." 그녀가 말했다. "검사 따윈 이젠 필요 없다고요."

고메스는 내 어머니 앞에 꿇어앉아 그녀의 발가락을 씰룩씰룩 움직여보기 시작했다. 그의 손목은 부드러운 검은 털로 뒤덮여 있었다.

"느껴져요?"

"뭐를 느껴야 하는데요?"

"부인의 발가락을 누르는 내 손가락 힘이요."

"나는 발가락이 없어요."

"못 느낀단 말이죠?"

"난 저 발을 더는 원치 않아요."

"이제 됐습니다."

고메스는 훌리에타 고메스에게 고개를 끄덕이고, 훌리에타는 메모를 끼적였다. 그의 은색 눈썹이 사나워졌다. 오늘 그는 흰 머리칼과 어울리는, 풀 먹인 흰 면 가운을 입고 있었다. 목에 건 청진기 때문에 평소보다 더 의료인다워 보였다.

"당신은 어떤 단계가 되면 저 장치로 내 심장 소리를 듣겠죠." 로즈가 말했다.

"아무 의미 없다면서요. 난 그 말 믿어요." 고메스가 내 쪽을 보며 흰색 면 가운 위로 팔짱을 꼈다. "당신 어머니는 내 진료에 대해 불만을 제기했습니다. 따라서 이틀 뒤 로스앤젤레스에서 온 제약회사 이사와 바르셀로나의 보건 담당 공무원이 이곳을 방문할 예정입니다. 두 분 모두 참석해주셔야 합니다. 로스앤젤레스에서 온 이사는 매튜 브로드벤트 씨의 고객인 걸로 알고 있습니다. 브로드벤트 씨는 그에게 투자자와 효율적으로 의사소

통하는 방법을 코치하고 있죠."

홀리에타는 아직도 메모하느라 여념이 없었다.

나는 로즈에게 왜 이의를 제기했느냐고 물었다.

로즈는 휠체어에 아주 꼿꼿한 자세로 앉아 있었다. 새벽 5시 부터 머리를 매만진 게 분명했다. 핀 하나로 고정한 시늉은 완벽했다.

"제기할 만하니 제기했지. 내 약을 직접 관리하게 되니까 기분이 훨씬 좋아졌어."

"그런 일, 그러니까 새 약이 부인을 낫게 할 일은 없을 겁니다." 고메스가 대꾸했다. "우리가 내시경 결과를 아직 기다리고 있다는 걸 제발 유념하십시오."

내가 내시경 검사가 뭔지 모르겠다고 하자 고메스가 설명했다. "내시경이라는 기기를 몸속으로, 이번 경우에는 목구멍으로 넣어 검사하는 겁니다. 내시경은 길고 잘 구부러지는 관인데 끄트머리에 비디오카메라가 부착되어 있죠."

"맞아." 로즈가 말했다. "불편하긴 해도 아프진 않았어."

고메스는 홀리에타에게 고개를 끄덕였다. 앞으로 모든 진료 상담은 혼자 기록하겠노라 선언한 홀리에타 역시 평소와는 다른 낯선 기분에 사로잡혀 있었다. 그녀는 로즈의 휠체어를 문가로 밀고 갈 때에도 내게 시선을 주지 않았다.

"소피아 이리나, 당신은 남으십시오." 고메스가 제 책상 맞은편 의자에 앉으라고 몸짓했다.

내가 자리에 앉아 기다리는 동안 다른 간호사가 은 쟁반을 들고 들어와 그의 책상에 내려놓았다. 쟁반에는 크루아상 두 개와 오렌지 주스 한 잔이 놓여 있었다.

고메스는 간호사에게 아침을 가져다줘 고맙다고 하고는 다음 환자에게 진료 시간이 조금 늦어진다고 알리라고 지시했다.

"두 가지 문제에 대해 말하겠습니다." 그가 내게 말했다. "우선 우리는 제약회사 이사와 이야기를 나눠야 합니다. 당신도 관심이 있을 거라 생각해요."

고메스는 주스 잔을 들다가 마음을 바꿔 입도 대지 않고 도로 내려놓았다. "우리를 방문할 로스앤젤레스 출신 제임스 씨는 시장 확장을 위한 효율적인 전략을 찾고 있습니다. 지난 몇 년 동안 나를 괴롭힌 사람이죠. 그가 하는 일은 대단히 현혹적입니다. 먼저 한 가지 질병을 창조한 다음 치료법을 제시하니까요." 그는 엄지로 흰 머리칼을 눌렀다.

"어떻게 질병을 창조한다는 거죠?"

"자, 들어보세요."

고메스는 흰 머리칼 밑에 있는 불쾌한 이물을 제거하려는 듯 엄지에 힘을 줘 머리칼에 원을 그렸다. 그러고는 청진기를 벗어

책상에 올려놓았다.

"만일 당신이 내성적인 사람인데, 우리가 당신에게 당신은 너무 수줍어서 담대해질 필요가 있으며 일상 속에서 자기 자신을 보호하는 방법을 배워야 한다고 말한다고 가정해봅시다. 제임스 씨는 내가 이걸 사회불안장애라고 부르기를 원할 겁니다. 그러면 자신들이 개발한 치료제를 팔 수 있을 테니까요." 고메스가 입을 벌리더니 갑자기 금니에 내 모습이 반사될 정도로 아주 크게 미소 지었다. "하지만 따뜻한 피가 흐르는 인류학자인 당신과, 따뜻한 피를 가진 과학자인 나는 우리의 정신이 라스알푸하라스*를 자유롭게 방랑하도록 풀어줘야 합니다. 우리는 의약품의 노예가 되어서는 안 됩니다. 단 한 순간도요." 고메스는 크루아상 쟁반을 내 쪽으로 밀었다. "드십시오."

나는 크루아상이 뇌물처럼 느껴졌다. 고메스의 어조는 친절했지만 확실히 날카로웠다. 그는 책상 위 컴퓨터를 보았다.

"아테네에서 아버지를 만났습니까?"

"네."

"그래서 어떻게 됐죠?"

"아버지는 나를 완전히 지워버렸어요."

---

* 스페인 남부의 시에라네바다 산맥을 따라 펼쳐진 평화롭고 아름다운 지역.

"오, 수리가 불가능한 망가진 자동차처럼?*"

"아뇨."

"그럼 당신은 어떻게 지워졌죠?"

"아버진 내 존재를 망각하려 해요."

"성공한 것 같나요?"

"그는 망각함으로써 존재하려는 거예요."

"기억의 반대가 꼭 망각일까요?"

"그건 아니죠."

"그렇다면 당신은 아직 완전히 지워진 게 아니네요?"

"네, 그렇네요."

고메스는 내 아버지보다 친절하게 나를 대했다. 아테네에서 한 번 그와 통화를 했었는데, 고메스는 내가 레오나르도 다빈치라고 했다. 다빈치도 자신을 버린 아버지에게 하늘을 날아 돌아가고 싶어했고, 그게 다빈치가 비행에 그토록 집착하게 된 이유였다고. 내가 알기로 다빈치는 직접 고안한 하늘을 나는 기계를 몸에 달았지만 그게 떨어져나가며 땅바닥에 내동댕이쳐졌다.

내 팔꿈치가 오렌지 주스 잔에 부딪혀 잔을 넘어뜨렸다. 곧 닥칠 제약회사 이사의 방문은 나까지 불안하게 만들었다.

---

* My father has written me off. write off에는 중요하지 않다고 여기는 것을 제거하다라는 뜻이 있고 write-off에는 파손이 심해 폐차하는 것이 나은 차량이라는 뜻이 있다.

주스가 바닥에 똑똑 떨어지는데도 고메스는 알아차리지 못한 것 같았다. 그는 손대지 않은 크루아상을 가리켰다. 그는 초조한 모습이었지만 나는 그를 신뢰했다. 나를 향한 그의 부성애를 느꼈다.

나는 크루아상을 한입 베어 물었다.

"당신은 저너세이콰*를 가진 사람입니다, 소피아 이리나."

"그런가요?"

고메스가 고개를 끄덕였다.

나는 이제 크루아상 하나를 먹어치우고 있었다. 분수에 넘치는 식욕이었다. 내가 다 먹자 고메스는 다른 하나도 먹겠느냐고 물었다.

나는 곱슬머리가 흔들릴 정도로 고개를 저었다. "아뇨. 말씀은 고맙지만 그것까지 먹으면 건강에 좋지 않을 거예요."

컴퓨터로 향하던 고메스의 눈길이 다시 내게 돌아왔다.

"내겐 좋은 소식이 없습니다." 그가 말했다. "나는 당신 어머니를 치료할 수 없습니다. 그녀가 다시 걸을지 의심스럽습니다. 그녀의 증상은 마치 유령처럼 왔다가 사라집니다. 생리적 실체가 없어요. 당신이 아테네에 있을 때 그녀는 내게 계속 절단 이

* je ne sais quoi, 프랑스어에서 온 표현으로 뭐라 말할 수 없이 좋은 것이라는 뜻이다.

야기를 했습니다. 다리 절단이 진짜 소원이라고요. 그러곤 내게 수술을 해달라고 요청했죠."

"로즈가 농담한 거예요." 나는 깔깔 웃기 시작했다. "박사님이 그녀의 요크셔 유머를 이해 못 한 거예요. 그녀는 입버릇처럼 '이놈의 다리 좀 없애줘'라고 말해요. 그냥 해보는 말이에요."

고메스는 어깨를 으쓱였다. "농담일 수도 있겠지만 분명 협박이기도 합니다. 하지만 난 이미 내가 해줄 수 있는 건 없다고 밝혔습니다. 그녀는 실패했어요."

고메스는 계속해서 로즈가 한 말을 취소하거나, 신체 일부의 절단을 바라는 그녀의 소원을 없던 일로 돌리는 건 자기 소관이 아니라고 말한다. 대신 그는 치료비 중 상당액을 돌려주겠다고 했다. 그는 당장 내일이라도 그녀의 계좌에 송금할 준비까지 마친 상태였다.

계단을 올라갈 때
그곳에 없는 남자를 만났네
그는 오늘 다시 그곳에 없고
나는 그가 멀리멀리 있기를 바라고 바라네

고메스는 내 어머니의 암울한 유머를 오해해 그 말이 그녀의 진심인 양 그녀를 내쳤다. 어떻게 그럴 수 있단 말인가?

그녀는 내 어머니다. 그녀의 다리는 내 다리다. 그녀의 고통은 내 고통이다. 나는 그녀의 유일한 사람이고, 그녀는 나의 유일한 사람이다. 그러기를 바라고 바라고 또 바란다.

"당신 어머니를 위해 내가 할 수 있는 일은 없습니다." 고메스가 다시 말했다.

"하지만 그녀는 당신을 믿고 있어요." 내가 소리쳤다. "그녀의 말을 곧이곧대로 받아들이면 안 돼요. 그건 진심이 아니에요."

고메스는 손끝으로 턱을 문질렀다. "당신 턱에 부스러기가 좀 묻었어요." 그가 말했다.

"그건 진심이 아니에요." 나는 다시 소리쳤다.

"네, 받아들이기 힘들다는 거 압니다. 하지만 당신 어머니는 런던에 있는 전문의한테 절단 수술을 요청해 밀어붙일 계획입니다. 이미 예약도 다 마친 상태예요."

그는 내게 대화가 끝났다고 말했다. 나는 파파스테르기아디스 부인이 고메스의 유일한 환자가 아님을 이해해야 한다.

너무 충격을 받은 나머지 자리에서 일어날 수가 없었다. 대신 나는 유리 상자 안에 웅크리고 있는 긴꼬리원숭이를 노려보았다. 분노에 찬 내 시선은 이 진료실에 있는 원숭이의 최후의 집을 산산이 부술 것이다. 나는 원숭이를 풀어줘 녀석이 바다로 뛰어들어 익사하게 둘 것이다.

고메스의 금니가 온전히 드러났다. "우리의 작은 영장류를 풀어주고 싶은 거군요. 녀석이 온 방 안을 헤집고 다니면서 내 보들레르 초판을 읽도록요. 하지만 당신은 먼저 그 의자에서 당신 자신부터 풀어주고 문으로 걸어가야 해요." 그가 날카로운 새 어조로 말했다. "산으로 하이킹을 가십시오. 당신은 당신 어머니의 절름발이를 빌려서도, 그녀의 신발을 물려받아 뒤를 이어서도 안 됩니다." 그는 내 손을 가리켰다.

나는 어머니가 더는 신지 않는 신발을 여태 들고 있었다.

어제 그리스 미인은 베데요 부인의 집에서 나무에 발이 한 쪽씩 묶인 암탉 세 마리를 보았다. 그녀는 울기 시작했다. 비통함에. 불안감에. 병아리 네 마리가 열기를 못 견디고 폐사했다. 누구도 그녀의 고통을 알아보지 못한다고 생각하게 내버려두자. 그녀가 슬픔 속에서 다리를 어떻게 끄는지 알아보는 이 없다고 생각하게 두자. 사랑은 전쟁처럼 그녀 가까이에서 폭발하고 있다. 그러나 그녀는 자신이 이 사랑을 시작한 장본인임을 절대 인정하지 않는다. 그녀는 무기를 손에 들지 않은 척 굴지만 연기煙氣를 즐긴다. 별 아래서 그녀의 손을 잡고 달에게 사랑을 맹세할 이가 없다 할지라도, 그녀에게 필요한 것은 단지 사랑이 아니다. 그녀는 직업을 원한다. 내게도 다른 할 일이 있다.

낙원

나는 플라야데로스무에르토스, 죽은 자의 해변에 벌거벗고 누워 있다. 내 왼쪽 눈썹 위에 작은 유리 조각이 박혀 있다. 어쩌다 거기 그런 게 들어갔는지 모르겠다. 플라야데로스무에르토스는 누드 해변이다. 일단 벌거벗기를 선택했다면 피할 만한 쉼터는 없다. 열일곱 살쯤 되어 보이는 마른 몸의 두 소녀가 터키석처럼 반짝거리는 깨끗한 바다에서 알몸으로 헤엄치고 있다. 누더기를 연상시키는 추레한 개가 소녀들 사이에서 같이 헤엄친다. 소녀들은 바다에서 나오자 파도에 실려 해변으로 밀려온 긴 막대를 열심히 찾더니 반짝이는 흰 조약돌 사이에 텐트 기둥처럼 꽂고 두들겨 박는다. 그리고 막대기 위로 녹색 사롱을 늘어뜨린다. 그늘막이 완성되자 개가 먼저 기어 들어가고 두 소녀는 태양이 달군 열기 속에서 개와 나란히 앉는다. 소녀 중 하나가 개를 위해 물병을 꺼내 작은 그릇에 붓는다. 소녀가 병든 개를 쓰다듬자 개가 우우 울부짖는다.

개가 울부짖는다.

쓰다듬어지면서도 계속 울부짖는다.

이유 없는 울부짖음이다.

삶은 더할 나위 없이 좋은데도 개는 여전히 울부짖는다.

이 개는 파블로의 개다. 독일셰퍼드. 다이빙 학교의 개. 나는 어디서든 그 개의 울부짖음을 알아들을 것이다. 파블로의 개는 살아 있고, 죽은 자의 해변에서 울부짖는다.

두 소녀 중 하나가 빗을 꺼내 젖은 긴 머리칼을 빗는다. 부드럽게 박자를 타는 빗질이 불안해하던 동물을 얌전하게 만들었는지 개가 그릇에 담긴 물을 할짝거린다. 소녀는 머리를 빗고 개는 물을 할짝할짝 핥아 마신다.

소녀들은 비참한 짐승에게서 관심을 거두고 헐떡거리는 그것에 젖은 몸을 기댄다. 그들은 수평선을 마주하고 있다. 벌거벗은 삼십 대 남자가 어린 아들과 함께 바다에 조약돌을 던지고 있다. 소녀들이 자기를 바라보는 시선을 느낀 남자는 소녀들의 아름다움에서 등을 돌려 조약돌보다는 크지만 여전히 작은 돌멩이를 바다에 던진다. 남자는 소녀들에게 자신의 힘을 과시하고, 소녀들은 그의 존재를 모르는 척하지만 알고 있다. 남자는 아버지다. 그는 아들을 옆에 둔 채 누군가에게 했던 맹세를 거짓 맹세로 만들고 있다. 과거 그가 유혹했던 여자도 여기서 편안한 자세로 젖고 엉킨 머리칼을 매만지는 이 젊은 소녀들만큼이나 매혹적이었을 것이다. 그는 이미 붙들렸으면서 다시 붙들리기를 바란다. 이것은 사냥이다. 먹잇감 스스로 포식자에게 달려들어 찢어지길 원하는 유일한 종류의 사냥.

뜨거운 바위. 투명한 바다.

메두사는 활동을 중단했다. 메두사는 오늘 바다에서 자취를 감췄다. 어디로 갔을까? 나는 흰 조약돌을 얼굴에 대고 누른다. 눈썹 근처에 박힌 유리 조각만 빼면 내 몸은 다 벌거벗었다. 더는 무엇이 무엇을 뜻하는지 알고 싶지 않다.

따스한 흰 조약돌은 배를 데워주고, 소금기를 머금은 바닷물은 내 갈색 살갗에 흰 줄을 남긴다. 천국이지만 나는 행복하지 않다. 나는 파블로에게 속했던 그 개와 같다. 역사는 우리 안에서 우리의 간을 찢고 있는 흑마법사다.

죽은 자의 해변에서는 시간을 죽이며 하루를 꼬박 보낼 수 있다.

덴버 출신의 댄이 전화해 커피하우스의 창고 방 벽을 흰색 페인트로 새로 칠했다고 말했다. 그는 어쭙잖은 새 단장으로 내

방이 이젠 자기 방이 된 것처럼 군다. 그는 침대 밑에 내 인류학 교재가 일부 남아 있다고 지적했다. 나는 내가 문 뒤 고리에 걸어두었던 신발과 겨울 외투로 그가 뭘 어쩌기를 바랐던 걸까? 이건 재앙이었다. 창고 방은 나의 공간이었다. 남루한 임시 거처이긴 해도 내 집이었다. 마거릿 미드의 인용구를 적을 때, 나는 문자메시지에서 윙크를 나타내는 데 사용하는 세미콜론 다섯 개를 이용해 내 표식을 남겼다.

나는 학생들에게 통찰을 얻는 방법은 이와 같다고 말하곤 했다. 영아 연구하기; 동물 연구하기; 원시인 연구하기; 정신분석 받기; 개종했다가 극복하기; 한 가지 정신병 증세를 겪고 극복하기.

그날 초저녁에 매튜를 만났다. 그는 빈티지 가게에서 가져온 옷 상자를 들고 있었다. 잉그리트가 베를린 집으로 가져갈 작업물이라면서 그녀에게 전할 말이 있는지 물었다. 나는 그녀와 대화 나누는 것을 금지당했으며 자기를 통해서만 이야길 전할 수 있는 듯 굴었다.

지독히 강렬한 8월 말의 태양 아래서, 나는 땀을 흘리며 겁에 질려 서 있었다.

나는 잉그리트에게 어떤 종류의 소식을 전하고 싶은가?

나는 매튜가 기다리게 두었다.

"그건 그렇고 소피, 당신과 잉게가 내 와인 창고에서 훔쳤던 그 와인 있잖아요? 그거 못해도 300파운드는 나갈 중급 와인입니다. 내 생각엔 당신이 절반에 해당하는 값은 치르는 게 맞는 것 같은데."

옷 상자를 들고 있느라 노는 손이 없는 매튜가 강조하기 위해 흰색 에스파드리유를 신은 한쪽 발을 내 쪽으로 흔들어 보였다.

나는 깔깔 웃었다. 괴물 웃음소리처럼 들렸다. "잉그리트에게 파블로의 개가 살아 있고 자유롭다고 전해주세요. 개한테는 바다 과거가 있어 헤엄칠 수 있다고요."

"무슨 뜻이죠, 바다 과거라니?"

"개가 새끼였을 적에 누군가 헤엄치는 법을 훈련시켰거든요."

"당신 정말 미쳤군요, 소피."

매튜는 옷 상자를 놓치지 않으려 조심조심 걸어와 내 뺨에 키스했다. 다가오는 느낌이 퍽 마음에 드는 것을 보아 그의 몸이 그 자신보다 더 강력한 효과를 가지는 모양이었다. 나는 그의 미친 입술에 내 다른 쪽 미친 뺨을 내밀었다.

밤 11시, 나는 다시 벌거벗은 상태이고 이번에는 후안과 함께 있다.

우리 몸이 떨고 있다. 우리는 후안이 여름 동안 간이 의무실에서 일을 하기 위해 빌린 셋방의 터키산 러그에 누워 있다.

"소피아." 후안이 말한다. "나는 당신의 이름을 알아요. 국적도 알죠. 하지만 당신 직업에 대해선 아무것도 몰라요."

나는 그가 마냥 내게 사랑에 빠지지 않는 게 좋다.

나는 내가 마냥 그에게 사랑에 빠지지 않는 게 좋다.

나는 그가 시장에서 사온 작은 파인애플 두 개의 노란 과육이 좋다.

그가 내 어깨에 키스하고 있다. 그는 내가 알렉산드라의 이메일을 읽는 중인 걸 안다.

그가 이메일을 큰 소리로 읽어달라고 부탁한다.

이메일은 그리스어로 쓰였기에 영어로 번역해야 한다.

소피아에게

당신의 여동생이 당신을 보고 싶어해요. 한 친구가 내게 딸이 둘이라고 했어요. 내가 아니야, 난 딸이 하나야, 라고 바로잡자 그녀는 아니, 둘이야, 하고 말하더군요. 당신을 말한 거죠. 나는 당신을 자매로 여기지만, 당신의 자매는 내 딸이라는 사실을 기억해냈어요. 당신의 아버지는 자기가 죽은 뒤 우리 재산 전부를 교회에 남기겠다고 내게 말했어요. 당신의

자매로서 말해주는 거예요. 나도 신앙인이기는 하지만 내게
는 돌봐야 할 딸이 있고, 그 애는 당신의 여동생이기도 해요.
내가 브뤼셀에 있는 은행 일자리를 잃은 걸 당신은 알아야
해요. 나는 내 두 딸과, 네, 둘 중 하나는 당신이죠, 그의 아
내 그러니까 내가, 그가 믿는 신의 희생물이 될까 봐 지금까
지 우리가 한 투자와 우리의 집을 모조리 잃게 될까 봐 걱정
스러워요. 이 말도 꼭 해야겠는데, 나는 당신의 친어머니가
쾌차하길, 그녀의 다리가 건강해지길 바란답니다.

당신의 소망이 이뤄지길.

알렉산드라

후안이 이메일을 그리스어로 읽어달라고 부탁한다. "이런 종
류의 이메일을 읽기엔 그리스어가 적합하죠."

그는 자기가 나를 떨게 하는 어떤 곳을 만지고 있음을 안다.

우리는 미국에 대해 이야기한다. 인류학자인 클로드 레비스
트로스와 청바지 제조회사인 리바이스트라우스앤드컴퍼니에게
집을 준 나라, 그리고 어쩌면 내게도 박사학위를 마칠 임시 거
처를 줄지도 모르는 나라. 박사학위 주제가 기억이라면, 박사학
위 논문은 어디에서 시작해 어디에서 끝낼 건가요? 후안이 궁
금해한다. 그가 내 눈썹 위 피부에서 작은 유리 조각을 꺼내는

동안 나는 그에게 종종 모든 차원의 시간에서 길을 잃는다고, 때론 과거가 현재보다 가까이 느껴지며 미래가 이미 일어난 것처럼 느껴질 때가 많다고 고백한다.

복원

아테네로 떠나기 전 깨뜨린 고대 그리스 화병 모사품의 조각
들이 식탁에 그대로 놓여 있다. 조각들을 다시 붙이려 시도해야
할까? 분수에서 물을 긷던 일곱 명의 여자 노예들이 조각조각
흩어져 있다. 그들의 노예 몸은 깨지고 머리에는 금이 갔다. 조
각들을 한참 바라보다 나는 복원하지 않기로 마음을 굳힌다. 대
신 와인을 한 병 따 테라스에서 마시기로 한다.

"물 다오, 소피아. 차갑지 않은 걸로."

나는 노예이자 와인을 마시는 여자다.

나는 주전자로 끓인 뒤 냉장고에 넣지 않은 물을 가져다준다.
이번에도 틀린 물이다. 나는 틀림에도 용인 가능한 면면이 있
을 수 있음을 배워가고 있다. 나는 더는 그녀와 이야기하지 않

는다. 그녀가 다리를 절단하고 싶어한다는 소식은 뼛속 깊이 충격이었다. 그녀는 말이 아닌 외과의사의 칼을 선택함으로써 나와 대화 나눌 권리를 저버렸다. 생각에 의한 것이든 상상에 의한 것이든, 나는 그녀가 가진 폭력성과 같이 살아갈 수 없다. 사실 나는 지금 내가 어떤 현실에 사는지 잘 모르겠다. 무엇이 진짜인지 모르겠다. 이런 점에서 나는 땅에 발을 단단하게 디디고 있지 않다. 더는 잘 간파하지 못한다. 내 어머니는 모든 걸 버리고, 체념하고, 포기하고, 거부하고, 철회하고, 부인하고 나까지 함께 끌어 내렸다. 그녀를 향한 내 사랑은 도끼와 같다. 그녀는 내게서 이 도끼를 낚아채 자기 다리를 찍겠다고 위협하고 있다.

그녀의 이 협박, 자신의 다리를 절단하겠다는 협박이 내게는 일종의 충격요법처럼 작용한 것도 사실이다. 잠은 행복한 사람을 위한 것임을 배워가고 있다. 지금 나는 미국에서 박사학위를 받기 위해 밤새도록 지원서를 작성하고 있다. 나는 내가 가능한 한 로즈에게서 멀리 떨어지길 바란다. 지난밤 나는 키보드를 부서져라 두드렸고 문장들은 사막의 별 아래, 부서진 디지털 액정 위에서 조금씩 제 형태를 찾아갔다. 나는 떠오르는 해를 바라보았다. 해는 하늘을 가로질러 미끄러지듯 움직이지만, 지구는 비스듬히 기울인 몸으로 스스로 제 몸을 돌리며 태양 주위를 돈다.

나는 지구와 함께 돌면서 '전송'을 클릭한다.

그리스 여자 꿈을 또 꾸었다. 우리는 해변에 누워 있고, 나는 그녀의 가슴에 손을 얹는다. 우리 둘 다 깊이 잠들어 있다. 그녀가 잠에서 깨어 소리친다. 이걸 봐! 그녀는 내 손이 만들어낸 자국을 가리키고 있다. 온통 갈색인 그녀의 살갗에 하얀 문신 하나가 찍혀 있다. 그녀가 말한다. 난 너의 괴물 같은 앞발이 내 몸에 새긴 자국을 영원히 남겨 내 적들을 겁줄 거야, 라고.

고메스 심문받다

　고메스의 진료실, 제약회사 이사와 바르셀로나에서 온 보건 담당 공무원이 긴꼬리원숭이가 든 유리 상자 아래 딱딱한 나무 의자에 앉아 있었다. 아주 짧게 친 은회색 머리에 깡마른 남자와, 볼살은 늘어지고 숱이 줄어드는 검은 머리는 기름을 발라 넘긴, 작고 촉촉한 입술을 가진 통통한 남자였다.

　깡마른 이사는 오른손으로 골프공을 만지작거리다가 가끔 엄지로 가볍게 톡 쳐 공중에 던졌다 잡아채기를 반복하고 있었다. 고메스는 자기 책상 앞에 서 있고, 홀리에타는 새것으로 보이는 하얀 가운 아래 다리를 꼬고 그 책상에 걸터앉아 있었다. 내 어머니는 휠체어에 왕족처럼 앉아 있고, 나는 그녀 옆에 서 있었다.

고메스가 두 남자 쪽으로 몸짓했다.

"로스앤젤레스에서 오신 제임스 씨를 소개합니다." 그리고 은회색 머리의 수척한 남자를 손가락으로 가리켰다. "바르셀로나에서 오신 코바루비아스 씨입니다."

그다음 고메스는 어머니 쪽으로 손을 흔들었다.

"이쪽은 제 환자인 파파스테르기아디스 부인과, 부인의 딸 소피아 이리나입니다."

통통한 공무원이 내 어머니에게 추파를 던지듯 씩 웃으며 말했다. "부인께 편안한 하루면 좋겠네요."

"밖으로 나와 좀 돌아다니니 좋네요." 어머니가 대꾸했다.

제임스 씨가 골프공을 공중에 던졌다가 다시 받았다.

"그럼, 제가 여러분을 어떻게 도와드리면 될까요?" 고메스의 어조는 예의 바르면서도 퉁명스러웠다.

로스앤젤레스에서 온 제임스 씨는 몸을 숙이며 내 어머니와 눈을 맞추려 했다. 그가 극복해야 할 첫 번째 난관은 그녀의 성을 발음하는 일이었다. 그다음 그는, 엄격하게 따지면, 그가 언급하려는 이의 성이 아닌 다른 것을 내놓았다.

"부인이 이 병원에 이틀 입원하신 걸로 알고 있습니다. 그 일을 좀 상세히 말씀해주시겠습니까?"

"나는 탈수 상태였어요." 로즈가 근엄하게 말했다.

"사실입니다." 고메스가 가는 세로 줄무늬 양복에 싸인 두 팔을 포갰다. "우리는 정맥에 식염수를 주입하는 방법으로 수분을 보충하였습니다. 이것은 고메스클리닉에서 하는 일 중 가장 기본적인 것입니다. 수분 보충에 대한 걱정은 타당합니다. 제 환자는 물을 쉽게 삼킬 수 없기 때문에 약 또한 쉽게 삼키지 못합니다."

제임스 씨는 고개를 끄덕이고는 로즈를 보았다. "하지만 부인은 약을 다 빼앗긴 걸로 알고 있는데요."

"난 이제야 원래 궤도로 돌아왔어요. 알메리아의 종합병원 의사도 걱정했답니다."

홀리에타가 한 걸음 앞으로 나섰다. "안녕하세요, 선생님들." 그녀는 자기 아버지를 흘긋 보았다.

고메스는 마치 둘만 알고 있는 비밀 메시지가 오간 듯 고개를 까닥했다. 아버지와 딸 둘 다 정신이 팔린 듯 초조해 보였다.

"치료는 현재진행형입니다." 홀리에타가 말했다. "아직 치료 단계란 말이죠. 우리에겐 치료 작업이 남아 있습니다. 우리의 바람은, 가능한 한 빨리 회의의 결론을 내고 파파스테르기아디스 부인과 따로 이야기하는 것입니다."

"치료는 끝났어요." 내 어머니가 말했다. "앞으로 치료 같은 건 없어요. 난 런던으로 돌아갈 경우에 대비해 거기 병원에 진료를 예약해뒀어요."

코바루비아스 씨가 넥타이를 펄럭거렸다. 그는 완벽한 영어를 구사하고 내 어머니의 성을 쉽게 발음했다. 그는 그녀에게 현재 복용하는 약 목록을 묻고, 그녀는 약 이름을 장황하게 늘어놓았다. 그사이 제임스 씨는 클립보드에 있는 질문지에 체크 표시를 했다.

로즈가 새로 처방받은 약 중 한 가지를 콕 집어 약에 대한 정보를 묻자, 제임스 씨는 그녀를 안심시키려는 듯 들뜬 목소리로 말했다. 그는 속삭이는 목소리로 알메리아에 있는 의사는 자기 동료다, 그 의사가 처방한 약은 내면의 부정적인 이야기를 지우도록 도울 거라고 말했다.

"이야기라뇨? 무슨 종류의 이야기죠?" 로즈가 더 잘 듣기 위해 제임스 씨 쪽으로 몸을 숙였다.

"스스로를 비난하거나 괴롭히는 이야기 말이죠." 제임스 씨는 다른 예시도 제시하려는 듯 보였다. 하지만 방금 언급한 이 두 가지로도 충분했다.

"그 약이 그런 이야기를 지운다고요?"

"잠재우죠." 제임스 씨가 말했다.

"잠재운다." 그녀가 따라 말했다.

"영어로는 '하시hush'라고 할 수 있겠네요." 코바루비아스 씨는 내 어머니의 관심을 자기 쪽으로 끄는 데 혈안인 듯 보였다.
그의 주머니 안에서 휴대전화가 진동했다.

"제가 우선적으로 궁금한 점은." 코바루비아스 씨가 말했다.
"부인의 의사가 치료가 어떻게 진행되는지, 또 무얼 달성했는
지, 부인께 치료 진행 방안에 대해 보여준 일이 있었는지요?"

"그런 건 전혀 본 적 없습니다." 로즈가 말했다.

"파파스테르기아디스 부인, 부인의 귀한 시간을 빼앗아 죄송
합니다만 우리에겐 공통된 목표가 있다고 생각합니다. 우리는
부인이 이제껏 받은 치료가 일상생활에 어떤 효율적인 도움을
주었는지 알고 싶습니다."

로즈는 이 질문을 숙고했다. 이 질문이 그녀로 하여금 궤도를
이탈하게 한 듯 보였다. 그녀는 얼굴이 창백해지다 못해 이젠 어
깨까지 떨고 있었다. 그녀는 꼼짝 않고 말없이 생각에 잠겼다.
그러고는 손을 올리더니 내게 손가락을 흔들었다. 그녀가 무엇
을 전달하려는 건지는 알 수 없었지만 그 손동작으로 인해 공항
근처 무너진 집에 있던 아이, 자동차를 향해 스푼을 흔들던 아
이가 떠올랐다. 소녀는 아마 꺼지라는 뜻으로 스푼을 흔들었을
것이다.

그게 아니면 안녕하세요. 그것도 아니면 도와주세요.

"다시 질문해주시겠습니까?"

홀리에타 고메스가 끼어들었다. "로즈, 대답하지 않으셔도 돼요. 당신 선택이에요."

로즈는 홀리에타의 상냥하고 깨끗한 눈을 응시했다. "음, 나는 아침에 일어나요. 옷을 갈아입고 머리를 단장해요."

로즈가 말하는 동안 정장 차림의 남자는 질문지에 체크했다.

"어릴 적 나는 매일 수 킬로미터를 달렸어요. 산울타리와 도랑을 뛰어넘었죠. 풀을 엮었고, 휘파람 소리를 길게 낼 수 있었어요. 하지만 지금의 나는 가련하고 늙된 말이죠."

코바루비아스 씨가 클립보드에서 눈을 들었다. "늙된?"

"'늙은'이라는 뜻의 옛말입니다." 로즈가 설명했다.

제임스 씨가 동료의 말을 이어받았다. "우리가 오늘 이 회의를 소집한 이유는 부인의 안전을 확신하지 못해서입니다."

고메스가 목청을 가다듬었다. "선생님들, 제 환자는 이제껏 뇌졸중, 척수 손상, 신경 압박, 신경 포착, 다발성 경화증, 근육위축, 운동 신경성 질환과 척추 관절염 검사를 받았다는 점을 유념해주십시오. 최근 실시한 내시경 검사는 아직 결과를 논하기 이르다는 점도요."

제임스 씨는 고메스의 말을 경청하면서도 골프공을 신경질적으로 만지작거렸다. 그는 고메스가 외국어로 말한다는 듯 얼굴을 찌푸렸는데, 실세로 그랬다. 남부 캘리포니아 출신인 제임스 씨가 스페인어로 유창하게 말하는 것과 달리 고메스는 스페인 땅에서 영어로 말하고 있었다.

제임스 씨가 공중에 던진 골프공이 그의 머리 위 선반에 맞고 도로 튀었다.

무엇인가 부서지는, 아주 작은 소리가 났는데 날카로운 소리는 아니었다. 소리는 제약회사 이사를 화들짝 놀라게 했다. 그들은 두리번거리다가 원숭이를 보았다. 흰 털 장식이 달린 작은 머리, 사납게 경고하는 눈썹. 긴 꼬리는 마치 꽥꽥, 쩍쩍거릴 작정인 듯 높이 올라가 있었다.

"죄송하게 됐습니다. 저기에 저런 게 있을 줄 몰랐습니다." 제임스 씨가 말했다.

내가 서 있는 자리에선 감전된 원숭이가 그들의 머리 위 공중에 붕 떠 있는 것처럼 보였다. 녀석의 생기 없는 밝은색 눈은 유럽과 북미에서 온 자문 위원들을 노려보고 있었다. 그들은 새로운 **위대한 백인 사냥꾼**이었다. 짐꾼과 텐트 관리인, 무장 경호원과 총잡이로 구성된 팀을 이끌고 온, 사람들을 노예로 삼고 상아를 노리는 백인 사냥꾼. 상아는 내 어머니였다. 제임스 씨는 심지어 그녀의 이름도 정확히 발음하지 못했지만 그럼에도 그녀는 그와 물물 거래를 했고, 자신의 다리와 그가 가진 각성제를 맞바꾸었다. 그는 땅을 쟁취한 승리자였다.

코바루비아스 씨가 몸을 숙였다. "소피아, 우리와 나누고 싶은 고민이 있나요?"

진료실에는 로즈의 얇은 손목에 찬 갱스터 시계의 초침이 반짝거리는 인조 다이아몬드를 지나는 소리만 들렸다.

"나는 어머니가 살아 있는 건지 죽은 건지 모르겠어요." 내가 말했다.

훌리에타는 나를 무시하는 듯 벽을 노려보았다.

"계속 말하십시오, 소피아. 전문용어를 써야 한다는 부담은 느끼지 마시고요." 제임스 씨는 격려하듯 미소를 지었다.

로즈는 휠체어 옆을 쾅 쳤다. "내 딸한테 전문용어는 문제가 안 돼요. 이 애는 대학 우등 졸업자라고요."

로즈가 내 쪽으로 돌아서며 그리스어로 말했다. 그녀가 그리스어로 말하는 건 아주 오랜만이었다. 어머니는 내가 세 살 때부터 내게 그리스어를 가르쳤다. 대체로 우리는 집에서 그리스어로 말하지 않았는데, 아버지를 벌주려 그랬던 것 같다. 나는 언어 전체를 지워내려 아주 열심이었지만, 그 언어는 스스로 입을 다물지 않으려 했다. 나는 그 언어의 혀를 잘라내고 싶었지만, 그 언어는 아버지가 가족을 떠난 후 매일 나누는 대화에 들어 있었다. 이상한 점은 로즈가 요크셔 출신과 관련된 고정관념에 대헤 농담할 때 그리스어를 사용했다는 것이나. 그녀가 영어

336

로 말한 유일한 문장은 "그리고 난 휘핏* 한 마리도 키우지 않았다고요"가 전부였다.

나는 빙긋 웃고 로즈는 깔깔 웃었다. 홀리에타가 우리를 보며 괴로워하는 표정을 지었다. 지금 목격하고 있는 두 모녀의 공모가 돌아가신 그녀의 어머니를 관에서 일으켜, 우리가 함께 있는 방 어딘가로 불러들였기 때문이리라. 로즈와 나는 실제보다 더 행복해 보였다. 나는 마음 가는 대로 거침없이 말했지만 어머니는 농담 한마디로 내 말을 멈추게 했다. 그녀는 내겐 문제 따윈 없음을 주장하려 주먹을 내리쳤고 그 쾅 소리는 마치 칭찬처럼 들렸다.

제임스 씨도 마찬가지로 당황하고 실망한 얼굴이었다. 우리가 궤도를 벗어났으니까. 우회, 주의 전환, 지연이 발생했다. 로즈는 휠체어 신세를 지는 와중에도 알파벳 사이를 거닐며 알파와 오메가 사이, 고독의 공간에서 '늙된'과 '휘핏' 같은 단어를 생산했다. 그 단어들은 제임스 씨가 무릎에 '진실'처럼 놓여 있는 질문지와 함께 만들어가는 이야기에 어울리지 않았다.

제임스 씨가 손으로 입을 가리며 코바루비아스 씨에게 속닥거렸다. 코바루비아스 씨는 고개를 끄덕이고는 곧바로 주머니

* 영국에서 경주를 위해 소형화시킨 개의 한 품종.

를 뒤져 휴대전화를 꺼냈다. 그가 볼펜으로 체크 표시와 동그라미를 그려 넣는 동안 나는 그의 휴대전화에 일흔세 통의 이메일이 와 있음을 볼 수 있었다.

"고메스클리닉은 제게 희망을 줬습니다." 내 목소리는 떨렸다. 하지만 진심에서 우러나온 말이었다.

고메스가 얼른 내 말을 막고 두 신사에게 스페인어로 말하기 시작했다. 긴 대화였다. 훌리에타도 가끔 끼어들었다. 그녀의 말투는 어찌나 야무진지 귀에 거슬릴 정도였는데, 감정이 상당히 격앙된 듯 보였다. 훌리에타는 왼손으로 목을 만지고 있었다. 그녀가 목소리를 높이자 그녀의 아버지는 그녀에게 손가락을 가로저어 보였다.

감전되어 죽은 긴꼬리원숭이가 우리 모두를 노려보았다.

제임스 씨가 일어섰다. "만나서 반가웠습니다." 그는 말하며 내 어머니의 절룩거리는 발 쪽으로 은회색 머리를 숙였다.

코바루비아스 씨는 로즈의 손에 키스했다. 한바탕 몸싸움이라도 벌인 듯 코가 살짝 납작해진 모습이었다.

"깊은 유감을 표합니다." 굵고 피곤한 목소리로 코바루비아스 씨가 말했다.

통통한 손을 주머니에 깊이 찔러 넣은 그는 곧 활력을 되찾고 자동차 열쇠를 꺼냈다. 병원 부지에 주차한 흰색 리무진으로 달려가, 제한 속도 이상으로 달려 한시라도 빨리 바르셀로나로 돌아가기만을 바라는 것 같았다.

그들이 떠나자 고메스는 내게 나가달라고 부탁했다. "내 환자와 따로 이야기하고 싶군요."

로즈는 미소가 지워진 엄숙한 얼굴을 한 의사에게 관절염으로 굽은 손가락을 흔들어 보였다. "고메스 씨, 당신의 박제품이 담긴 유리 상자가 내 딸 머리 가까이에서 부서졌어요. 내 딸 눈썹 가에 작은 유리 조각이 박혔다고요. 앞으로 저 상자는 꼭 천으로 덮어두세요."

문가로 걸어가며 나는 어머니에게서 빛이 사라지는 것 같다고 생각했다. 동시에 아름다움이 그녀에게 밀려드는 걸 보았다. 저 광대뼈와 부드러운 살갗. 그녀는 비로소 자기 자신이 되었다는 듯 갑자기 생기가 돌았다.

소피아를 정복하다

사방이 적막하다. 모든 게 조용하다.

태양이 떠오른다.

꺼먼 연기 기둥 하나가 나선을 그리며 하늘로 올라간다. 저 멀리 어딘가에서 폭발이 일어났다.

나는 고메스의 조언대로 산으로 하이킹을 떠났다. 바위틈에서 자라는 작은 다육식물의 완벽한 형태와 반드르르한 겉껍질, 기하학적인 구조와 다육한 성질을 새삼스레 깨달으며 거친 풍경에 몸을 맡기고 계속 걸었다. 배낭에는 물병이 들어 있고, 귀를 완전히 덮은 헤드폰으로는 필립 글래스가 작곡한 오페라 '아크나텐'이 흘러나왔다. 살갗 밑에서 기어다니다 불쑥불쑥 튀어오르는 공포에 불을 살라줄 웅상한 음악이 절실했다. 걷는 중간

중간 도마뱀들이 내 운동화 아래로 불쑥 나타났다가 금세 사라졌다. 하늘에 선을 긋는 검은 연기를 등지고, 고요하게 서 있는, 폐허가 된 고대 아랍 성을 닮은 메마른 계곡을 향해 걸었다. 한 시간쯤 뒤, 나는 잠깐 쉬기 위해 그늘에서 걸음을 멈추고 해변으로 돌아가는 길로 이어진 오솔길을 찾아보았다.

멀리에서 그녀가 나를 기다리고 있었다.

잉그리트는 헬멧에 부츠까지 갖추고 안달루시안 말에 앉아 있었다. 그 위 아득한 하늘에선 독수리 한 마리가 날개를 펴고 선회하고 있었다. 잉그리트가 나를 향해 전속력으로 말을 달리기 시작했을 때, 헤드폰 속 음악은 천둥처럼 울렸다. 근육 잡힌 팔뚝과 길게 땋은 머리칼. 그녀는 허벅지에 힘을 줘 말을 꽉 붙들고 있었다. 산 아래에는 바다가 빛나고 있었다.

처음엔 기차 창밖으로 사라지는 풍경을 바라볼 때처럼 수동적으로 응시하고 있었는데, 점점 거리가 가까워지자 그녀가 얼마나 빠르게 말을 달리고 있는지 깨달았다. 나는 잉그리트가 전력을 다한다는 것을 알았다. 그녀는 위험을 감수하고 계산을 했지만, 가끔 그 계산은 맞지 않았다. 여동생의 머리를 자른 그녀가 지금 나를 잡으러 오고 있었다.

나는 총에 맞은 것처럼 바닥에 쓰러졌고, 납작 엎드려 두 손으로 머리를 감쌌다. 몸속의 피가 시꺼먼 강물처럼 맥동하고,

말발굽 소리가 귓전을 때렸다. 말이 내 몸 위를 뛰어넘을 때 태양은 자취를 감추고 사방이 그늘졌다. 내 심장이 따스한 흙 속을 파고들듯 망치질하는 동안 말은 강렬하고도 흉포한 열기를 뿜어냈다.

왕처럼 당당한 자세로 높은 말 위에 앉아 있는 잉그리트의 모습이 하늘가에 섞여 들었다. 내 헤드폰과 아이팟은 엉겅퀴와 햇볕에 구워진 돌멩이 사이에 엉켜 있는 와중에도 아직 음악을 흘려보내고 있었다. 절정으로 치닫는 음악이 작은 소리지만 끊임없이 흘러나왔고, 안달루시안 말의 높고 큰 울음소리와 눈에 보이지 않는 사막 동물들의 작은 비명 소리가 섞여들었다.

"조피, 왜 카우보이처럼 바닥에 누워 있어?"

잉그리트는 고삐를 당기고 있었다. 나는 그녀가 나에게서 멀리 떨어진 곳에 멈춰 있음을 깨달았다. 겁에 질려 먼지와 엉겅퀴 위로 몸을 던진 건 나였지만 머리에서 헤드폰을 벗겨낸 건 내 손이었다.

"내가 정말 말을 타고 널 치어 죽일 거라고 생각했어?"

고개를 들어 안달루시아 말의 아주 오래된, 검은 유리알 같은 눈을 들여다보았다. 잉그리트가 말 위에서 쩌렁쩌렁 소리를 질렀다.

"조피, 니가 살인자라고 생각해?"

그녀가 레오나르도의 말로 내 뼈를 부러뜨리려 한다고 믿은 건 사실이다.

결국 나는 몸을 일으켰다. 청바지가 찢긴 걸 보니 땅바닥으로 쓰러질 때 무릎도 쓸린 게 분명했다.

나는 절룩거리며 엉겅퀴와 돌멩이를 가로질러 말에게 다가갔다.

"조피, 너 날 지워버렸니?"

"아니야."

"그렇다면 네 셔츠를 줘."

나는 까치발로 서서 땀에 젖은 셔츠를 머리 위로 벗은 다음 잉그리트가 뻗은 팔에 놓았다.

태양이 내 어깨를 채찍질했다.

"내 셔츠는 왜 달라는 거야?"

잉그리트는 내 손을 잡아 제 쪽으로 잡아당겼다. "난 네게 선물을 주었지만 너는 내게 아무 보답도 하지 않았어. 실크에 수를 놓는 건 힘들어. 자꾸 미끄러지거든. 나는 '팔월의 블루*'라는 실로 네 이름을 수놓았어."

그녀는 나도 미끄러져 빠져나갈까 불안한 것처럼, 고삐를 조

---

* 영어에서 blue는 파란색과 우울 두 가지 뜻을 가진다.

절하면서도 여전히 내 손을 꽉 쥐고 있었다.

나는 교환 규칙을 어긴 것이다. 그녀는 주었고, 나는 받기만 했다. 나는 보답하지 않았다.

사랑 같은 선물은 절대 공짜가 아니다.

팔월의 블루.

블루는 실패와 추락, 감정에 대한 나의 두려움이며 블루는 우리 위에 있는 알메리아의 팔월 하늘이다. 헬멧이 그녀의 눈가를 가리고 있었다. 블루는 그녀의 눈물이고, 망각과 기억 사이에 있는 모든 차원에서 살아가기 위한 몸부림이다.

잉그리트는 내 손을 놓은 다음 무릎으로 말의 옆구리를 살짝 쳤다.

나는 그녀가 헬멧을 조정하고 내 셔츠를 안장 밑에 쑤셔 넣은 다음 흙먼지 날리는 길로 사라지는 모습을 지켜보았다. 그다음 엉겅퀴에 걸려 있는 엉킨 헤드폰을 풀어 귀에 끼었다. 뜨거워진 물병을 꺼내 물을 다 마셔버렸다.

한낮의 뙤약볕 속에서 브래지어와 찢긴 청바지, 땀에 젖은 운동화 차림으로 집까지 먼 길을 걷기 시작했다. 아이팟을 뒷주머니에서 꺼내고 헤드폰을 다시 꽉 꼈다. 내 밑에 누워 있는 바다를, 메두사들이 가장 특이한 방식으로 둥둥 떠다니는 바다를 응시했다. 내가 살아 있음을, 포효하고 있음을 느꼈다.

사막의 새들이 머리 위에서 큰 소리로 울어댔다. 선물 하나로 날 향한 잉그리트의 금지된 욕망에 보답할 수 있을까. 모르겠다. 옷을 다 벗어준대도 갚을 수 없으리라.

나는 잉그리트와 사랑에 빠졌고, 그녀도 나와 사랑에 빠졌다.

잉그리트는 사랑하기에 안전한 사람은 아니지만 나는 위험을 감수할 준비가 되어 있다.

그렇다. 어떤 것들은 점점 커지고 다른 나머지 것들은 점점 작아지고 있다. 사랑은 점점 커지고 더 위험해진다. 기계는 점점 작아지고, 인간의 몸은 점점 커진다. 밑위가 짧은 내 청바지에 한 달 내내 매일 수영하느라 갈색으로 그을린 둥근 내 엉덩이를 쑤셔넣었지만, 내 몸은 여전히 맞지 않는 청바지의 허리춤 너머로 넘쳐 흐르고 있다. 종이컵에서 커피가 새듯 흘러넘치고 있다. 내 몸은 더 작아져야 할까? 이 지구에는 내가 나를 더 작게 만들 공간이 있는가?

검은 연기가 하늘로 녹아 사라져버렸다.

마침내 해변으로 이어지는 오솔길을 다 내려올 즈음, 나는 나로부터 아주 먼 곳을, 내게 익숙한 어떤 이정표도 없는 먼 곳으로 여정을 다녀왔음을 깨달았다.

갈증에 목이 타고, 갈라진 입술에는 피가 배어 나오고, 발은 물집이 생기고, 무릎은 까지고, 엉덩이에 멍이 들었지만 내가 한 늙은 남자 곁에서, 무릎에는 갓난아이를 올린 채 소파에서 담요 한 장을 덮고 낮잠을 자는 사람이 아닌 것에 너무 행복했다.

행동으로 보여주다

해변에 가까워지면서 해안으로 돌아오는 노 젓는 보트 한 척을 보았다. 아치에 재스민이 피어 있던 집 정원에서 보았던 앙헬리타라는 보트였다. 근육이 다부진 어부의 아들이 오른쪽 이두박근에 가죽끈을 감으며 반짝거리는 은빛 황새치 두 마리를 해안으로 끌어당기고 있었다. 황새치들은 보트 안에 전사처럼 누워 있었다. 몸길이는 얼추 1미터에, 긴 칼처럼 생긴 주둥이만도 30센티미터는 족히 되어 보였다. 남자의 두 형제가 보트를 해변으로 끌어 올리려 물속으로 첨벙첨벙 들어갔지만, 보트는 여전히 무거워서 그들은 내게 도움을 청했다. 나는 배낭을 모래에 내려놓고 청바지에 브래지어 차림으로 그대로 바닷물로 뛰어가 그들과 나란히 서서는 밧줄을 꼭 붙들고 보트를 해안으로 끌어 올렸다. 어부의 아들은 묵직한 나이프를 꺼내 황새치의 칼 모양 주둥이를 절단하기 시작했다. 그는 푸른 눈을 가진 은색 물고기의 주둥이를 자른 다음, 잘린 황소의 귀를 군중에게 던지는 투우사처럼 내게 그것을 던져주었다. 내 발치에 떨어진 황새치의 칼을 보는 순간, 외과의사의 칼로 제 다리를 절단하려는 내 어머니의 소망이 기억났다.

나는 인간의 가장 오래된 흉터인 배꼽까지 차는 바다로 첨벙거리며 들어갔고 내가 울고 있음을 깨달았다. 어머니는 마침내 나를 부수는 데 성공했다. 나는 바닷물 속에서 무릎을 꿇고, 어릴 적 이렇게 울면 아무도 날 못 볼 거라고 상상했을 때처럼 두 손으로 눈을 가리고 있었다. 어느 누구도 모를 거라고. 나는 그때 보이지 않기를, 오해받기를 원했다. 누가 내게 묻는다 해도 나는 어디에서 시작해 어디에서 끝낼지 몰랐을 것이다. 조금 뒤 나는 몸을 돌려 한쪽 벼랑과 다른 벼랑 사이의 공간을 응시했고, 그녀를 보았다.

그녀를 보았다.

아랫부분에 해바라기 문양이 가로로 그려진 원피스를 입은 예순넷의 여자가 해안을 따라 걷고 있었다. 왼손에는 모자를 들고 있었다. 그래, 그녀다. 그녀가 해안을 걷고 있었다. 처음엔 온종일 사막 태양에 노출된 탓에 내가 환각 혹은 환영, 혹은 오래도록 품은 소원이 반영된 신기루를 보는 거라고 생각했다. 그녀는 주위 모두를 의식하지 않았고 나를 발견하지도 못했다. 나는 그녀에게, 내 어머니에게 달려가 와락 껴안으려 했지만 그녀는 혼자서 해안 끝까지 걷는 것으로 만족하는 듯 보였다. 그녀에게는 제힘으로 잡을 수 없는 무언가와 싸우는 사람의 결연한 의지가 있었다. 그녀에게 들키지 않는 유일한 방법은 다시 바다로 들어가는 것이었다. 나는 다시 비틀비틀 물속으로 들어갔고, 이번에는 그녀의 쌩쌩한 다리에서 등을 돌려 멀리까지 헤엄쳐갔다. 마침내 내가 해안 쪽을 마주하려 돌아봤을 때, 로즈 파파스테르기아디스는 아직도 걷고 있었다. 예쁜 원피스를 입고 모자를 든 채 모래밭을 맨발로 산책하는 초로의 여인.

로즈는 관광객들이 발에서 모래를 털어낼 때 쓰는, 나무 경사로에 설치된 샤워기로 향했다. 그녀 역시 같은 일을 했다. 샤워기 물로 아직은 자기 몸에 붙어 있는 발을 씻는 일. 나는 해 질 녘까지 물속에 있었다. 그리고 다시 헤엄쳐 돌아간 해안은 메두사로 가득했다. 청바지 차림으로 계속 헤엄치는 동안 메두사 떼와 메두사 신도들을 맞닥뜨렸다. 나는 머리를 바닷물에 담그고 두 팔로 메두사 떼를 가르는 한편, 힘차게 발차기를 하며 지중해를 갈랐다. 배와 가슴을 쏘였지만 그것은 내게 일어난 가장 나쁜 일은 아니었다. 물에서 나오자마자 모래에서 내 어머니의 발자국을 찾아보았다. 저기 또 저기 있었다. 나는 막대기를 주워 스페인 남부 알메리아에 찍혀 보존된 두 개의 첫 발자국 주변에 사각형을 그렸다. 로즈 파파스테르기아디스의 족적이었다.

넓게 벌린 발가락과 큰 키(대략 168센티미터) 덕분에 발 길이가 길었다. 그녀는 두발짐승이다. 거기 그녀가 한가로이 걸은 증거가 있고, **이 자국들**은 그녀의 모든 것을 기록하고 있다; 그러니까 가족의 맏딸로 태어나고 자라 가족 중 최초로 제힘으로 대학에 들어간 여성; 외국인과 결혼하려 차가운 회색 해협에서부터 따뜻하고 반드러운 에게해로 횡단한 첫 번째 여성; 새로운 알파벳과 씨름한 최초의 여성; 그녀의 어머니가 기도를 바치던 신을 제일 먼저 포기한 여성이자, 흰 듯 거무스름한 듯한 피부색과 제 어머니보다 작기는 하지만 비교적 큰 키를 가진 딸을 낳은 여성; 혼자 힘으로 한 아이를 길러낸 첫 번째 여성. 거기 그녀가, 예순네 살의 그녀가 발에 묻은 모래를 씻어내고 있다. 밀물은 외과의사가 공격하기 전에 먼저, 단단하면서도 젖은 이 모래에 새겨진 발자국들을 거둬갈 것이다.

나는 그녀가 무섭고 그녀를 걱정한다.

만일 그녀의 다리 절단 이야기가 농담이 아니었다면? 만약 진심이었다면, 정말 그녀가 다리를 절단한다면 난 어떻게 해야 그녀를 계속 온전하게 살아 있게 할 수 있을까? 어떻게 그녀를 보호하고, 그녀에게서 나 자신을 보호할 수 있을까? 나는 세상에 태어난 첫날부터 로즈 파파스테르기아디스를 응시해왔지만 실제보다 덜 의식하는 척 보이려 애쓰고 있었다.

너는 언제나 아주 멀리 있어, 소피아.

아니요. 언제나 지나치게 가까이 있죠.

나는 절대 이제껏 내가 알아온 것으로 그녀의 패배를 바라봐서는 안 된다. 나의 경멸과 눈물이 그녀의 패배를 돌로 만들어버릴 테니.

밀물이 들어오고 있었다. 해변을 따라 걷다가 자주 모래에 파묻혀 있던 소녀를 보았다. 자매들이 소녀의 다리를 인어 꼬리처럼 만들곤 했는데 이제 그녀들은 소녀의 다리를 아주 깊이 묻어 그루터기로 만들고 있었다. 나는 소녀에게 다가가 두 손을 모래에 넣었다. 소녀의 손목이 만져지자 힘껏 잡아당겨 소녀를 모래 무덤에서 끌어냈다. 소녀의 자매들이 비명을 지르며 조금 떨어진 덱체어에 앉아 담배를 피우던 엄마한테 달려갔다. 여자가 담배를 모래에 내던지고, 무거운 금 목걸이가 오른쪽 왼쪽으로 흔들리도록 맹렬하게 달려오며 내게 욕을 했다. 나는 빠르게, 빠르게, 바위 속으로 휙 방향을 틀던 도마뱀보다 빠르게, 간이 의무실까지 달려갔다.

노란 메두사 깃발이 높이 펄럭이고 있었다. 후안은 해변을 찾는 관광객의 발길이 끊길까 지방의회가 걱정하고 있다고 말했다. 지방의회는 해수욕을 하는 사람들에게 얕은 물에서는 쏘일 위험이 있으니 주의하라고 경고하는 소위 '메두사 계획'을 수립하느라 바쁘다고 했다. 그는 큰 소리로 웃고는 과즙이 많은 빨간 사과를 베어 물었다.

"알잖아요." 그는 내게서 멀어지며 말했다. "해파리가 들끓는 건 거북이나 참치 같은 포식자 수의 감소와 지구의 기후변화와 강우량에서 기인해요."

그는 샌들을 신고 이리저리 걸었다. 그에게선 바다 냄새가 났다. 턱수염은 윤기가 났다. 그는 날씬하고, 갈색 피부를 가졌으며 아삭아삭하고 신선한 사과를 즐기고 있다. 그는 내 쪽으로 걸어와 내 눈가에서 머리카락 몇 가닥을 치웠다. 손가락은 사과즙으로 젖어 있었다. 그가 스페인어로 내게 뭐라 말했다.

"나는 당신보다 부드럽게 보이고, 당신은 나보다 단단하게 보이죠. 이게 실제일까요, 소피아?"

모친 살해

해바라기 원피스를 입은 어머니가 벽을 바라보며 의자에 앉아 있었다. 슬리퍼는 다시 신겨져 있고, 밀짚모자는 홧김에 내던진 듯 바닥에 떨어져 있었다.

"너니?"

"네, 저예요."

나는 어머니가 좋은 소식을 말해주길 기다렸다.

그녀의 시선은 벽에 단단히 고정되어 있었다.

그녀의 다리는 그녀와 속닥속닥하며 일을 꾸미는 공범 같다. 슬리퍼를 신은 건 팔팔한 다리를 내게 숨기기 위해서다.

"물 다오, 소피아."

아과콘가스와 아과신가스, 어떤 걸 선택해야 하나?

나는 냉장고를 열고 문에 기댄 채 뺨에 냉기를 쐬었다. 어머니는 나를 배신했다. 지난 모든 세월 동안 나는 그녀의 회복에 대한 희망을 놓지 않았지만 그녀는 내게 희망을 주려 하지 않았다. 그녀에게 줄 틀린 물을 한 잔 따르는데, 그녀가 산책 후라 식욕이 당길지도 모른다는 생각이 들었다. 부드러운 바나나를 하나 찾아내 우유와 함께 으깼다. 그녀에게 다시 걸을 기력을 주려고. 다시 걸을 힘을, 그다음 또다시 걸을 힘을. 그녀는 불가해한 이유들로 고통받는 완벽한 여자 순교자로서 내게서 쟁반을 건네받았다. 그러고는 눈을 내리깔았다. 입술을 삐죽거렸다. 손은 힘없이 흐느적거렸다.

그녀는 배가 고프다.

"햇볕에 탔네. 몸은 온통 모래고." 그녀가 말했다.

"네, 아주 멋진 하루였어요. 장엄하고 화려했죠. 뭘 하셨어요?"

"아무것도 안 했어. 언제나처럼 아무것도. 뭐 할 일이 있겠니?"

"하긴. 행여 너무 지루하면 그땐 발을 잘라내면 되겠죠." 나는 엉키고 젖은 머리를 흔들어 모래와 해초를 털어냈다. "발을 절단할 거란 이야기 들었어요. 당신을 보고 있으면 사람들에게 구걸하려 자신의 한쪽 다리를 부러뜨린 걸인이 떠올라요."

그 순간 어머니가 내게 고개를 돌렸다. 그것은 폭력의 찬가였다. 사악한 나이팅게일처럼, 그녀는 목청이 터져라 노래를 불러댔다.

빗질하지 않은 네 머리칼이 구역질 나. 넌 네 지능을 허비했어. 난 절제와 금욕의 시간을 보내고 있는데 넌 감상에 빠져 있지.

어머니의 파란 눈은 슬픔과 고통에 질려 있었다.

나는 그녀를 안정시키려 손을 꼭 잡았다. 그녀의 손은 종이 같고 굳어 있었다.

어머니는 잠들기가 무섭다고 말했다.

그녀가 손을 빼내고 소리치기 시작했다. 휘발유 웅덩이에 무심코 성냥을 떨어뜨린 것처럼. 어머니는 마음에 떠오르는 모두와 모든 것에 욕을 퍼부었다. 만족할 줄 모르고 계속. 호흡이 가빠지고, 두 뺨은 벌게지고, 목소리는 높고 떨렸다. 분노는 어떤 모습일까? 분노는 내 어머니의 절룩거리는 다리를 닮았다.

내가 욕실로 들어갈 때도 증오를 퍼붓는 문장들이 계속 들려왔다. 그녀는 말로 나를 감전시키고 있었다. 그녀는 송전탑이고, 나는 바닥에 웅크린 채 몸을 바르르 떨지만 아직 숨은 붙어 있는 긴꼬리원숭이였다. 샤워기의 따뜻한 물이 닿으니 메두사에 쏘인 자리가 따가웠다. 통증은 내게 괴물다운 일을 하라고 선동했다. 하지만 난 괴물다운 일이 뭐가 될지 아직 알지 못했다. 햇볕에 타고 물집이 생기고 여기저기 멍이 들어 괴물다운 일을 할 준비가 되어 있을 뿐. 나는 머리를 빗고 눈꼬리를 날렵하게 올려 그렸다. 무슨 일을 하기 위해 옷을 입는지는 여전히 몰랐지만 그게 어마어마한 일이 되리라는 것은 느낄 수 있었다. 잉그리트. 그리고 그녀의 말이 내 안에 아직 남아 있었다. 잉그리트가 내게 주었던 아이디어는 어쩌면 내 안에 늘 매복해 있던 것이리라. 로즈가 바나나에 섞을 우유를 더 달라고 외치는 소리가 들려왔다.

"물론 드려야죠."

나는 거실로 가 어머니의 거짓말하고 속이는 손(그래도 그녀의 입술만큼 공격적이지는 않은)에서 쟁반을 부드럽게 빼내, 으깬 바나나에 우유를 더 따라 섞었다. 이번에는 꿀을 첨가했다.

"드라이브해요. 그 정도는 하게 해줘요." 내가 말했다.

놀랍게도 그녀가 동의했다. "어디로 갈 건데?"

"로달킬라행 도로를 달릴 거예요."

"아주 좋아. 온종일 밖에 못 나갔거든."

산책 후 허기에 지쳐 있던 어머니는 으깬 바나나를 스푼으로 떠 새로운 식욕으로 얇은 입술 사이에 집어넣었다.

그녀의 휠체어를 자동차까지 밀고 가기는 멀고 힘들었다. 토요일 밤이라 마을은 가족 단위의 사람들과 아이들로 북적였다. 나는 그녀와 내가 가족이라 상정한다. 그 모든 무거운 짐이 아무것도 아닌 것처럼 느껴졌다. 나의 새로운 괴물 같은 분노로 휠체어쯤은 머리 위로 얼마든지 들어 올릴 수 있을 것 같은 기분이었다. 어머니는 딸을 희망과 절망 사이에 영원히 매달아두기로 했다.

마침내 어머니를 베를링고 좌석에 앉힌 다음 중립 기어는 대체 뭔가 생각할 때, 그녀가 귀찮아서 안전벨트를 채우지 못하겠노라고 말했다.

"나를 신뢰한다는 의미로 받아들일게요."

"로달킬라르에 만날 사람이라도 있니, 소피아?"

"아닐걸요."

자동차도로로 들어가기 전, 산을 가로지르는 울퉁불퉁한 길을 타야 했다. 온화한 밤이었다. 로즈는 어둑해지는 하늘을 내다보려 자기 쪽 차창을 열었다. 딱딱한 땅에 꽂힌 녹슨 기둥에 '매매' 팻말이 달린 빈집이 몇 보였다. 그런 빈집 가까이에 누군가 일군 정원이 있었다. 꽃을 피웠지만 샛노랗고 뾰족한 열매의 무게를 이기지 못한 선인장 하나가 넘어져 있었다. 구멍과 작은 돌이 많아 앞 유리에 먼지가 들러붙는 위험천만한 길이었다.

좌회전해 새로 포장한 자동차도로로 들어섰다. 그때부터 제대로 보지도 않고 빠르게 운전했다.

"물, 소피아, 난 물을 마셔야 해."

나는 휴게소로 차를 몰고 가 로즈를 위한 물을 사러 가게로 달려 들어갔다. 카운터에는 다양한 열쇠고리와 조악한 담금주 한 병, 점토 돼지 저금통과 함께 포르노 테이프가 놓여 있었다.

우리가 다시 자동차도로를 달릴 때 렌터카는 시각은 8시 5분, 기온은 섭씨 25도, 속도는 시속 120킬로미터라고 알려주었다. 사막에 버려져 썩어가는 관람차가 힘없이 벌어진 입처럼, 마지막 싸구려 웃음처럼 서 있었다.

나는 갓길에 차를 세웠다.

"석양 보러 가요." 내가 말했다.

볼만한 석양 따위 없는데도 로즈는 알아차리지 못하는 듯했다. 나는 휠체어를 꺼내 십오 분 동안 무거운 것 들기에 집중했다. 로즈는 내 팔에 기대더니 몸을 낮추며 내 어깨 근처로 파고들려 했다.

"뭘 기다리니, 소피아?"

"숨을 돌리는 거예요."

멀리 흰색 대형 트럭 한 대가 달려오고 있었다. 찌는 듯한 사막, 노예 농장의 비닐 아래서 자란 토마토를 실은 트럭이었다.

나는 어머니가 탄 휠체어를 도로 한가운데로 밀고 갔다. 그리고 어머니를 그곳에 남겨놓고 떠났다.

돔

밤이 되면 고메스클리닉의 대리석 돔 건물은 다육식물 사이에 설치된 조명을 받아 유령처럼, 고독한 가슴처럼 빛이 났다. 꼭 돌결 무늬의 젖빛 대리석으로 만들어진, 모성의 속성을 가진 등대가 보랏빛 스타티세 사이에 우뚝 서 있는 것 같았다. 밝은 밤별 아래 침착하고도 사악한 밤의 가슴. 만약 이것이 진짜 등대라면, 이 등대는 사막에서 공포로 온몸을 떠는 내게 무슨 신호를 보냈던 걸까? 등대는 우리가 위험한 곳에서 벗어나 바닷길을 향해해 안전한 항구로 가게끔 도와야 한다. 하지만 내 인생의 많은 부분에서 내 어머니는 위험 그 자체였다.

돔의 유리문이 소리 없이 열리고, 나는 왜 이곳에 왔는지 또 무엇을 찾길 바라는지도 모른 채 대리석 무덤으로 들어갔다. 젊은 남자 의사가 나를 등지고 기둥에 기대선 채로 휴대전화를 보고 있었다. 조명은 해 질 녘처럼 침침했다. 나는 고메스의 진료실로 향했다. 그가 진료실에 있을지, 만약 있다면 내가 뭘 하게 될지 몰랐지만 달리 갈 곳이 없었다. 나는 참나무 문을 노크했다. 내 손가락 관절이 나무에 닿으며, 뭐가 떨어지든지 간에 산산이 부서뜨릴 대리석과는 사뭇 다른 깊고 공명하는 음향을 만들었다. 응답이 없어 무거운 문을 어깨로 밀자 문이 열렸다. 진료실 안은 어두웠다. 컴퓨터는 꺼져 있고, 블라인드는 내려져 있고, 고메스의 의자는 비어 있었다. 그럼에도 누군가 있는 게 느껴졌다. 방에서는 이상한 냄새, 간이나 피 냄새가 났다. 나는 바닥으로 시선을 내렸다. 먼 구석에서 고메스가 엎드린 자세로 골판지 상자를 노려보고 있었다. 그의 신발 밑창과 은색 머리 정수리에 얹힌 안경이 보였다. 그는 누구려나 싶어 고개를 돌렸고, 들어온 이가 나라는 걸 알자 놀라는 것 같았다. 그는 손가락을 입에 대고서 내게 안쪽으로 더 걸어오라며 손짓했다. 나는 발끝을 세워 상자 쪽으로 다가가 그의 옆에 꿇어앉았다. 호도가 새끼를 낳았다. 아주 작고 온통 축축하며 쭈글쭈글 주름진 생명체 세 마리가 어미젖을 빨고 있었다. 호도는 옆으로 길게 누워 이따금 피 묻은 새끼의 몸을 핥아 닦아주고 있었다.

고메스가 내 귀에 바짝 대고 말했다. "눈을 감고 있는 게 보이죠? 새끼들은 아직 어미를 보진 못해도 어미 냄새를 맡을 순 있어요. 저마다 좋아하는 젖꼭지가 있어요. 가장 강한 이 흰색 놈은 젖이 잘 나오도록 앞발로 어미 배를 꾹꾹 눌러 자극하고 있어요."

고메스가 호도의 귀 사이 털을 부드럽고 가볍게 쓰다듬자 호도는 불안한 눈으로 그를 쳐다보았다.

"호도는 이 녀석을 따뜻하게 해주려고 계속 핥아주고 있어요. 이 수컷이 새끼 중에서 가장 약한 놈인 걸 알겠죠? 호도는 제일 약한 놈을 핥으면서 자기 냄새를 새끼에게 묻히는 거예요."

나는 고메스에게 급한 이야기가 있다고 말했다. 지금 당장 해야 하는 말이라고.

그는 고개를 저었다. "지금은 때가 아니에요. 소피아, 약속을 먼저 잡았어야죠. 그리고 당신 목소리가 너무 커서 내 동물들을 겁주고 있잖아요."

나는 흐느끼기 시작했다. "내가 어머니를 죽인 것 같아요."

호도를 쓰다듬던 고메스의 손가락이 비로소 멈췄다. "어떻게 죽였는데요?"

"어머니를 도로에 두고 왔어요. 그녀는 걷지 못해요."

그의 손가락은 흰 털을 쓸어주는 일로 되돌아갔다.

"그녀가 걷는지 못 걷는지 어떻게 알죠?"

"그녀는 걸을 수 있어요. 그런데 걷지 못해요."

"그게 무슨 말입니까?"

"그녀는 빠르게 걷지 못해요."

"그녀가 빨리 걷지 못한다는 건 어떻게 알죠? 그녀는 노인이 아니에요."

"충분히 빠르지 않아요."

"그래도 걸을 수는 있습니다."

"모르겠어요. 모르겠다고요."

"그녀를 도로에 두고 왔다면, 당신은 그녀가 걸을 수 있다는 걸 알고 있는 겁니다."

우리는 새끼 고양이 너머로 속삭이고 있었다. 새끼 고양이들은 젖을 빨고, 앞발로 계속 치고, 핥고, 밀고 있었다.

"당신 어머니는 일어나서 갓길까지 걸어갈 겁니다."

"만일 트럭이 정지하지 않는다면 어떻게 되죠?"

"트럭이라뇨?"

"멀리서 트럭이 달려오고 있었어요."

"멀리요?"

"네. 점점 다가오고 있었어요."

"그렇지만 멀리 있었죠?"

"네."

"그렇다면 그녀는 트럭에서 먼 곳으로 걸어갈 겁니다."

내 눈물이 새끼 고양이들 위로 떨어졌다.

고메스는 나를 상자에서 멀리 치웠다.

나는 두 팔로 무릎을 감싸고 바닥에 앉았다. "내 어머니는 대체 뭐가 문제일까요?"

"당신은 호도를 방해하고 있어요."

고메스는 나를 일으켜 세우고는 재빠르게 진료실 바깥으로 걸었다.

"나는 이미 진료비를 돌려줬습니다. 이제부터 난 내 정원에 물을 주고 내 동물을 돌봐야 합니다." 그는 손목시계를 바라보며 말했다. "하지만 내 질문은 이거예요. 소피아, 대체 뭐가 문제여서 이러는 겁니까?"

"어머니가 죽었는지 살았는지 모르겠어요."

"네. 그게 모든 슬픈 어머니의 자식들이 두려워하는 일이죠. 자식들은 매일 자문합니다. 왜 어머니는 살아 있는데 죽어 있는가? 당신은 어머니를 도로 한복판에 두고 떠났습니다. 그녀는 그녀의 삶을 구하려는 당신의 도전을 아마 받아들일 겁니다. 이건 그녀의 삶입니다. 그 다리는 그녀의 다리입니다. 살고 싶다면 그녀는 위험에서 걸어 나올 겁니다. 다만 당신은 그녀의 결정을 받아들여야만 합니다."

나는 어머니가 살고 싶어하지 않을 거라고는 한 번도 생각한 적이 없었다.

"당신이 혼란을 느끼는 건 당신 고집 때문입니다." 고메스가 말했다. "당신은 무지에 길들여져 있습니다. 난 이미 당신한테 걷기에 대해서는 아무런 관심이 없다고 밝혔어요. 내 말을 제대로 들어주세요."

고메스는 마을의 샤먼이었다. 그는 내게 길을 보여줄 것이다.

"집에 가기 전에 6층 계단을 뛰어 올라가세요." 그가 말했다.

고메스는 쓸모없다. 쥐뿔도 아는 게 없다. 6층까지 뛰어서 오르라니. 내 할머니가 날 치워버리고 싶을 때 입버릇처럼 하던 말과 똑같지 않은가.

"우리는 우리의 죽은 자들을 애도하고 슬퍼해야 하지만 그들이 우리 삶을 빼앗게 두어선 안 됩니다."

그것이 고메스의 마지막 말이었다. 그는 진료실로 돌아가 문을 닫았다. 마지막 작별 인사처럼 보였다. 마치 '업무 끝' 하고 말하는 것 같았다. 고메스는 고통스러운 이의 마음속으로 황홀경의 춤을 추며 들어가 딸의 도움을 받아 몇 가지 치료를 시행했지만, 나는 그 고통이 자리한 곳이 내 어머니의 마음인지 내 마음인지 아직 알지 못했다.

진단

로즈는 우리의 해변 아파트 창가에 서서 은빛 바다를 내다보고 있었다. 해변은 한산했다. 맨발의 십 대 몇몇이 밤하늘 아래 모래밭에 누워서 깔깔 웃고 있었다.

어머니는 키가 아주 크다.

"좋은 저녁이구나, 피아." 그녀의 목소리는 차분하고 위험했다.

나는 자리에 앉아 서 있는 어머니를 쳐다보았다. 그녀는 내 위로 우뚝 서 있었다. 수직 각도로 어머니를 보고 있자니 흥미로웠다. 꼬여 있던 어떤 나선이 풀린 것처럼. 이상한 생각이지만 그녀가 유령일지도 모른다고 생각했다. 죽었다가 새로운 형태로 돌아온 여자. 에너지와 집중력을 가진 키 큰 여자. 알약 포장 뜯기에 관심을 쏟지 않는 여자. 그녀는 오래전 내게 은하수는 반드시 갈락시아스키클로스Γαλαζίας κύκλος로 써야 옳다면서 아리스토텔레스는 오늘날의 테살로니키에서 54킬로미터 떨어진 칼키디케 반도에서 밤하늘에 흐르는 젖빛 강을 우러러봤다고 말했다. 테살로니키는 내 아버지가 태어난 곳이다. 하지만 그녀는 포클링턴에서 6.4킬로미터 떨어진, 이스트요크셔에 있는 워터 마을에서 자신이 우러르던 별에 대해선 말해준 적이 없었다. 그녀는 눈송이가 평평 떨어지는 요크셔 고원에 누워 원대한 인생 계획을 짰을까?

나는 그녀가 그랬을 것이라 생각한다. 자주 우러르던 그 하늘 속에서 그녀는 어디에 지도를 그려 넣었을까?

"호도가 새끼를 낳았어요." 내가 말했다.

"몇 마리나?"

"세 마리요."

"그렇구나. 어미의 산후가 좋다는 말로 받아들여야겠지?"

나는 어머니가 새끼들의 건강은 묻지 않은 사실에 주목했다.

"물 한 잔 마시면 좋겠어요." 내가 말했다.

어머니는 잠시 생각에 잠긴 후 입을 열었다. "'부탁합니다'라고 해야지."

"부탁합니다."

나는 어머니가 주방으로 걸어가는 모습을 보고, 냉장고가 열리는 소리, 유리잔에 액체가 부어지는 소리를 들었다. 그녀가 물을 가져왔다.

나는 평생 어머니 시중을 드는 사람이었다. 나는 웨이트리스였다. 어머니 시중을 들고 어머니를 기다리는. 무엇을 기다렸던 걸까? 그녀가 진정한 자기 자신을 받아들이기를? 아니면 그녀가 거짓된 자아 밖으로 나오기를? 그녀가 자신의 우울함을 떨치고 활기찬 삶으로의 티켓을 구입하기를? 내 티켓도 한 장 같이 사기를. 그래, 난 그녀가 날 위한 좌석도 맡아주길 평생 기다려왔다.

"건배." 나는 잔을 높이 올렸다.

해변가로 난 콘크리트 테라스의 문이 절로 열렸다. 부드러운 바람이 방 안을 채웠다. 따뜻한 사막 바람이 해초와 뜨거운 모래가 만들어낸 진하고 짭짤한 냄새를 실어왔다. 파도는 해변을 때리며 부서지고, 테라스 탁자에 놓인 내 노트북은 스페인의 진짜 별들 아래에서 중국에서 만들어진 별들을 띄운 채 열려 있다. 여름 내내, 나는 디지털 은하수를 돌아다니며 달 위를 걷고 있었다. 그곳은 고요하다. 하지만 나는 고요하지 않다. 내 마음은 밤이면 여우가 올빼미를 잡아먹는 자동차도로의 가장자리 같았다. 희미하게 빛나는 길들이 화면을 가로지르는 별 밭에서 나는 가상 우주의 먼지와 반짝임 틈에 발자국을 찍고 있다. 나는 기계가 마치 메두사처럼 나를 되쏘아본다는 걸, 그 시선이 나를 겁주어 아래로, 지구로 내려가게끔 만들었을지도 모른다고는 생각해본 적이 없었다. 지구. 모든 버거운 일이 일어나는 곳. 계산대와 바코드, 이익을 위한 말은 많고 많지만 고통을 위한 단어는 충분치 못한 곳으로.

"오늘 산책을 나갔었어." 내 어머니가 말했다. "좋은 소식인데 너무 감격에 젖어 네게 전하지 못했네."

"네, 당신은 나한테 좋은 소식을 나눈 적이 없죠."

"네게 허튼 희망을 키우게 하고 싶지 않았으니까."

"당신은 내게 희망을 주려 한 적이 없었어요."

"트럭을 몰던 기사가 날 집까지 태워줬는데, 그 사람에 대해 궁금하니?"

"아뇨. 나는 그 남자에 대해선 하나도 알고 싶지 않아요."

"여자였단다. 운전사는 여자였어."

로즈는 잔을 내려놓고 내게 걸어왔다. "면허 없이 운전하는 거 그만둬, 소피아. 밤인데도 넌 미등을 켜지 않았지. 나는 네가 다칠까 봐, 죽을까 봐 너무 무서웠어. 운전사로서의 네 모습이 상상이 안 가."

"네." 나는 말했다. "하지만 당신은 운전사예요. 한 가정의 가장이죠. 당신은 당신한테 유리한 일, 이득이 될 일을 하기 시작해야 해요."

"노력할게."

어머니는 전혀 힘들이지 않고 우리의 임시 아파트에 있는 딱딱한 초록 소파로 와 내 옆에 앉았다. "내게 좋고 이로운 일을 하려고 노력해볼게, 하지만 내가 노력하는 동안 넌 미국에서 박사공부를 마쳐야 해."

난 그녀를 위해 무엇을 상상했던가?

나는 그녀가 발목 위로 끈을 묶는 스마트 슈즈*를 신은 모습을 상상한다. 그녀는 다이아몬드가 번쩍거리는 손목시계를 가리키며 영화관에 늦지 않으려면 더 빨리 걸어야 한다고 나를 재촉하고 있다. 티켓은 그녀가 예약한 것이다. 물론 좌석도 그녀가 선택했다. 빨리 걸어, 소피아, 더 빨리(그녀가 손목시계를 가리킨다), 난 예고편을 놓치고 싶지 않단다.

"알려줄 소식이 또 있는데, 소피아."

"고메스한테 이미 들었어요."

"그가 뭐라고 했지?"

"치료비를 환불해준다고요."

"오." 그녀가 말했다. "그는 참 착한 의사야. 그렇게 하지 않아

---

* 첨단 디지털 기능을 갖춘 신발로, 운동량이나 건강 상태 등을 점검할 수 있다.

도 될 텐데."

어머니는 계속 말했다. 처음엔 그녀가 소포클레스 이야기를 하는 줄 알았다. 그녀가 소포클레스Sophocles를 세 번쯤 반복했으니까. 그러다 그녀가 말하는 게 '식도oesophgeal'임을 깨달았다. 식도.

그리고 그녀는 내게 내시경 결과를 알렸다.

시간이 흘렀다. 그녀의 갱스터 손목시계가 째깍째깍 움직였다. 파도가 모래에 부딪혀 부서졌다.

나는 그녀의 어깨에 머리를 기대며 말했다. "이게 사실일 리 없는데, 엄마."

삶보다 죽음에 승복하기가 더 쉬운 걸까?

나는 어머니를 보려 고개를 돌렸다.

어머니는 오래도록 내 시선을 붙잡아두었다. 그녀의 눈은 물기 없이 말라 있었다.

"네 시선은 참 거슬릴 만큼 투명해." 그녀가 말했다. "하지만 네가 나를 가까이서 지켜본 만큼이나 나도 너를 가까이서 지켜봐왔다. 그게 어머니들이 하는 일이지. 우리는 우리의 아이들을 늘 지켜본단다. 다만 우리는 우리의 시선이 강력하다는 것을 알기 때문에 보지 않는 척하는 거야."

모든 메두사를 어지러운 물결에 둥둥 띄운 밀물이 거세게 밀려들고 있었다. 해파리의 길고 느슨한 촉수는 마침내 풀려난 어떤 것처럼 불확실한 상태로 움직이고 있었다. 고향에서 잘려나가 자유로워진 하나의 태반, 한 개의 낙하산, 한 명의 난민처럼.

옮긴이 **권경희**

한국외국어대학교 영어과를 졸업했다. 옮긴 책으로는 마티아스 에드바르드손의 《거의 평범한 가족》, 나탈리 골드버그 《뼛속까지 내려가서 써라》, 거트루드 스타인 《앨리스 B. 토클라스 자서전》, 마이크 둘리 《우주를 여행하는 초보자를 위한 안내서》 등이 있다.

핫 밀크

1판 1쇄 인쇄 2023년 10월 6일 **1판 1쇄 발행** 2023년 10월 16일

지은이 데버라 리비 **옮긴이** 권경희
펴낸이 고세규
편집 류효정 정혜경 **디자인** 윤석진

발행처 김영사
주소 경기도 파주시 문발로 197(문발동) 우편번호 10881
등록 1979년 5월 17일 (제406-2003-036호)
구입 문의 전화 031)955-3100 **팩스** 031)955-3111
편집부 전화 02)3668-3276 **팩스** 02)745-4827 **전자우편** literature@gimmyoung.com
비채 블로그 blog.naver.com/viche_books **인스타그램** @drviche
트위터 @vichebook
ISBN 978-89-349-5440-8 03840 책값은 뒤표지에 있습니다.

비채는 김영사의 문학 브랜드입니다.